二度も婚約破棄されてしまった私は
美麗公爵様のお屋敷で働くことになりました

オリビア
ライリーの妹。
心優しい病弱な令嬢。
ロゼッタを慕っている。
ライリー
アクストン公爵家の優秀な当主。
女性嫌いだったが、
ロゼッタの献身的な
姿に少しずつ惹かれていき……
ロゼッタ
明るくしっかり者の子爵令嬢。
二度の婚約破棄を受けて
公爵家の侍女として
働くことになった。
CHARACTERS

チェイス
ロゼッタの元同級生。
以前、彼女に告白をしていた。
ブライス
ロゼッタの元婚約者。
おどおどした青年。
アルロ
ロゼッタの元婚約者。
自信家で軽い青年。
エーベル
ロゼッタから婚約者を
二度も奪った伯爵令嬢。
可憐だが腹黒い。
シンディ
エーベルの母。
過去、ロゼッタの家と
因縁があったようで……？

第一章　二度の婚約破棄

　五歳の頃から決まっていた婚約者に、ある日突然婚約の破棄を言い渡された。

「ど、どういうことなの？　ブライス……。なぜ突然そんなことを……」

「君には本当にすまないと思っているよ、ロゼッタ。だけど……これ以上は、今は言えない。また後日、改めてご両親に挨拶させてもらおうと思うから」

「え？　どうして……、ちょ、ちょっと！　ブライスッ！」

　休み時間の終わり、学園の中庭にポツンと私だけを残して、ブライス・ヘンウッド子爵令息はそそくさと教室に戻っていった。

　婚約を、白紙に戻してほしい？　もう十年以上の仲なのに？

　理由も言えない？　そんな身勝手な話ってある？

　後日改めてご両親には挨拶に行くと思うから？　思うからって何よ。私たちハーグローヴ子爵家に説明するのは当然の責務でしょう？

　怒りとショックで体がふるふると震えだした。両の拳をギュッと握りしめ、唇を噛み締める。ブライスのことは、特別な人として愛情を持って接しているつもりだった。

涙がじわりと滲《にじ》んできた。

その日の夜、涙ながらに今日の出来事を話すと両親は当然激怒した。ブライスとヘンウッド子爵夫妻が我が家に謝罪に来たのは、それから一週間も後のことだった。

「一体どういうことですかな、ヘンウッド子爵。今後の業務提携の話も具体的に進んでいたというのに……。もう我々は家族も同然だと思っておりましたが」

私の父、ジェームズ・ハーグローヴ子爵が不機嫌を隠すこともなくそう言うと、ヘンウッド子爵と夫人は申し訳なさそうな、戸惑ったような顔をした。

「いやぁ、たしかにそうなのですが……。本当に子爵にもロゼッタ嬢にも申し訳ないと思っております。ですが、愚息がその……」

ヘンウッド子爵が言い淀《よど》むと、ブライスが続けるようにきっぱりと言い放った。

「他に、好きな人ができたのです。僕はすでにその人と将来を誓い合っております。……ロゼッタ、本当にすまない。僕のことは諦めてくれ。君にも真実の愛が見つかることを祈っているよ」

「は……？」

勝手にこの話し合いを終わらせようとしている。納得できるわけもなかったけれど、この後私の両親がいくら問い質してもブライスは口を閉ざしたままだった。

「お相手の女性については、何かあってはマズイので……」などと、まるでハーグローヴ家が危害を加えることを警戒しているかのような嫌な言い逃れをする。

「……そちらの一方的な都合で婚約破棄などと都合の良いことは言わないでいただきたい。この婚約はもう十年以上も前に書面を交わしてあるのですぞ。娘を傷つけ、我がハーグローヴ家を軽《かろ》んじるような行いを、法に則《のっと》ってしっかり償《つぐな》っていただきたい」

最後まではっきりしない態度をとり続けたヘンウッド家だったが、その後私たちが弁護士を通して請求した慰謝料には納得いかないと争う姿勢を見せてきた。私が浮気をしていた疑惑がある、ブライスへの態度が傲慢《ごうまん》だったなどと、後から無理のある言いがかりをしてどうにか慰謝料を減額しようとしていた。

（訳が分からない。ブライス……、あんな人だなんて思わなかった。いつから？　いつから私を裏切って他の女性を愛していたんだろう……）

もう男の人を信じられなくなりそうだった。

通っている貴族学園でもあっという間に私たちの婚約破棄の噂《うわさ》は広まり、皆から好奇の目で見られるようになった。居心地が悪くなり、毎日が最低の気分だった。

しかし、私ロゼッタ・ハーグローヴの災難はこれだけでは済まなかったのだ。

◇◇◇

「ロゼッタ！　おはよう。大丈夫か？　大変だったな」

「……アルロ、おはよう」

ブライスとの婚約破棄の話し合いから数日後、久しぶりに幼なじみのアルロ・ダウズウェル伯爵令息と会った。私の母とアルロの母は若い頃から親しく、結婚後も密に交流があったため、自然と私とアルロも子どもの頃から仲が良かった。

「もう耳に入っているのね」

「まぁな。誰も彼もがお前たちの婚約破棄の話で盛り上がってやがる。……ったく、皆好きだよな、人の噂《うわさ》話がさ」

こうしてアルロと並んで校舎へ向かって歩いている今でさえ、周りにいる生徒たちがこちらをチラチラ見ながら囁《ささや》き合っているのが分かる。私は溜め息をついた。

「ロゼッタ。元気だせよ」

「うん……。ふふ、ありがとう。大丈夫よ」

少しも大丈夫ではなかったけれど、アルロに余計な心配をかけたくなくて無理矢理笑顔を作る。アルロはそんな私を気遣わしげな目で見ていた。

私に追い打ちをかけるように、隣のクラスのブライスが学園内である女性と一緒にいるのを見かけるようになった。

エーベル・クルエット伯爵令嬢。私と彼女はクラスが違って、会話を交わしたこともない。だけどその可憐な容姿は学園内でも有名で、私も前々から綺麗な人だと思っていた。

美しい赤い巻き毛は艶《つや》やかで、いつも綺麗に薄化粧をしている。肌が真っ白で、とてもか細く華奢《きゃしゃ》な人だ。クリクリとした大きな青い目は同性から見ても魅力的。一言で言えば、「守ってあげたい」と大抵の男性が思うようなタイプの、それはそれは可愛いご令嬢なのだ。

今も教室の窓から中庭を覗くと、ブライスとクルエット伯爵令嬢が仲睦《なかむつ》まじく二人で秘密の会話を楽しむかのように寄り添っている姿がちらりと見えて、私はぱっと目を逸らした。

「ロゼッタさん、大丈夫ですか？　あの方でしたのね、ヘンウッド子爵令息の秘密の恋人って……」

「私たち、ロゼッタさんのことが心配なんですの。幼い頃から婚約していた仲だったのでしょう？　ヘンウッド子爵令息とは。それなのに、今になってこんな……、あんまりですわ」

大して話したこともない令嬢までぞろぞろとやって来て、私に無遠慮な言葉を投げかけてくる。

「……あは。どうも、ご心配ありがとう、皆さん」

心配心配と言っているその目には明らかに探るような好奇の色が浮かんでいて、全くいい心地がしない。

（デリカシーないなぁ。余計に傷つくんですけど）

悪気があるのかないのか、こんなことが重なるにつれて私は徐々に憔悴《しょうすい》していった。

そんなある日のこと、帰宅しようとしていた私は例のご令嬢から突然話しかけられた。

「……あ、あの……」

か細い声に何気なく振り向くと、そこにはエーベル・クルエット伯爵令嬢が立っていて、上目遣いで私を見ていた。心臓が大きく跳ねる。私はできる限り平静を装《よそお》って答えた。

「……なんでしょうか、クルエット伯爵令嬢」

やはり声が掠《かす》れてしまった。下校途中の同級生たちが、興味津々《きょうみしんしん》といった様子でわざとゆっくり通っていったりする。

「……あ、謝りたくて。ごめんなさい、ロゼッタさん……。あ、あなたの婚約者だったブライス様が……、わ、私のことを……っ。ごめんなさい……ごめんなさいぃ……っ！」

「っ⁉　ちょ、ちょっと……」

なんとクルエット伯爵令嬢は突然両手で顔を覆うと大きな声で謝り、号泣しはじめたのだ。周囲にいた生徒たちの視線が一気に集まる。わざわざ隣の教室から顔を出してこちらを見ている人たちまでいる。

「ゆっ、許して、ください！　お願いですから……っ。わ、私……私っ、ふ……ぅぅぅ……っ」

周囲の視線にとげとげしいものが混じっている気がして、私は大きく溜め息をついた。

傍から見れば私がエーベル・クルエット伯爵令嬢を虐《いじ》めているように見えるのかもしれないが、私だって別に、やたら体格が良いわけでも男勝りなわけでもない。

金髪に緑色の瞳に、きちんとお手入れをした白い肌。髪だってしなやかだ。時折男子生徒たちから声をかけられたりデートに誘われたりするぐらいだから、きっとそれなりに小綺麗に見えているのだろう。

だけど目の前のこの女性は、私など比較にならないほどに愛らしい。顔を覆って震わせていることの指のか細ささえ、とても敵《かな》わない。

「……可哀相だわ、見て、あれ」

「ええ……。きっとクルエット伯爵令嬢にも、何かよほどの事情が……」

私はまだ何も言っていないというのに、案の定、周囲からはそんな声が聞こえはじめた。迷惑もいいところだ。私は落ち着いた声で彼女に言った。

「……あの、泣き止んでくださらない？　クルエット伯爵令嬢。あなたにそんな風に大きな声で謝られると、まるで私があなたを責め立てているみたいだわ」

だけど私のその言葉を聞いたクルエット伯爵令嬢は、ますます激しく声を震わせる。

「あっ……あぁぁっ……！　ごめんなさいっ、違うんです……！　そ、そんな……私そんなつもりじゃあ……っ」

はぁ……、と私が再度溜め息をつくと、同じクラスの男子生徒たちが声をかけてきた。

「ハーグローヴ子爵令嬢、もう止めてあげないか。何もこんなところで……」

（……え？）

ぞろぞろと集まってきた数人の男子生徒は、明らかに私がクルエット伯爵令嬢を泣かせたと思っているような口ぶりだ。

「もっとブライスとよく話し合ってみたら？　君がそんな感じだから、二人の気持ちがすれ違ってしまったんじゃないかな」

「い、いいんです、皆さん。あ、ありがとうございます……。でも、お願い……。私、ちゃんとロゼッタさんとお話したいんです。こうして誤解されたまま、冷たい態度をとられ続けたくはないの……。大丈夫、私は大丈夫ですから……。今は、どうか二人きりにして……」

彼女が口を開けば開くほど、なぜだか私が悪者になっていく。

「……分かったよ、エーベル嬢。……気を付けて」

いや、気を付けてって、何。

集まっていた数人は私を責めるような目で見て去っていく。遠巻きに見ていた人たちの中にも、同様に敵意ある眼差しをこちらに向けてくる人がいた。

ますます気持ちが沈んだ時、クルエット伯爵令嬢が突然声を潜《ひそ》めて言った。

「……そういうわけですの。今の方たちのお話、聞いたでしょう？　ロゼッタさん。私、別にブライス様と恋人同士になったわけではありませんのよ。ですから、当然婚約の話だってしていないわ。分かります？」

「……え？」

「つまりね、うちにはあなたのお宅に慰謝料を支払う義務はありませんの。誤解されてはいけないと思って……。一度ちゃんと伝えておきたかったんです」

「あの」

「ブライス様からはたしかに愛を打ち明けられましたわ。でもね、あなたとの婚約を勝手に破棄したのはあちらだし、私と彼はこれからゆっくりとお互いを知っていけたらいいなというぐらいの仲ですの。つまり、ただの友人関係ですわ。……だから勘違いなさらないで。ね？」

「あ、あなた……」

「分かります？　もう一度言いますけど、あなたとブライス様の婚約破棄の原因は、断じて私ではありませんわ。……変なこと考えないでちょうだいね。では、失礼しますわ」

誰も周りにいなくなった途端にきっぱりとそう言い切ると、クルエット伯爵令嬢は口元にハンカチを当てクスンクスンと鼻を鳴らし、泣き真似をしながら去っていった。

(あの人って、少しもか弱くなかったのね……)

明らかに確信犯だ。同じ女だからこそ分かる。

私は呆気《あっけ》にとられて彼女の後ろ姿を見送った。廊下の向こう側には、ハンカチを握ったまま俯《うつむ》いている彼女の周りに数人の男子生徒が集まっているのが見える。一人は背中に手を当て労《いたわ》っていた。

この一件により、私は気が強くて、ブライスに振られた腹いせにクルエット伯爵令嬢を虐《いじ》めているという噂《うわさ》が学年中に流れはじめた。普段から親しくしていた一部の友人たちを除き、私は皆から白い目で見られるようになったのだ。

(なんでただ婚約破棄されて傷ついているだけの私が悪者になるのよ……。こんなのあんまりでしょ……)

傷口にさらに塩をすり込まれたようなそんな日々の中、幼なじみのアルロからある日再び声をかけられた。

「ロゼッタ、ちょっと、お前に話があるんだが……」

「うん？　何？　そんなに改まって」

「ここではちょっと。放課後、時間をもらえるかな」

「……うん。別に、いいけど」

一体どうしたのかしら。なんだか知らないけど耳たぶを赤くして視線を泳がせているアルロの様子に、私は首を傾げたのだった。

その日の放課後、私はアルロに連れられて学園から少し離れた大きな公園の広場に来た。

並んでベンチに座ってぼんやりと目の前を通り過ぎる人々を見ていると、ふいにアルロが言った。

「あ、あのさ、ロゼッタ。……俺、お前のことが、好きなんだ」

「うん。……ん？」

聞き間違いかと思って、隣のアルロの顔を見る。その眦《まなじり》は朱色に染まり、ぎゅっと引き結んだ口元は強張っていて、とても冗談を言っているようには見えない。

「ア、アルロ……？」

「ロゼッタ。俺さ、子どもの頃からお前のことがずっと好きだったんだ。だけどお前はブライス・ヘンウッドとの婚約が決まっていたし、とても俺が入り込む隙なんてなかった……。だから、この想いはずっと自分の胸の中に秘めておくしかないって、そう思っていたんだ。でも……、今ならもう、言ってもいいよな？　俺の恋人に、なってほしい」

そんな……、本当に？

アルロは私にとって、ただの仲の良い幼なじみだった。一緒にいると楽しくて気が合う、身内と言ってもいいくらいに近しい存在。

そんなアルロが……、私のことを、好きでいてくれたなんて……

アルロの真っ赤な顔を見ているうちに、私の頬にもじわじわと熱が移る。互いに見つめ合い、あまりの気恥ずかしさに私が先に視線を逸らした。

「お前さえよければ、正式に婚約の手続きを進めたいんだ。俺ならお前を泣かせたりしない、ロゼッタ。あんな軽薄な男より何倍も、俺がお前を幸せにする」

「ア……アルロ……」

「俺の恋人になってくれ」

胸がいっぱいになって言葉が出ない。頭の中には様々な思いが巡っていた。アルロなら……、小さな頃からずっと仲よくしてきたアルロとなら、素敵な関係を築けるんじゃないかしら。

「ア、アルロは、本当に私でいいの……？　十年来の婚約者から婚約を破棄されて、学園でも社交界でも悪い意味で噂《うわさ》の的《まと》なのよ……？　傷ものよ、私。あなたなら、他にもっといくらでもいいご縁が……」

「関係ない。周りの噂《うわさ》とか、そんなものどうでもいい。ロゼッタ、お前はそんなこと一切気にしなくていいんだ。俺が守るから」

「……アルロ……ッ」

私の不安を遮《さえぎ》るようにきっぱりとそう言った彼は、今までで一番格好よく見えた。傷つき弱っていた私の心に覿面《てきめん》に効いた。

だから私はアルロの告白と、その言葉を信じた。

「……ありがとう、アルロ。……よ、よろしくお願い、します……」

「っ!!　いっ、いいのかっ!?　ロゼッタ！　ほ、本当に？」

パッと顔を輝かせたアルロが突然私を強く抱きしめた。

「きゃっ！　ちょ、ちょっと、アルロったら……！」

「やった……！　嬉しいよロゼッタ！　大事にするからな！」

「ふふ……。もう……」

子どものようにはしゃぎながら喜ぶアルロに、私も素直に嬉しくなる。

（……婚約破棄も、無意味じゃなかったのかも）

それからすぐに、私とアルロは互いの両親に交際を報告し、婚約の許しを請うた。

「ダウズウェル伯爵家の子息か」

「いいじゃありませんのあなた！　素晴らしいご縁だわ。夫人とは若い頃からよく見知った仲なのだけれど、とても素敵な方よ。きっとアルロさんも立派な方のはずだし、何よりロゼッタを心から想ってくれる男性がいるのなら……」

傷ついた私のことをずっと心配していた母は、喜んでくれているようだった。たしかに我が家にとっては悪い話ではないと言った父は、後日アルロの父親であるダウズウェル伯爵と話し合いの場を設け、私たちの婚約はすんなりとまとまった。

（よかった……。一度婚約破棄された私とご子息との結婚を、アルロのご両親は承諾してくれたのね……）

もう良縁は望めないかもしれないと思っていた私は心からホッとした。

幼い頃から、私のことを一途に想ってくれていたというアルロ。

きっと優しい旦那様になってくれるだろう。

何より両親を安心させられたことが嬉しかった。

アルロに感謝しなくては。

私は心からそう思っていた。

◇　◇　◇

ブライスに婚約破棄を言い渡された私が再び婚約したという話は、瞬《また》く間に学園中の噂《うわさ》になった。

「すごいですわねぇ、ハーグローヴ子爵令嬢、まだヘンウッド子爵令息との婚約破棄から二月《ふたつき》も経っていませんのに……」

「もしかして、全て計画のうちだったとか？」

「あら、まさか。ほほ。そんなこと言っちゃ失礼よあなた」

「ふふふ、冗談よ。ごめんなさいね、ハーグローヴ子爵令嬢。モテモテで羨《うらや》ましいわってことよ」

「お上手なのねぇ、殿方を手のひらで転がすのが」

何よ、この人たち。嫌味ったらしいわね……

こんな風に意地悪を言ってくる女子生徒たちもいたけれど、私は意に介さないふりをした。なんとでも言えばいい。いろいろ陰口を叩かれるのも分かっていた。分かっていて、私はアルロの婚約の申し出を受け入れたのだから。

私はハーグローヴ子爵家の娘として最良の選択をしたと信じていた。

「ロッ、ロゼッタ！」

「……なんでしょう、ヘンウッド子爵令息」

私たちの婚約が知れ渡ってから数日後、ブライスがおずおずと声をかけてきた。

「そ、そんな他人行儀な呼び方しないでくれよ。はは。……いやさ、君の婚約の話を聞いて……、よ、よかったね。これでお互い幸せになれたわけだ。安心したよ」

そういえば、この人とあのエーベル・クルエット伯爵令嬢の関係って一体どうなっているのかしら……。この人は〝将来を誓い合っている〟なんて言っていた気がするけど、彼女の口ぶりからはとてもそんな様子は感じられなかった。

（向こうにその気はなさそうよ、って教えてあげた方がいいのかしら。……ま、いっか。私にはもう関係ないし。慰謝料さえきちんと支払ってもらえればどうでもいいわ）

数秒間でそう結論を出した私は、淡々と彼に答えた。

「祝福してくださってどうもありがとうございます、ヘンウッド子爵令息。ですがそんなことより、早急に慰謝料のお支払いをお願いしますわね。いろいろとゴネていらっしゃるようですが、私あなたに対してひどい態度をとったことがあったかしら？」

「……あ、い、いや、その」

「あなたに傲慢《ごうまん》な態度をとった？　私が浮気をしていた？　……随分な言いがかりですわね。裏切ったのはどちらかしら？　下手な言い逃れは通用しませんわよ」

「……ひ、ひどいなぁ。せっかくお祝いを言おうと、声をかけたのに、随分冷た……」

「責任から逃れないでいただきたいわ。私が新たに婚約したからといって、あなたがたの支払い義務がなくなるわけではありませんのよ？　では、失礼」

大切に思っていた分、反動のように嫌悪感が押し寄せる。

ズバッと言い切ると、私は彼の前からさっさと立ち去った。

学園中敵だらけのようだけど、私にだって心を落ち着けられる居場所くらいある。

「本当によかったわね、ロゼッタ。どうなることかと心配していたけれど、まさかダウズウェル伯爵令息が、ロゼッタのことをずっと好きだったなんて……っ」

「まるで恋愛小説みたいじゃないの！　昔からの幼なじみが密かに想いを寄せてくれていて、ヒロインのピンチを救ってくれる、なんて」

「素敵っ！　きっと優しい旦那様になってくれるわよ」

「も、もう、やめてよ皆……。……でもありがとう、喜んでくれて」

普段から仲良しの女子生徒たち数人に囲まれて、その日私は久しぶりに楽しい気分でランチタイムを過ごしていた。

「でもね、私はなんとなく気付いていたわよ。アルロ様ったら、ロゼッタの様子をいつも気にかけているようだったし、よく話しかけてきてたでしょう？　もしかしたら好きなんじゃないかしらって思うことも何度もあったわよ」

「ええっ、そうなの？」

「やだ、私は全然気付かなかったわー」

「……私も、全然気付かなかった……」

「もう、ロゼッタったら、意外と鈍感なのね？」

「ふふふ……」

しばらくそんな話で友人たちと盛り上がっていた私は、ふと視線を感じ、何気なく振り返った。

（……っ！）

するといつの間にか、あのエーベル・クルエット伯爵令嬢が後ろのテーブル席から、頬杖をついてこちらをじっと見つめていたのだ。

（び、びっくりしたぁ……。さっきまで他の方たちが座っていたはずなのに……）

彼女は珍しく一人のようだった。いつもなら男子生徒に囲まれているかプライスと二人でいることが多いのに。

友人たちは誰もクルエット伯爵令嬢の存在には気が付かない。

「正直、ヘンウッド子爵令息ってちょっと頼りない感じじゃない？　いつも自信なさげでオドオドしてるし」

「ええ、成績もあまりよくないしね」

「それに比べてダウズウェル伯爵令息は頭もいいし、家柄も格上だわ。ロゼッタにとってよりよい話なのは間違いないわよ！」

「ちょ、ちょっと、もういいってば……」

私は慌てて声を潜《ひそ》めるようジェスチャーをしてみせたけど、盛り上がる友人たちは一向に気付く気配がない。

刺々《とげとげ》しい視線が背中に突き刺さってくるようで、私はなんだか怖くなった。おそるおそる、もう一度肩越しにチラリと後方を確認してみると――

（…………っ）

クルエット伯爵令嬢が、いつものか弱げな雰囲気からは想像もつかない鋭い視線で私を睨みつけていた。

私はその視線に、なぜだか嫌な予感を拭《ぬぐ》うことができなかった。

◇◇◇

それからしばらくは幸せな日々が続いた。

ハーグローヴ子爵家が王都に構えるタウンハウスにはアルロとご両親が何度も訪れ、皆で料理やお喋りを楽しむ機会が増えた。

「まさか私たちの子どもが夫婦になるなんて……。人生って不思議よね、ルイーズ」

ダウズウェル伯爵夫人が楽しそうにそう言うと、母も嬉しそうに答える。

「ええ、本当ね。……私とダウズウェル伯爵夫人はあなたたちが通っている学園の同級生でね、あの頃は毎日一緒にいたのよ」

「お母様ったら……、何度も聞いているわ、そのお話」

母親同士の仲がいいものだから、食事の席はすでにすっかり家族ぐるみといった雰囲気だ。ニコニコと楽しげに過ごしている母を見るのはとても嬉しかったし、そんな私のことを優しい眼差しで見守ってくれるアルロにも安心した。

父親同士もこの縁を喜んでいるようで、仕事の話で盛り上がっている。

「……広大ですからな、ダウズウェル領は。あちらの方は気候にも恵まれておりますし、羨《うらや》ましい限りですよ」

「いやしかし、ハーグローヴ子爵領で採れる果実の評判はあちこちで耳にしますよ。最近では子爵領産のブドウを使ったワインが特産品として有名になっているそうですな……」

何もかもが上手くいっている。

私はすっかり安心しきっていた。

だからこそ、それから半年も経たずにアルロがあんなことを言い出すとは思ってもみなかったのだ。

「別れてほしいんだ、ロゼッタ。本当に……申し訳ない」

卒業を間近に控えたある日の放課後。

二人きりの教室の空気は、アルロの一言でずしんと一気に重たくなった。

「な……何を言っているの？　アルロ」

何度問い返してみても、アルロはただ黙って俯《うつむ》いているばかり。私は苛立って声を荒らげた。

「アルロ、いい加減にして！　どうして黙っているの!?　別れるって、どういうこと？　それってつまり……、私たちの婚約は、破棄するってこと？」

私はまた、婚約破棄されるの……？

怒りからか、不安のせいか、私の全身が小刻みに震えはじめた。じっとしていられずに思わず立ち上がる。

「……好きな人が、できたんだ……」

アルロの言葉に、頭の中が真っ白になった。

「……うそよ……」

指先がすうっと冷たくなっていく。信じたくなかった。私がどん底にいる時に優しく手を差し伸べて、私を救ってくれたはずのアルロが。

あの時とは比較にならないほど深い地獄の底に私を突き落とそうとしている。

「……最初はきっぱりと断っていたんだ。俺には子どもの頃から好きな人がいて、最近その人とようやく婚約できたところなんだ、って。だから、気持ちには絶対に応《こた》えられないって。本当なんだ。……だけど、その子はずっと俺のことを……それで、俺」

「それで、何よ」

「……ごめん。気付いたら俺もその子のことが、頭から、離れなくなっていた……」

苦渋《くじゅう》に満ちた表情で言葉を絞り出すアルロは、とても冗談を言っているようには見えない。グラリと目まいがした。

「私は、どうなるの？　また、婚約を破棄されるってこと？」

「…………」

「そんなことになれば、私の人生がどうなるか、あなたは少しでも考えてくれたの？　……考えても、私よりその人を選ぶと？」

「ごめん……」

「どうして？　子どもの頃から仲良しだった、家族ぐるみの付き合いになった私を、ハーグローヴ子爵家を、切り捨てるっていうの……？」

いつの間にか、私の瞳からは涙がボロボロと溢《あふ》れていた。

そんな私から目を逸らすようにして、アルロがぽつりと呟いた。

「……それでも、エーベルには、代えられない」

エーベル？

（今、エーベルって言ったの……？）

自分の聞いた言葉が信じられなくて、私は声を失った。

「エーベルを失うことは、考えられない……。あいつには、俺しかいない。俺にももう、エーベル以外の女は、考えられないんだ」

また、あのエーベル・クルエット伯爵令嬢なの？

「俺たちは、卒業したら結婚する。……ロゼッタ、お前のことを好きだった気持ちも本当だ。幸せにしようと心から思っていたんだよ。だけど……ごめん」

「アル、ロ……」

「婚約破棄の責任はきちんととる。分割になってしまうけど、慰謝料も支払う。だけど……、エーベルと別れる選択肢はない。俺は彼女を守って生きていく。そう決めたんだ。……ごめん、ロゼッタ」

言葉が出ない。

頭の中に、私の前で顔を覆って泣いていた、いや、泣き真似をしていた彼女の艶《つや》やかな赤い髪と、真っ白な細い指が浮かんでくる。可愛らしい声。真っ青で美しい丸い目。

あの日食堂で、鋭い目つきで私を睨みつけていた、あの人の顔……

アルロは再度、ごめん、と絞り出すように呟くと、私を置いて教室を出ていった。

しんと静まり返った教室の中で、私はガクリと膝から崩れ落ち、床に座り込んだ。

（……どうして、どうしてまた、あの人なの？）

両親には三日間、言えなかった。

具合が悪いと言って、ずっとベッドに横になっていた。

四日目の朝、ついに私は婚約破棄のことを両親に打ち明けた。

二人はしばらくの間まばたきもせず、真っ白な顔でただ呆然と私を見つめていた。

それから卒業までの日々は本当に地獄でしかなかった。

案の定、学園でもこの噂《うわさ》はすぐに広まり、生徒の間では様々な憶測が飛び交っているようだった。

「……ほら、ロゼッタ嬢の話。ヘンウッド子爵令息の時もさ、……覚えてるか？　廊下でエーベル嬢のこと当てつけみたいに怒鳴りつけてただろう？」

「二度も婚約破棄されるなんてさ、普通はあり得ないだろ？　よほど性格に難ありなんだよ」

「人は見かけによらないよなぁ。黙ってれば可愛いのに……。どれだけ気が強いんだよ。こわぁ……」

「それにしてもロゼッタ嬢はこれからどうなさるつもりなのかしら。二度も婚約破棄されるなんてよほど大きな欠点のある人に違いないわ。もうまともな結婚は望めないわねぇ、あの人」

「うちの母もそう言っていたわ、先日の茶会で。たぶん修道院に行くんじゃないかしらって。だって、もうそれしか道はないもの」

「っ！　ちょっと、静かに……」

「え？　あらっ……」

（修道院か……。それもいいかもしれないわね……）

慌てて押し黙った生徒たちの真横を無言で通り過ぎながら、私はそんなことを思っていた。

こんな風に面白おかしく噂《うわさ》されているのは、もちろん学園の中だけじゃない。今や社交界全体が私のことを、いや、ハーグローヴ子爵家のことを話のネタにして盛り上がっているはずだ。父は連日ダウズウェル伯爵家に赴《おもむ》いては何やら話し合っているようだし、母はよその茶会へほとんど参加しなくなった。私だけでなく、母も針のむしろなのだろう。

（なんでこんなことに……。もう男の人なんて一生信じないんだから！）

私との婚約をあんなに喜んでくれていたじゃない。子どもの頃からずっと好きだったって言葉はなんだったの？

本当は学園なんか来たくない。ブライスもアルロも、あのご令嬢も、もう誰の顔も見たくもないし、誰からも見られたくない。

だけど、あと少しで卒業なのだ。ここで出席日数を危うくするわけにはいかないし、卒業試験も受けなきゃいけない。中退するにはもったいない時期だ。

（……その後の身の振り方を、考えなくちゃ）

他人に噂《うわさ》されるまでもなく、もうまともな結婚は望めないということは分かっていた。私に責任は一切ない、と思いたいけれど、貼り付けられた〝二度も婚約破棄された子爵家の娘〟というレッテルは生涯剥がれることはないだろう。

そんなことがぐるぐると頭の中を巡っている時、ブライスとすれ違った。

私を見た途端ギョッとした顔をして、あちこちに視線を泳がせながら早足で通り過ぎる。

何よ、あれ。

苛立ちつつ廊下を歩いていると、今度はアルロとクルエット伯爵令嬢が歩いてくるのが見えた。

アルロは私に気付いた途端、隣のクルエット伯爵令嬢に何やらボソッと耳打ちすると慌てた様子で向きを変え、クルエット伯爵令嬢を置いてどこかへ行ってしまった。

都合よく逃げたようなアルロにますます不愉快になるものの、私は無表情を装《よそお》って歩く。

するとすれ違いざまに、クルエット伯爵令嬢が私に囁《ささや》いた。

「お気の毒さま」

（……っ⁉）

瞬間的に私は察した。この人は意図的に私を陥れているのだと。

「何よそれ。あなた……やっぱりわざとなの？　わざと私から婚約者を奪っているの？　どうしてこんなことをするのよ！　私があなたに何かした!?」

自分の今の立場も、彼女が皆の同情を集めやすいこともすっかり忘れ、私はクルエット伯爵令嬢に詰め寄った。

「きゃぁっ!!　ご、ごめんなさい……、ごめんなさい、ロゼッタさん……っ！　ち、違うの……違うのよぉ……っ！　わ、わ、私……私は、何も……っ、あぁぁ……っ」

「ちょ、ちょっと」

彼女は自分の顔を庇うように大袈裟《おおげさ》に両手を当てて、わぁわぁと泣きはじめた。この光景にはなんだか見覚えがある。

「何をやっているんだ！　ハーグローヴ子爵令嬢！」

「エーベル嬢に八つ当たりするなよ！　彼女は何も悪くないんだ！　ただブライスが勝手に恋をしただけだ。アルロだってそうさ。勘違いするな。落ち着けよ」

「暴力はダメだよ。君がそんなだから、君の婚約者たちは……」

クルエット伯爵令嬢の泣き声を聞いてどこからともなく集まってきた〝エーベル親衛隊〟のような男子生徒たちに腕を捕まれ、前に立ちはだかられる。私はがっくりと項垂《うなだ》れるしかなかった。

◇　◇　◇

ほとんどの貴族家の子女たちは学園を卒業する頃までには婚約者ができて、卒業後は相手方の領地の経営を学んだりと花嫁修業に入るものだ。

だけど私は独り身のまま。どうにか踏ん張って卒業までは学園に通い続けたけれど、私はすっかり訳アリ傷もの令嬢として皆から奇異の目で見られるようになってしまった。皆に後ろ指をさされて悪口を言われ放題の中、我ながらよく頑張ったと思う。

ブライスもアルロも、結局新たな婚約者はまだいないらしい。つまりクルエット伯爵令嬢との仲はどちらも進展していないようだ。一体あの人はなんなのだろう。どうして私と婚約者の仲を引っ掻き回しておいて、そのどちらとも正式に婚約しないのだろうか。

うちからの慰謝料請求を恐れているのだろうか。

「……ヘンウッド子爵家とは裁判所を通して決着がついた。多少減額したが、概《おおむ》ねこちらが要求した通りの金額を支払わせることができそうだ」

「そうですか……。ダウズウェル伯爵家はどうなっていますの？　あなた」

「あちらも、息子の心変わりだと、その一点張りだ。相手の女性とはまだ交際しているわけでもも婚約すると決まったわけでもないが、とにかくうちとの縁は解消したいと主張している」

「おかしな話ですわね。あまりにも無責任だわ」

二人ともエーベル・クルエット伯爵令嬢については頑《かたく》なに口を閉ざしているらしい。両親に話すべきかと悩んだけれど、もうどうでもいいかと思った。話したところで私とあの人たちとの関係が変わるわけではないし。

「……私、修道院へ行くべきかしら」

母は驚いた顔で私を見る。

「ロゼッタ！　何を言い出すの。そんなに急いで決めることはないわ」

「うちはお兄様がもう結婚しているし、きっといずれお義姉《ねえ》様が可愛い跡継ぎを産むでしょう？　お嫁にいけないようじゃ、私は邪魔にしかならないわ」

「だからって、修道院なんて……！　もう少しゆっくり考えましょう、ロゼッタ。探せばあなたにとっていいご縁が見つかるかもしれないわ。ねぇ、あなた」

母はすがるように父の方を見たけれど、父は眉間《みけん》に皺《しわ》を寄せると小さく唸《うな》って顎《あご》を撫でている。

私の結婚相手を社交界から探し出すのは至難《しなん》の業《わざ》だ。いるとすれば後妻待ちの親子ほど歳の離れた人か、私のようなひどい訳アリか……

「……もしくは、何か手に職をつけて生きていこうかしら」

ふと思いついて、私は呟いた。

そうよ。別に修道院に行かなくても、自分の力で生計を立てればいいじゃないの。

結婚できないならできないで、一人で生きる術《すべ》を探せばいいんだわ。

この国ではなんらかの事情で適齢期に結婚することができなかった貴族家の娘は、問答無用で修道院に入るような風習がある。

だけど行儀作法や様々なマナーを身につけるためとして、結婚前に高位貴族の屋敷に勤めに出る子たちだってよくいるのだ。

「ロゼッタ……」

「料理人、家庭教師、侍女……。何か私にできる仕事があるはずよ！　決めたわ！　私、自立する。一人でも生きていける力を身につけるわ！」

突然思いついた自分の名案に私の胸は弾んだけれど、母はこの上なく心配そうな目で私を見ている。

「……まぁ、そうして働いて自分を磨いているうちにまた別の良縁が巡ってくるかもしれんしな。……ふむ。仕事については、私が心当たりのあるところを当たってみよう。性急に決めずに、少し待っていなさい、ロゼッタ」

「ええ！　ありがとうお父様！」

「あなた……」

父は前向きに私の進路を見つけようとしてくれているようだが、母はまだ不安そうに父を見ていた。やはり娘には誰かいい人と結婚して安心して暮らせる環境にいてほしいと思っているのだろうか。

心配ばかりかけて申し訳ないけれど、もうこうなった以上奇跡の良縁が飛び込んでくるのを信じて待っているなんて非現実的だ。一生一人で生きていくこともちゃんと考えなくちゃ。

それから数週間後、父が紹介してくれた仕事はかなり条件のよいものだった。

「ロゼッタ、アクストン公爵家のことは分かるだろう」

「ええ、もちろん」

アクストン公爵家といえば、我が国随一の公爵家だもの。広大な領土に成功を収めた数々の事業、由緒正しい歴史あるお家柄。知らない貴族はいない。しかもアクストン公爵領はうちのハーグローヴ子爵領とわりと距離が近い。王都にほど近い広大な公爵領の南側がハーグローヴ子爵領となっている。

アクストン公爵家は、先代公爵の奥方がこの国の現国王陛下の妹君だったという素晴らしいお家柄だ。奥方に続き先代公爵が亡くなり、ご子息が最近後を継いだという話も知っていた。なんでも社交嫌いの変わり者らしく、滅多《めった》なことではパーティーや晩餐会《ばんさんかい》などの場に姿を現さないとか。学園でもその若き公爵様が話題になることはたびたびあった。すごく美青年らしいとか、なぜ独身なのだろうかとか……。若い女の子はそういう話に目がないのだ。

「そのアクストン公爵家の新当主が、病気がちな妹君の侍女を探しているそうなのだ。成績優秀で品行方正な者がいいと、候補者を吟味《ぎんみ》しているらしい。先方には私が話を通してあるから、アクストン公爵家に面接に行っておいで」

「っ！　あ、ありがとうございますお父様！」

「まぁ……っ！　公爵家の侍女になれるのだったら、いいんじゃありませんこと？　あなたの素晴らしい経歴になるわよ、ロゼッタ。数年でも働いたら、いいお家柄の子息とのご縁もできるかも」

母はまだ私の結婚を諦めていないらしい。

だけど私はそれどころではなかった。だってもしかしたらすぐにいい仕事が決まるかもしれないんだもの！　ついこの前まで二度の婚約破棄でめちゃくちゃに落ち込んでいたはずなのに、今は目の前に開けてきそうな新しい自分の人生にすごくワクワクしていた。

（アクストン公爵家の侍女の仕事……決まりますように！）

◇　◇　◇

（す……、すごい……）

なんてご立派なお屋敷なんだろう。

この国随一の公爵家のお屋敷は、それはそれは大きく豪奢《ごうしゃ》な建物だった。門の前に立つだけでその迫力に圧倒されてしまう。

馬車を降りた私はぽかーんと口を開けたまま、しばらくその素晴らしいお屋敷を見つめていた。うちだって別に粗末なお屋敷ってわけではないけど、比べたら雲泥の差だわぁ……

「何用であるか？」

「っ！　あっ、し、失礼いたしました。私ハーグローヴ子爵家のロゼッタと申します。父よりご当主のライリー・アクストン公爵に話を通してございます。面接に……」

「ああ。お入りください」

門番の人はすでに話を聞いていたのか、あっさりと私を通してくれた。緊張しながら中に進み、玄関に辿り着く。

案内されるままに屋敷の二階に上がり、フカフカの絨毯《じゅうたん》が敷きつめられた廊下を歩いていく。頭の中では練習を重ねてきた自己紹介の言葉を繰り返していた。

「こちらに旦那様がいらっしゃいます。どうぞ」

「は、はい」

使用人の方について、おそるおそる奥の部屋の中に入る。

「旦那様、お連れいたしました」

「ああ」

「し、失礼いたします」

挨拶をしようと公爵の顔を見た私は、思わず息を呑んだ。

(う、わぁ……)

なんて素敵な方なんだろう。

お若い方だと話には聞いていたけれど、私の想像以上に目の前の公爵様は若かった。……私より五つか六つぐらいは年上かしら。キメの整った滑《なめ》らかな肌に、切れ長の金色の目。長めの栗色の髪は艶《つや》やかで、とても美しい顔立ちだった。背がスラリと高くて、まるで絵画から飛び出してきたような出《い》で立ち。つい見とれてしまう。

公爵は窓際に立ち、その金色の目でじっと私を見据えていた。なかなかお目にかかれないレベルの美男子を前にした私の胸は、緊張のあまりドキドキと高鳴った。軽く咳払いをして改めて自己紹

介をしようとする。

「は、はじめまして。私はハーグローヴ子爵家の……」

「知っている。短期間に二度も婚約を破棄された子爵令嬢だろう。何か大きな欠点があるのなら今のうちに言ってくれないか。ごまかされていては時間の無駄だ。どうせうちの侍女にふさわしくないと思えば即クビにするのだから」

あ、この人、嫌い。

初対面で突然デリカシーの欠片《かけら》もない言葉を投げつけられ、さっきまでのときめきは一瞬にして空の彼方《かなた》へと飛んでいった。

お腹の底にじわりと湧いてきた嫌悪感を押し殺して、私は静かに深く息を吸った。我慢我慢。とにかく今はできるだけいい仕事を見つけることが大事なんだから……

「……たしかに、私は二度婚約を破棄された身ではありますが、そのどちらも私に問題があったからではありません。たまたま相手の男性が二人とも、別の女性に心を移してしまい、このような結果になりました」

それもどちらも同じ女性にね。

「たまたま、か。そんなことがあり得るか？　貴族の婚姻は家同士の結びつきのために行われるのが一般的だ。普通なら自分の一時の気の迷いなど押し殺し、大人しく決まった相手と結婚するものだろう。つまり、相手の男たちにとって君はそうするだけの価値がなかったということだ。とすれば、何か重大な欠点が君にあると考えるのが妥当だろう」

「……二度の婚約のどちらも、私は相手の方から大切にされてきました。一度目の婚約は十年来のもので、お互いに信頼関係を築けていたと思います。二度目は、幼なじみの男性から私のことをずっと想っていたと愛の告白をされ、婚約することになりました。二度の婚約共に、私は自分がないがしろにされていると感じたことはありませんでした。二人が他の女性に懸想《けそう》するまでは……」

「つまり君に気持ちを寄せていたはずの相手が君と付き合いはじめてその気持ちを変えたということだ。ますます悪い。やはりよほどの理由があるのだろう」

握りしめた拳が震える。もう結構です、帰ります、という言葉が喉元まで出かかった。けれど、父が口を利いてくれて今日のこの面接の日を迎えているのだからと自分に言い聞かせ、どうにか思いとどまっていた。

私が押し黙ると、感じの悪い美麗公爵は淡々と言葉を続けた。

「……まぁいい。父上から送られてきた学園の成績表は確認した。探しているのは私の妹のそばで仕えてくれる侍女だ。だいぶよくはなってきているが、妹は昔から病弱でな、幼い頃から多くの時間をベッドの上で寝たきりで過ごしてきた。その妹が心を許していた親しい侍女が、結婚のために退職したのだ。嫁《とつ》ぎ先が遠方のため、もうなかなか会うこともかなわない。妹は随分落ち込んでいる。彼女の代わりになれる人物はそう簡単に見つからないとは分かっているが、それでも心の慰《なぐさ》めになるような優しく賢い者を見つけてやりたいと思っているのだ」

妹さんには随分お優しいんだな。

「君は十八歳と聞いた」

「ええ……」

「退職した侍女と同じ年齢だ。妹の二つ上か。……会ってみてくれるか」

どうやら今すぐ不合格にする気はないらしい。二度も婚約破棄されたいわくつきの女でも、妹さんが気に入ればよしということか。

「承知いたしました」

「申し遅れたが、当主のライリー・アクストンだ。妹の部屋には屋敷の者が案内する」

腹の立つ男ではあるけれど、妹思いなのは間違いないみたい。それならばこちらも妹さん次第で決めるか、という気持ちになった。

公爵の執務室を辞すると、私は使用人に連れられて妹さんの部屋に向かった。屋敷が広いので移動距離が長い……

渡り廊下を通って別棟に入ると、右へ左へと何度も曲がってようやくお部屋の前まで辿り着いた。

(どんな人なのかしら、あのいけ好かない公爵の妹君って。たぶん似たような感じなんだろうなぁ……)

「失礼いたします、オリビアお嬢様。侍女候補の方をお連れいたしました」

年配の使用人がそう声をかける。お名前はオリビアさんなのね。

「……どうぞ。入っていただいて」

「失礼いたします」

あら、か細くて可愛らしい声。そう思いながら、私は丁寧に挨拶して部屋の中に進む。

白いドレスを着てソファーに座っていたのは、透き通るほど真っ白な肌の美少女だった。綺麗な青い瞳。髪の色が公爵と同じ栗色だ。

「はじめまして。私はハーグローヴ子爵家の娘、ロゼッタと申します。よろしくお願いいたします」

(なんて可愛らしい方なのかしら……！)

さすがにあの公爵の妹君、息を呑むほどに美しい人だった。

「今日はわざわざ足を運んでくださってありがとうございます。私がオリビア・アクストン、この屋敷の当主の妹ですわ。こちらこそよろしくお願いいたします」

そして、あの公爵とは比べ物にもならないほどに感じのいい人だった。か細くて華奢《きゃしゃ》で、……と言っても、あのエーベル・クルエット伯爵令嬢とは違う透明感がある。澄んだ空気。なんと形容すればいいのか、醸《かも》し出すピュアな雰囲気があの人とは全然違うのだ。

私に向かって静かに微笑《ほほえ》むその姿はあまりに儚《はかな》くて、触れれば倒れてしまいそうなほど頼りなげな雰囲気だった。ややもすれば陰鬱《いんうつ》な印象を与えかねないほどに、彼女は静かで大人しかった。だけどこの人の持つその独特な透明感と柔らかさが、その暗さを打ち消していた。

もっとそばにいらして、とオリビア嬢に声をかけていただいて、私は勧められるままに向かい合って腰を下ろした。

不思議なほどに、私とオリビア嬢は気が合った。まるで幼い頃からずっと仲良しの友人同士のように。

私の日々の生活やこれまでの経験を聞いた彼女は、婚約破棄のことを心から同情してくれた。

そして彼女自身の語ったこれまでの人生も、私の心を締め付けた。

「母は、私を産んですぐに亡くなったそうですの。元々母もあまり体が丈夫ではなくて……。でも、そんなに寂しくはなかったんです。父は忙しい人だったけれど、愛情深くて優しかった。それに、何より兄が時間の許す限り私のそばにいてくれたんです。子どもの頃は……」

「そうでしたのね」

やっぱりあの公爵は妹にはとても優しいらしい。

「でも、兄はアクストン公爵家の跡取り。勉強しなきゃいけないことは山のようにありました。今だから分かるけれど、こんな病弱な妹を抱えているからこそ、余計にしっかりしなくてはと必死だったのだと思います。ロゼッタさんより、私の方こそ一生貰い手がないかもしれませんわね。ふふ……」

そう自嘲《じちょう》気味に言うオリビア嬢の姿は、なんだかとても寂しげだった。

「そんなこと……。オリビア嬢は素敵です。体が弱くても、そんなあなたのことを心から大事にして守ってくださる殿方に出会えるはずですわ」

「……ありがとう、ロゼッタさん」

オリビア嬢は頬を染めて恥ずかしそうに笑った。とても可憐で、思わず頭を撫でてあげたくなってしまう。

「……父が急逝《きゅうせい》したのは、たった三ヶ月前のことです。持病があるなんて兄も私も全く知らなくて……。密かに心臓の薬を飲んでいたらしいのですけど、医者にはライリーに伝えないようにと言ってあったそうで……父が亡くなったちょうどその頃、ヘレナ……私が頼りにしていた侍女なのですが、彼女が結婚して退職することが決まってしまって。とても辛い数ヶ月間でしたわ」

「そうでしたの……」

「兄は幼少の頃から真面目に経営学に取り組んでいたそうで、仕事の引き継ぎは問題なくいっているようなのですが、きっと兄だって辛かったはずですわ」

「ええ、そうでしょうね、きっと……」

冷徹《れいてつ》な仮面の下には、複雑で繊細な感情があるのだろう。もしかしたら、妹君のために必死で虚《きょ》勢《せい》を張っていたりするのかもしれない。

（よく知りもしないで、第一印象だけで嫌な人だと決めつけてはいけないわね……）

亡くなったご両親や去ってしまった侍女のことを思い出したからだろうか、ふいに押し黙って俯《うつむ》いてしまったオリビア嬢は、ますますか弱く寂しげに見える。

（……髪、もったいないな。こんなに綺麗なのに下ろしっぱなしで）

長い睫毛《まつげ》に見惚《みと》れていると、ふとオリビア嬢の美しい栗色の髪が無造作に頬の横を流れ、腰まで下りているのが気になった。せっかくこんなに美しくて艶《つや》やかなのに。高級なお手入れ用品を惜しみなく使っているのであろうその長い髪は、結われることなくただ下ろされていた。

「……オリビア嬢は、オシャレはお好きですか？」

「……えっ？」

私の言葉が突拍子もないものに聞こえたのだろうか、キョトンと目を丸くして顔を上げた彼女の表情はキュンとするほど愛らしかった。

「あ、いえ、ごめんなさい急に。その……余計なお世話かもしれませんが、髪を結ったりはされないのかなぁって。可愛らしく編み上げたらきっとオリビア嬢のご気分も晴れやかになるのではないかって。そう思いまして」

「ああ、これ……」

私の言葉にオリビア嬢は困ったように眉尻を下げると、細い指先で自分の髪を一房弄《もてあそ》びながら言った。

「前は侍女に結ってもらっていたのだけれど……体調が思わしくなかったりで、結局一日中部屋で過ごすことが多いものですから。どこにも出かけず誰にも会わないのに、朝から侍女の手を煩《わずら》わせることが申し訳なくなってしまって。もう髪は結わなくていいわって、私から言ったんです」

「……そうなのですね」

うーん、もったいない……。たとえ家の中で過ごすにしても、綺麗に髪を整えて過ごせば気分も上がるはずなのになぁ

この人を可愛く飾ってあげたい。それで少しでも、明るい気持ちになってくれるのなら。

「あなたの髪型はとても素敵ね」

「あ、ありがとうございます。毎朝自分で結ってるんですよ、私」

「そうなの？　すごい。とても器用なのね」

オリビア嬢は興味をそそられたのか、編み込みを作った私の髪型を食い入るように見ている。そうよね、やっぱり女の子だもの。オシャレが嫌いなわけがない。

「あの……、オリビア嬢さえよければ、私に髪を結わせていただけませんか？」

「えっ？　で、でも……、あなたにそんな手間をかけるのは申し訳ないわ」

「いえ、全然手間じゃありませんわ。私得意だし、好きなんですこういうの」

「そう……？　じゃあ……お、お願いしてもいいかしら……」

「ええ！　お任せくださいっ」

ふふ。やったわ。せっかくだからとびきり可愛くしてあげなくちゃ。私はウキウキしながらドレッサーに置いてあったブラシやピン、リボンなどを借りると、ソファーに腰かけているオリビア嬢の背後に回った。

「失礼いたします」

（……うわぁ、本当にツヤツヤ……。これはやりがいがあるわ！）

若く清純な彼女の魅力を引き立てるような、それでいて凝《こ》った愛らしい髪型にしようと、私は指先をくるくると動かしていく。

サイドの髪だけを少し残して、後ろで一つにまとめると、その束と水色のリボンとを一緒に緩く三つ編みにする。それをピンで数ヵ所留めつつ後頭部にくるりと巻き上げていき、リボンの先をふわりと垂らした。

「はい、できました。どうですか？　下ろしていることが多いようでしたから、まとめて結い上げてみましたわ。髪型が変わると、気分が変わりませんか？」

「……っ！　素敵……。こんな短い時間で、こんなに可愛くしてくれるなんて……。あなたすごいのね、ロゼッタさん」

何度も角度を変えながら手鏡を見て感嘆《かんたん》するオリビア嬢の言葉に、思わず頬が緩む。

「ふふっ。お気に召したようでよかったです」

「ええ！　本当に素敵。あなたの言う通りね。ここまで気持ちが弾むなんて。……嬉しいわ。ありがとうロゼッタさん」

そう言って私の方を振り向いた彼女は、今日一番の晴れやかな笑顔だった。

「……ロゼッタさん、今日はたくさん話を聞いてくださってありがとう。なんだかあなたはとても話しやすいわ。こんなに自分の気持ちを人に打ち明けたのは久しぶりです」

「ふふ、私でよければ、これからもなんでも話してください。たとえ私がアクストン公爵家の侍女になれなかったとしても、お手紙をやり取りしたり、時々はこうして会ってお喋りしたりすることもきっとできますもの」

その後は私の学園生活の思い出話で盛り上がり、ただの面接にしてはかなり長い時間をオリビア嬢のお部屋で過ごしてしまった。別れ際には互いにしっかりと手を握り合って挨拶し、今日の出会いに感謝し合った。

それから日を置かずして、アクストン公爵家から我が家に採用通知が届いたのだった。

第二章　アクストン公爵家の侍女

アクストン公爵家の住み込みの侍女として働くことになった私の主な仕事は、オリビア嬢の身の回りのお世話だった。

オリビア嬢が起きると、身支度《みじたく》をお手伝いする。お化粧をして髪を結ってあげたり、ドレス選びや靴選びをお手伝いしたりする。これが思いの外《ほか》楽しかった。

そもそも私はオシャレが大好きで、自分の肌や髪のお手入れも欠かさなかったし、流行《はや》りの小物やドレスについても詳しかった。自分の知識を駆使《くし》してこの美少女を美しく飾ることはウキウキしたし、オリビア嬢をとても喜ばせもした。

「ふふ、あなたって本当にヘレナのようだわ。ヘレナもこうして私好《ごの》みのお化粧を上手にしてくれていたし、私に似合う色のアドバイスもよくしてくれたの。あなたと歳も同じだし……っ、ごめんなさい。他の人と比べるようなことを言っては、不愉快よね……？」

「ま、ふふ。いいえ。オリビアお嬢様が喜んでくださるなら私もとても嬉しいですわ。もっと褒めてくださいませ」

「まぁっ、ロゼッタったら。ふふ……」

こうしてたまに軽口を叩くと、オリビア嬢は本当に楽しそうに笑うのだった。

最初の頃は、私たちの様子を見たあの兄の冷徹《れいてつ》公爵にチクリと小言をいただくことも少なくなかった。

「気に入られたのは結構だが、あまり妹をはしゃがせないでくれないか。笑いすぎると発作が起こって咳が止まらなくなることがある。何かあってからでは遅いのだぞ」

「……はい、申し訳ございません」

「お兄様ったら……！　自分のことはちゃんと自分で分かっているわ。ロゼッタにきつく当たらないで」

だけどそのたびに、オリビア嬢がこうして私を全力で庇ってくれる。

「ごめんなさいね、ロゼッタ……。兄って女性が嫌いなのか苦手なのか、いつもあの調子なのよ。嫌になって、辞めたりしないでね……」

辞めません辞めません。素晴らしい職場ですもの、ここ。オリビア嬢は優しくて可愛いし、嫌な仕事仲間もいない。使用人たちは皆品がよく、穏やかでいい人ばかりだ。食事も美味しいし、ふかふかベッドの個室付き。誰が辞めるものですか。公爵様の嫌味の一つや二つ、我慢するわ。

「ご心配なく、オリビアお嬢様。アクストン公爵に叱られたぐらいで私は辞めたりいたしませんので。それに、いつも大切なことを教えていただいておりますわ。たしかにお喋りが楽しくても、ほどほどにしなくてはいけませんね。オリビアお嬢様のお体に負担のかからない程度に。気を付けますわ」

私がそう答えると、オリビア嬢はふう、と深く溜め息をつく。

「……あんなだから、お兄様にはお嫁さんが来ないのかしら」

「……まさか。アクストン公爵家のご当主ですよ。しかも、あれほどの美しい容姿をお持ちで……旦那様さえその気になれば、それこそよりどりみどりでは？」

私が素直にそう答えると、オリビア嬢はますます眉間《みけん》に皺《しわ》を寄せる。

「うーん……。じゃあやっぱり、お兄様が選《え》り好《この》みしすぎているのかしら……。うちには兄と私しかいないのに。兄が結婚してくれなかったら、アクストン公爵家は私たちの代で終わってしまうわ」

「そ、そんなこと。旦那様はよく分かっておいでのはずですもの。きちんと考えておられるはずですわ。大丈夫ですよ」

口ではそう言いつつ、実は私も疑問でならなかった。いくら性格にちょっと難ありとはいえ、このアクストン公爵家の当主とあらば引く手あまたのはず。どうにかして繋がりを持ちたいと思っている家も多いだろうし……

(きっと縁談を断りまくってここまで来たんだろうなぁ……)

簡単に女性に心を開きそうな感じでは、たしかにない。

それにしたって、結婚して跡継ぎを作ることはこの公爵家にとって大切なことだろうに。

(……ま、私が心配する話でもないわね)

ある夜、帰宅したアクストン公爵を捕まえてオリビア嬢が真剣に頼み事をはじめた。

「お願いよ、お兄様。もうお茶会には半年も行っていないわ。体調も安定しているし……ね？　いいでしょう？」

「前回のことを覚えていないのか。途中で具合が悪くなったと言い出せずに、真っ青な顔で夕方帰ってきたかと思えば丸五日も寝込んだんだぞ、お前」

「あの頃よりも今の方がずっと体の調子がいいわ。お医者様に聞いてみて、お兄様。お願いよ」

少し離れたところに立ちオリビア嬢を見守っていた私は、祈るような思いだった。

幼い頃から外出の機会がほとんどなく、病弱だったため学園にも通えなかったオリビア嬢には、同じ年頃のご友人が少ないのだとか。

そんなオリビア嬢の元へ、珍しくお茶会の招待状が届いたのだ。

その茶会の招待主は、ライリー様とオリビア嬢のお母様、亡きアクストン前公爵夫人の古い友人でもあったゲルナー侯爵夫人だった。数ヶ月に一度程度の間隔で、こうしてオリビア嬢を気遣って声をかけてくださっているらしい。何度か参加しているためオリビア嬢も顔見知りのご令嬢が何人かいるようで、行きたくてたまらないのだろう。

（そりゃそうよね……いくら素敵なお屋敷とはいえ、ずっと閉じこもっていたら外に出たくもなるってものよ）

必死に頼み込むオリビア嬢と、苦虫を噛み潰したような顔のライリー様を見ながら、私も心の中で許可が出ることを祈っていた。

「今回はすぐにお暇《いとま》するから！」

「……本当だろうな」

「本当よ！　それに、ロゼッタも一緒なのよ。ロゼッタがちゃんと私を連れて帰るわよ」

オリビア嬢の言葉に、ライリー様がチラリとこちらを見るようなそぶりをした。

「……次の診察の結果次第だ」

「っ！　あ、ありがとうお兄様！」

晴れやかな顔をしたオリビア嬢の頭の中では、もうすでにお茶会用のドレス候補が次々浮かんでいることだろう。

◇　◇　◇

それから二週間後、オリビア嬢は爽《さわ》やかな水色のドレスに身を包み、丁寧にお化粧を施してゲルナー侯爵宅に赴《おもむ》いた。髪は可愛らしくハーフアップに結って何ヶ所か細い三つ編みを垂らしてある。凝《こ》ったヘアスタイルにオリビア嬢は大喜びしてくれた。

（あとは帰宅時間ね……。絶対に長居しないようにしなくては……）

今朝、ライリー様から直接念を押された。

「必ず二時間以内に帰らせてくれ。くれぐれも長居は無用だ。分かったな」

厳しすぎる気はするけれど、以前お茶会で無理して長居したことから体調を崩したという過去があるならば、ライリー様の心配も理解できる。

（今はとにかく実績を積むことが大事よね。無事の帰宅が何度か続けば、そのうちオリビア嬢の外出時間も徐々に延ばしてもらえるでしょう）

私はそう考えながら、ゲルナー侯爵家の門をくぐるオリビア嬢の後ろに続いた。

中庭にはすでに何人ものご婦人方やご令嬢が来ていて、長テーブルを囲み談笑していた。

「あら！　来てくださったのね、オリビアさん」

「ご無沙汰《ぶさた》しております、ゲルナー侯爵夫人。本日はお招きくださってありがとうございます」

主催者とオリビア嬢がにこやかに挨拶を交わしている間、私は少し離れたところに静かに立ち待機していた。しばらく会話をしてから、さ、どうぞ座ってちょうだいねと夫人に言われたオリビア嬢が奥の席につく。

何人かの顔見知りと思われるお嬢さん方が彼女に声をかけてくれる。そちらの方に視線を送って、私は固まった。

「……あら、あなた……」

なんと、その中の一人はあのエーベル・クルエット伯爵令嬢だったのだ。向こうもすぐに私に気が付き、目を丸くしている。

まさかこんな席でまた私に謝罪なんかしながらわぁわぁと泣いたりしないでしょうね……と、私が警戒していると——

「ロゼッタさんじゃないの！　ロゼッタ・ハーグローヴ子爵令嬢。何ヶ月ぶりかしら、卒業以来だわ。お久しぶりねぇ。……あなた、こんなところで何をしているの？」

「お知り合いでしたの？　彼女は今、私の侍女をしてくれていますの。とても頼りになるし、気も合うし……私、彼女のことが大好きなんですのよ。ふふ」

何も知らないオリビア嬢が嬉しそうに微笑《ほほえ》んで言った。

へぇ……と答えたクルエット伯爵令嬢は、泣くどころかニンマリと嫌な感じに口角を上げた。

「まぁ、そうでしたのー。オリビア嬢の、アクストン公爵家の侍女に……まーぁ、そう……。うふふ」

何よ。何が言いたいのよ。

「……ええ。そうなんです。お久しぶりです、クルエット伯爵令嬢」

今日のクルエット伯爵令嬢には、学園で見せていたあのか弱げな雰囲気は全くない。オリビア嬢を交えてご令嬢方と話に花を咲かせながらも、時折チラチラと私の方を振り返ってはクスッと笑っている。

（何？　感じ悪いわね。男性がいない場だと、この人こんなにも変わるの？）

大方結婚できずに働き出した私のことが面白くてたまらないのだろう。ありありと顔に出ている。

というか、自分はどうなのよ。クルエット伯爵令嬢が結婚したという話は聞かない。

頭の中には様々な思いがよぎったけれど、私はクルエット伯爵令嬢の嫌な態度を極力気にしないようにした。今日の私はあくまでオリビア嬢の侍女。オリビア嬢さえこのお茶会を楽しんでくれて、無事に帰宅できればそれでいいのだから。

いよいよライリー様と約束した二時間が経とうという頃、私はオリビア嬢にそっと声をかけた。

「失礼いたします、オリビアお嬢様……そろそろお時間でございますので」

「あら、もう？　あっという間ねぇ」

オリビア嬢はがっかりした様子だったけれど、ここで兄上との約束を破れば当分次はないとよく分かっているので、渋々腰を上げる。

「うふふふっ、ロゼッタさんったら。侍女が板についているわねぇ。お似合いよ、あなたには」

「……はぁ。それはどうも」

学園時代とは別人のような笑みを浮かべるクルエット伯爵令嬢に、私は不気味さを覚えた。

（これがこの人の本性だったってこと？　あの〝エーベル親衛隊〟の男たちに見せてやりたいわね、この意地の悪い、いやぁ～な笑顔を……）

「あなた一生侍女としてアクストン公爵家で働くおつもりなの？　ご結婚はもう諦めたのかしら？　まぁ……でもそれもいいかもしれないわね。あなたってなんだか、そっちの方が性《しょう》に合ってそうですもの。殿方に大事に愛されて女の幸せを手にするよりも、自分の稼ぎで独りで生きていく方が……」

「……え？」

あまりに嫌味ったらしいクルエット伯爵令嬢の言い方に、ついにピュアなオリビア嬢でさえ怪訝《けげん》な顔で反応した。

「ふふ、いえ、ロゼッタさんって本当に成績優秀で素晴らしかったから。よいお家柄の夫人としてお屋敷で静かに暮らしていくよりも、才能を活かすお仕事をされていく方がずっと輝いていられる気がしたのよ。ふふ」

「ああ、……ええ、たしかに。ロゼッタって多才ですものね。私の知らないこともたくさん教えてくれるし。でも私は、そんなロゼッタだからこそ素敵な結婚をして幸せになってほしい気がするわ」

クルエット伯爵令嬢の言葉に悪意がないと判断したのだろう。私を褒めていると思ったらしいオリビア嬢はパッと明るい顔をしてそう言ってくれた。そんなオリビア嬢に、私も微笑《ほほえ》んで答えた。

「ふふ、ありがとうございます、オリビアお嬢様」

「……ふっ……」

クルエット伯爵令嬢は私を見て、扇で口元を隠すようにしてまた少し笑った。

（いちいち気に障《さわ》る反応するわね……絶対わざとでしょ）

お腹の中にモヤァとどす黒いものが渦巻くけれど、私はオリビア嬢のためにも笑みを崩さなかった。

その後、ご令嬢方に別れの挨拶をしたオリビア嬢が、最後にゲルナー侯爵夫人にも挨拶をしてこの場を立ち去ろうとした、その時だった。

侯爵夫人の周りにいた女性の中の一人が立ち上がり、私の方にスタスタとやって来る。

（……あ、この人）

「失礼、オリビア嬢。少しだけ、お宅のロゼッタさんとお話をさせていただけるかしら」

「……え？　あの」

「ごめんなさい、時間はとらせないわ。よろしくて？」

「ええ。少しでしたら構いませんわ、クルエット伯爵夫人」

「ありがとう」

その女性――クルエット伯爵夫人はオリビア嬢にしとやかに礼を言うと、そのまま私に向き直った。

「……ロゼッタさん、その、なんと言っていいのか……娘のエーベルのことで、あなたにとても辛い思いをさせてしまったようね。……本当に、申し訳ないわ」

突然声をかけられてもどう返事をすればいいのか分からず、私は思わず口ごもった。

クルエット伯爵令嬢の母親であるこの伯爵夫人のことは、社交の場で何度か見かけていた。だけど、両親も特にクルエット家とは親しくないのか、ゆっくり会話しているのは見たことがないし、私もこうして伯爵夫人と面と向かって話すのは初めてだ。

戸惑う私をよそに、クルエット伯爵夫人はさらに言葉を重ねてくる。

「まさか、あなたの昔からの婚約者であったヘンウッド子爵令息のみならず、ダウズウェル伯爵令息までもが、うちの娘に懸想《けそう》してしまうなんて……。しかも、そのためにあなたのことを……。相手側の一方的な感情だとは言っても、あなたがあまりにも可哀相で……私、あなたの二度目の婚約破棄のことを知った夜なんか、一睡もできなかったわ」

「……はぁ」

「辛くてたまらないでしょう？　今。大丈夫……？」

心底心配でたまらないというその表情は私への憐憫《れんびん》に満ちていて、なんだか自分がものすごく惨《みじ》めな人間になった気がした。

……早くこの人のそばから離れたい。

私は咄嗟《とっさ》にそう思った。だけど本気で心配してくれている様子の伯爵夫人にあまり失礼な態度をとるわけにもいかない。

「……お気遣いありがとうございます、クルエット伯爵夫人。ですが、どうかそんなにお気になさらないでください。こんなことでダメになってしまうご縁なんて、所詮《しょせん》その程度のものだったのですから。遅かれ早かれ、別の何かが原因で破局していたかもしれませんわ」

「まぁ、ロゼッタさん……。気丈なのね。本当は辛くてたまらないでしょうに」

「いいえ、本当に、私は大丈夫です」

「そんな……大丈夫なはずがないわ。子爵家のお嬢さんが二度も婚約を破棄されてしまったのよ。経歴に大きな傷がついてしまって……あなたがこの先どんな人生を歩むのかと思うと、私……。ね、何もしてあげられないかもしれないけれど、私でよかったら相談してちょうだい。あなたの過去の婚約者たちとうちの娘がこの先どうこうなることは決してないけれど、それでも私、あなたのためになることならなんでもしてあげたいって思っているのよ」

……なんだろう。この人の言葉を聞けば聞くほど、気持ちが沈んでいく感じがする。

（別に、私はそこまで可哀相な女じゃない）

もう話を切り上げたい。私は努めて明るい表情を作ると、これで終わりとばかりにクルエット伯爵夫人に言った。

「本当に、私は大丈夫です、クルエット伯爵夫人。たしかに結婚の話はなくなってしまいましたが、今はアクストン公爵家の侍女として毎日とても充実した日々を送っておりますので。楽しいんですのよ、とても。オリビアお嬢様は素敵な方ですし、ご当主のアクストン公爵もご立派な方で……」

「だけど、あなたのご両親はあなたを侍女としてよそのお宅で働かせたかったわけじゃないと思うわ。きっといい人と結婚して幸せになってほしかったはずよ。……どう？　あなたのお母様、ハーグローヴ子爵夫人は。落ち込んでいらっしゃるんじゃない？　お元気にされてる？」

ムカ。

……と、不愉快な気持ちが一気にせり上がってきて、思わず顔が強張った。どうしたんだろう、私。さっきのクルエット伯爵令嬢の態度で神経がピリピリしているからかしら。母のことまで持ち出してきてなかなか話を終わらせようとしない目の前の伯爵夫人になんだか無性に腹が立ってきた。

（いけないわ……落ち着くのよ、ロゼッタ。せっかく心配してくださっているのに。態度に出すな、態度に出しちゃダメ……）

「……ええ！　母も最初はしょんぼりしてましたが、私が毎日楽しく過ごしているものですから、ひとまずはこれでいいかという気持ちになっているようですわ、ほほ。では、すみませんがこれで……」

「だって、今日みたいなお茶会、ハーグローヴ子爵夫人ならきっとお顔を出すはずでしょう？　あなたの二度目の婚約破棄以降、夫人は社交の場にほとんど顔を見せないと皆が言っているものだから……」

……この人、何を言っているのかしら。

母は別にゲルナー侯爵夫人と個人的に親しいわけではないから、今日みたいな内輪の茶会に呼んだり呼ばれたりする関係ではないというだけなのに。

「……ご心配いただいて、本当にありがとうございます。両親も私も元気ですから、大丈夫です。すみませんが、オリビアお嬢様をお屋敷に連れ帰る時間が迫っておりますので、本日はこれで失礼いたします」

結局、最後はかなり強引に会話を切り上げて帰ってしまったのだった。

「……というわけでして。帰宅時間が少し遅れてしまったのは、決してオリビアお嬢様がお帰りを渋ったからではございません。例の婚約破棄のことで、私があるご婦人に声をかけられしばらく捕まってしまったからでして……。申し訳ございませんでした」

アクストン公爵邸に帰るなり目を吊り上げて私たちを出迎えた当主のライリー様に、事情を説明させてくださいと懇願《こんがん》し、私はライリー様の執務室に入った。深々と頭を下げ、許しを請う。

しばらく無言でいた当主は、ふー……と長く息をつくと、分かった、と短く答えた。私はおずおずと顔を上げる。美麗な顔のその眉間《みけん》にはくっきりと皺《しわ》が刻まれており、いまだ彼が不機嫌なのが見てとれた。

「……それで、体調は」

「……あ、はい！　オリビアお嬢様でしたら、大丈夫です。終始お疲れのご様子もなく、元気にお過ごしでいらっしゃいました。久しぶりのお茶会はとても楽しかったようで、ご令嬢方とのお喋りを喜ばれておいででしたわ」

「……そうか」

私の報告に、ライリー様の表情が少し和《やわ》らいだ。大切な妹君が楽しいひとときを過ごしてきたことを喜んでいるのが手にとるように分かった。

（やっぱりオリビア嬢には優しいなぁ……）

もう下がっていいという一言が欲しいのだけど、ライリー様は何も言わない。ついには机の前に座りペラペラと書類なんかを捲《めく》りはじめた。

（……えぇ。どうしよう。では失礼いたしますって言って下がってもいいのかしら、こういう場合）

私が一人気まずくモジモジしていると、ふとライリー様が言った。

「……君は、大丈夫なのか」

「っ？　は、はい？」

「妹について社交の場に行けば、今後も面白おかしくいろいろ尋ねてくる者が出るだろう。また不愉快な思いをすることになるんじゃないのか、オリビアの侍女をしていると」

……ああ。大丈夫なのか、って、そういうことか……

まぁたしかに、今日はちょっと嫌な思いはしたけれど。

だからと言って、これから先ずっと社交の場から逃げて回ることなんてできないし。気にしていたらそれこそ修道院にでも入るしかなくなるわ。

「私でしたら大丈夫ですわ。二度の婚約破棄は今さらなかったことにはなりませんし、どうせどこへ行っても当分何かしら言われ続けますもの。それはオリビアお嬢様の侍女をしていなくても同じことですわ」

「……」

「社交界は他人の噂《うわさ》話で持ち切りなことも重々承知しておりますし。どうせ今後誰かの新しいスキャンダルがいくつか出てくれば、誰も私の話なんて一切しなくなる日がやって来ますわ。それまでは何か言われても、のらりくらりと躱《かわ》し続けるまでです」

「……ふ、そうか」

小さくそう言うと、ライリー様はこの部屋に私が入ってきて以来初めて顔を上げ、私を見た。金色に深く輝く綺麗な瞳と目が合って、思わずドキンと心臓が跳ねる。

(……うーん……。やっぱり素敵だなぁこの方……)

「随分肝が据わっているようで安心した。妹は君をいたく気に入っているからな。簡単に辞められてしまってはまたあいつが悲しむだろうから」

「ああ、いえ、ご心配なく。そのような考えは微塵《みじん》もございませんので」

ケロリとそう答えると、私から目を逸らしたライリー様が少し笑った気がした。

「……結構なことだ。もう下がっていい」

「はい。では、失礼いたします」

ようやく許可が降りて、私はいそいそとライリー様の執務室を後にした。

オリビア嬢の元に戻りながら、さっきの微かに和《やわ》らいだ表情のライリー様が、頭の中にチラリと浮かぶ。

（……満面の笑みも見てみたいわね。きっと息が止まるほど素敵だと思うわ……って、私は一体何を考えているのかしら）

自分の考えが恥ずかしくなり、私は一人でフルフルと首を振った。

本当に……余計なお世話なのは百も承知だけど、どうしてあの歳まで独身なのかしらねぇ……でも、もしこんなことをご本人にずばりと聞いたら、「人のことよりまずは自分の心配をしたらどうだ」と冷たい目で言われそうだ。絶対に言うまい。

「ロゼッタ！　……ど、どうだった？　お兄様の様子は。あなた、怒られなかった？」

お部屋に戻るなり、オリビア嬢が私に飛びついてきた。

「大丈夫ですよ、オリビアお嬢様。全く問題ございません。ちゃんと説明したら分かってくださいましたし、オリビアお嬢様がお茶会を楽しんでおられたことをご報告したら嬉しそうにしておいででしたわ」

「そう？　あぁ、よかったわぁ……」

心底ホッとしたらしいオリビア嬢は大輪の花のように美しく笑った。本当に、純粋で可愛らしい人だ。

（……それにしても、まさかオリビア嬢とエーベル・クルエット伯爵令嬢が顔見知りだったなんて……）

◇　◇　◇

「どっ！　どういうことだよエーベル!!　卒業したら……僕との婚約を一緒に両親に頼むって言ってたじゃないか！」

「……言ってないわ、私、そんなこと」

「な……なんだよそれ……今さら……！　そんな嘘が通用するとでも思ってるのかよ！　ひどいじゃないか!!」

パッとしないヘンウッド子爵家の息子が目を見開いて私ににじり寄ってくる。

（いやぁね、こんな必死な顔して近づいてきて……。ますます不細工に見えるわ）

勝手に勘違いした自分が悪いくせに。

最初に私が声をかけた時、ブライス・ヘンウッド子爵令息はものすごく驚いた顔をした。

それはそうよね。私の周りには常に見目のいい伯爵家や侯爵家の子息が何人もいて、私は学園でお姫様扱いだった。こんな平凡な人とはあまり話したことがないもの。

「私ね、ブライス様とお友達になりたいなってずっと思っていたの。……いや？」

「いっ！　いやっ！　まままさかっ！　嫌なわけ……っ」

真っ赤な顔で狼狽《うろた》えながらそう答えたブライス・ヘンウッド子爵令息はとても無様だったけれど、不慣れで緊張した様子が可愛らしくもあり、私はその反応に満足した。

あなたには大切な婚約者がいるんだから、仲よくなったことは誰にも内緒ね、あなたの可愛い婚約者さんがヤキモチを焼いてしまうもの、と言って、私は密かにヘンウッド子爵令息を何度も呼び出しては二人きりの時間を過ごした。

彼はすぐに私に夢中になった。

私には、どうやらそういう魅力があるらしい。私が上目遣いで見つめて話しかけると、大抵の男の人はオロオロと狼狽《うろた》えながら顔を赤くする。そして私の可愛いワガママをなんでも聞いてくれて、私に愛を囁《ささや》くようになるの。

ヘンウッド子爵令息も簡単だった。

「エ、エーベルさん……。僕の、秘密の恋人になってくれないか……？　僕は、君を独占したい。君はいつも大勢の男に囲まれているだろう。こんなに親しくなったのに、君が他の男たちに笑いかけているのを見るのが我慢ならないんだ」

「だけど、ブライス様、あなたには素敵な婚約者さんがいるわ」

「わ、分かってるんだけど……。ロゼッタとは、たしかに古い付き合いだし、親同士の決めた婚約者だから、今さら僕の一存でどうにかなるものでもない、けれど……でも……」

「ひ、ひどいわブライス様……っ」

「……え？」

「あなたはこれからも婚約者さんとずっと付き合っていくし、いずれあの方と結婚もするのに、わ、私を束縛したいというの……？　じゃあ、あなたが学園を卒業してあの方と結婚する時に、私は使い捨ての不用品のように捨てられてしまうのね……っ」

「っ!?　い、いやっ！　け、決してそういうつもりじゃ……！」

私が瞳を潤ませて顔を覆うと、ヘンウッド子爵令息は慌てふためく。私はわざとしゃくり上げながら、震える声で言った。

「……別に、嫌じゃないのよ。あなたに束縛されることは……。むしろ、そんなに深く想ってもらえるなんて、私嬉しいの、とても」

「……え、……えっ？　ホ……、ホントかい？」

「ええ。だって、あなたって本当に素敵なんだもの。だけど、私だって普通の幸せが欲しいの……。私ね、まだ婚約者が決まっていないでしょ？　私を一番大切にしてくれる殿方と生涯を共にしたいと思って」

「エ、エーベルさん……」

「……あなただったら、いいのにな。私のその、生涯の相手が」

「…………っ」

私が潤んだ瞳で見つめると、彼はゴクリと生唾を呑んだ。

そこからはあっという間だった。

僕はロゼッタとの婚約を解消する、君との愛を貫くから、学園を卒業したら一緒に両親に婚約させてほしいと話そう。そう言ってくるヘンウッドに、まぁ素敵、と適当に返事をしておいた。

ロゼッタ・ハーグローヴ子爵令嬢がヘンウッドから婚約を破棄されたという話は、瞬《また》く間に学園中に広まり、当人のロゼッタはしばらく暗い顔をしていた。

その表情は、私をとても満足させた。

わざと皆の目につくところで彼女を捕まえ大きな声で泣いてみせると、案の定いつもの男の子たちが集まってきて私を庇い、彼女を責め立ててくれた。

とても気持ちよかったのに、彼女はさほど間を置かずにあっさりと二度目の婚約をした。

相手は彼女と幼なじみの伯爵令息。

友人たちに囲まれて幸せそうに笑っているロゼッタ・ハーグローヴを見ていると、不愉快で仕方がなかった。

だから私は、すぐにその男の子にも声をかけた。

アルロ・ダウズウェル伯爵令息。こちらは前の子爵令息よりもガードが固かった。

「……気持ちは嬉しいけどさ、俺、幼なじみと婚約したばかりなんだよ」

「ええ、知っているわ。とても素敵よね、幼い頃からの想いを貫いてついに婚約だなんて。邪魔するつもりはないの。私はただ、あなたとお友達になりたいだけ……ね？　それならいいでしょ？　たまに二人きりでランチをしたりお喋りしたりするの」

「なんで俺なんだ？　君の周りには他にもたくさんの取り巻……友人たちがいるじゃないか」

「皆ただのお友達よ。だけど、心を許せる人なんていないの……。だって皆、目がギラギラしていてなんだか怖い時があるんだもの。私ね、婚約者がいる人の方が安心だわ。私に変なことしないって分かるから」

「へ、変なことって……」

「だから、ね、お願いよアルロ様。時々でいいの。こうしてあなたみたいな素敵な人とお話していると心が落ち着くわ……。私と、誰にも内緒の秘密のお友達になって」

「…………」

「……ね？　……お願い」

そっと腕に手を触れて首をコテンと傾けながら上目遣いでそう頼み込むと、アルロ・ダウズウェル伯爵令息は、「ま、まぁ、そうだな、たまにならら……」とモゴモゴ返事をし、頬を染めて目を逸らした。

最初こそかなり渋っていたアルロ・ダウズウェルだったけれど、秘密の友人を承諾してからは話が早かった。

結局、男って皆同じ。私の魅力には誰も逆らえないの。不思議よね。どうして皆こんなにも私のことを好きになるのかしら。

「……アルロ様って、本当に素敵。ロゼッタさんが羨《うらや》ましいわ。あなたの奥様になれるだなんて」

「……そうか？」

「ええ。……うふ。やっぱりロゼッタさんのことを誰よりも可愛いって思っているの？」

「…………」

「どうしたの？　アルロ様、なぜ黙っているの？　……ねーぇ」

指を絡めてちょんちょんと引っ張ってみると、彼は肩をピクンと震わせて不貞腐《ふてくさ》れたようにそっぽを向く。耳たぶが赤い。

「……分からない」

「え？　なぁに？」

「……最近はもう、分からなくなってきた。あいつのことを、本当に好きなのかどうか」

「……え？　どうして？　なぜそんなことを言うの？」

分かっているくせに、私はわざと小首を傾げて彼の腕に触れながらそう尋ねた。

彼女よりももっと華奢《きゃしゃ》で、白い指先で触れながら。

ダウズウェルはますます顔を赤くして、そっぽを向いたままフーッと息をついた。

「……他に可愛いと思う女性がいるからだ。俺のそばに。どうしたらいいか、分からなくなってきた」

「アルロ様？」

彼は突然私の方に向き直ると、強引に唇を重ねてきた。私は驚いたそぶりで身を固くしたけれど、抵抗しなかった。

しばらく私を強く抱きしめながらキスを繰り返していたダウズウェルは、その後、苦悶《くもん》の表情で私からそっと離れた。

「……ア、アルロ様ったら」

「……嫌なんだろう？　下心のある男は」

「……ううん」

「え？」

「……嫌じゃ、なかった。アルロ様なら……。ふふ、変ね、私。どうしちゃったのかしら。……あなただけは、特別みたい」

「っ！　エ、エーベル……ッ」

そこから先は、ほとんどヘンウッドと同じ。

やれ取り巻きが気に食わないだの、やれ特別な関係になりたいだの、卒業したらどうのこうの。なんでもいいのよ。

私に夢中になったのなら、早く望む通りの行動をして。

それからしばらくして、ようやくダウズウェルもロゼッタ・ハーグローヴ子爵令嬢に婚約破棄を叩きつけたらしい。

卒業までの間、耳に心地いい彼女への陰口があちこちで聞かれた。

二度も婚約破棄されるなんて、よほど性格に難があるのだろう。普通じゃない。もうまともな縁談は望めないだろう。私なら恥ずかしくてもう外を歩けないわ……

それらと同時に、時折私への誹謗中傷《ひぼうちゅうしょう》も聞こえてきた。私が悪女だとか、同じ人から二度も婚約者を奪うだなんて……とか。

だけど私は周りの男の子たちへの根回しを怠《おこた》っていなかった。

彼らが私に関する悪い噂《うわさ》を最小限に抑えてくれていたみたい。ありがたいわ。すごいわよね、赤の他人のためにあんなに必死になって動けるなんて。

卒業するやいなや、ヘンウッド子爵令息やダウズウェル伯爵令息がせっついてきた。

「俺と一緒になるって言っただろ‼　今さらなんだよ‼　両親にどう説明すればいいんだ‼」

「僕は君のために十年来の婚約者を切ったんだよ⁉　慰謝料だって支払わなきゃいけない……。君と二人なら、力を合わせて乗り越えられるって、そう信じていたのに……‼」

……はぁ。みんなうるさい。

私は何も約束なんかしていないのに。

そうね、いいわねって、適当に返事をしていただけ。契約の書面を交わしたわけでもあるまいし。あんなの、ただの恋愛ごっこの言葉遊びでしょう？

私ね、結婚相手は厳選するつもりなの。そんな簡単には決められないわ。

私の両親は、私の魅力に気付いてる。幼い頃からずっとモテ続けていた一人娘を、できる限りいい家に嫁《とつ》がせたいと願っている。ただでさえ毎年たくさんの釣書が届いてるんだもの。その辺の子爵令息や伯爵令息ぐらいで手を打つつもりはなさそう。もっと上が狙えると思ってるみたい。

私にそれだけの価値があるって言うのなら、私の価値に釣り合った……いえ、それ以上の人と結婚したいわ。普通の男じゃイヤ。

隣国の侯爵家の三男、とある弱小国の第三王子……

私の可憐な美貌は、いろいろな人の目に留まっているの。だけど、両親も私もまだ満足していなかった。さすがに自国の王族は無理かもしれないけれど、もっと国内の上流階級の嫡男とか……。公爵家や侯爵家なんかの特別裕福なお相手がいいわ。

（……そうよ。私があの人には手が届かないくらいの、雲の上の存在にまでなれば、彼だって、きっと後悔するわ……）

オリビア・アクストン公爵令妹と親しくなったのだって、もちろん兄上の存在がチラついていたから。

ライリー・アクストン公爵令息様。……ううん、ご当主が亡くなられたから、今はもう公爵様ね。滅多《めった》に社交の場に姿を見せない方だけれど、あの方はいつもどこでも女性たちの話題の的《まと》だった。

（お会いしてみたいわぁ、一度でいいから……。公爵家の当主で美麗な容姿を持っていながらいまだ独身というのがまた、余計に興味をそそられるのよねぇ……）

どうして晩餐会《ばんさんかい》やパーティーに出席されないのかしら。一度でもお会いしてお話ができたら、絶対に私に興味を持たせる自信があるのに。

社交界の若い女性たちの誰もが、アクストン公爵の妻の座を夢見ている。

だけど、私が一度でも公爵の目に触れる機会をもらいさえすれば……

せめて妹を通してどうにか公爵と会うチャンスをもらえないかしらと、私はオリビア嬢と親しくなろうと努力していた。ひ弱で大人しい彼女と気の合うそぶりをしてみたり、彼女に気に入られそうな話題を振ってみたり。

いつかお屋敷に招いてほしい。そう思っていた頃。

ある侯爵家の茶会の席に、オリビア嬢がやって来た。

あのロゼッタ・ハーグローヴ子爵令嬢を従えて。

(侍女？　あのアクストン公爵家の、……オリビア嬢付きの侍女ですって？)

私は驚いた。二度の婚約破棄でもう結婚は諦めただろうとは思っていたけれど……まさか、あのアクストン公爵家で侍女をしているなんて。

しかも、オリビア嬢付きの。

(……ということは、この人、アクストン公爵に会ったことがあるのね……。というか、妹付きの侍女として住み込んでいるなら、アクストン公爵とはしょっちゅう顔を合わせてるってことじゃないの？)

この女に対して、またじわりと憎しみが湧いた。羨《うらや》ましい。妬《ねた》ましくてならない。

まさか子爵家出身の侍女ごときが、アクストン公爵とどうこうなるなんて絶対にあり得ないけれど。しかも訳アリの傷もの令嬢だしね。

腹が立ったのでたっぷりと嫌味を言ってやったというのに、ロゼッタ・ハーグローヴは涼しい顔をして侍女らしく突っ立っていてますます苛ついた。

(クビになっちゃえばいいのに)

まるで順風満帆に楽しく毎日を過ごしているようで我慢ならない。

この女には、昔から腹の立つことばかりだわ。

病弱なオリビア嬢の体調を慮《おもんぱか》ってか、しばらくするとロゼッタが彼女に遠慮がちに声をかけて退室を促した。……ふん、お似合いだこと、公爵令妹に仕えて働く侍女姿が。

オリビア嬢が主催者に挨拶をして帰っていく前、お母様がロゼッタに声をかけているのが見えた。心配でたまらないというような、しおらしい表情。

でも私には母の本心が、ちゃんと分かっている。

◇　◇　◇

オリビア嬢の体調は安定し、日を追うごとに顔色もどんどんよくなってきている。

ここで侍女として働きはじめて数ヶ月。

私は毎日オリビア嬢のお世話や話し相手、時には家庭教師に代わってお勉強を教えてあげたりもしながら、彼女との親交を深めていった。オリビア嬢は私を実の姉のように慕ってくれている。私も彼女の信頼に応《こた》えたいと日々誠実に働いた。

あれから二度ほど、オリビア嬢はライリー様からの許しを得て茶会に参加した。ゲルナー侯爵邸の時のように、オリビア嬢に付き従う私の姿を興味津々《きょうみしんしん》といった様子で見てくる人や、こちらを見ながらヒソヒソ話しているご令嬢方もいたけれど、私は意に介さなかった。

ライリー様やオリビア嬢の信頼を得て働けていることが、私の自尊心を高めていた。

(言いたいことを言えばいいわ。私はあなた方が思っているよりもずっと毎日が楽しいのよ)

「もうすぐお兄様のお誕生日なの」

ある日、朝の髪結いをしている時にふとオリビア嬢がそう言った。

「あら、そうなんですのね。……ところで、旦那様はおいくつになられるのですか……？」

「来週で二十四歳だわ」

（若っ！　……やっぱり若いわぁ。それぐらいだろうとは思っていたけれど）

弱冠二十三歳で由緒正しきアクストン公爵家を背負っていらっしゃったのか……。朝から晩まで屋敷にいない日がほとんどだから、きっと休みなく働いているのだろう。

「何か特別な贈り物をなさるのですか？」

私が尋ねてみると、オリビア嬢は少し沈んだ顔をする。

「そうしたいのだけど、兄は何も欲しがらなくて……。余計なことは考えなくていいからお前はゆっくり休んでいなさいの一点張りで、今までも大した贈り物はさせてもらえなかったわ。……あ、でも去年はハンカチをプレゼントしたのよ。ヘレナについてきてもらって、街へ自分で買いに行ったの」

「そうなのですね。ふふ、では、今年は私がお買い物のお供をいたしますわ。何か差し上げたいものがございますか？」

んー、とオリビア嬢は眉間《みけん》に皺《しわ》を寄せて唇を尖らせながら考えている。そんな仕草までもが可愛い。

「……本当はね、お兄様のために何か自分で作って差し上げたいの。気持ちのこもった何か……」

「それは……小物などですか？」

「ううん。たとえば、お料理とか……ケーキとか。まぁ、作ったことがないから難しいとは思うけれど」

自分が心をこめて作ったものを、大切な人に食べてもらいたい。それって自然な思いだと思うわ。何よりも一番真心が伝わるかもしれない。

「……お食事やケーキを作るとなると、たしかに少し難しい気がしますが、たとえば、クッキーなんかはいかがでしょうか？　焼き菓子でしたら、私が隣でお手伝いすればオリビアお嬢様にもきっと作れますわ」

「っ！　本当？　ロゼッタ」

オリビア嬢が瞳をキラキラさせて鏡越しに私を見つめる。可愛すぎて胸がキュンとするじゃない。

「はい。こう見えましても、私お菓子作りに凝《こ》っていた時期がございまして……」

「あなたってなんでもできるのね、ロゼッタ！」

「いえ、なんでもってことは……。ですが、クッキーでしたら簡単ですよ。何種類か作りましょうか。街で美味しい紅茶を買ってきて、オリビアお嬢様お手製のクッキーと共にお出しすれば旦那様も大喜びされるのではないでしょうか」

「いいわね！　……大喜びする兄なんて想像もつかないけれど、きっと私の兄に対する感謝の気持ちは伝わるはずよね」

「ええ、もちろんでございます。……はい、できあがりましたよ。本日もとても可愛いです」

「まぁ……っ！　こんなに器用に耳の上でクルクルと巻けるなんて……。やっぱりあなたってすごいわロゼッタ……！」

私たちは当日に向けてウキウキしながら準備を進めた。ライリー様にバレないように街へ繰り出して専門店で珍しい紅茶を品定めし、それからクッキーに使う材料を二人で吟味《ぎんみ》した。もちろん買い物の時は護衛たちが後ろに控えていたけれど。初めて兄上に手製のものを贈る、そのために自分で材料も準備することが嬉しくてたまらないらしく、オリビア嬢はキャッキャとはしゃいでいた。

誕生日当日、ライリー様が朝早くに屋敷を出るやいなや、私たちは厨房を借りてクッキー作りにとりかかった。芳醇《ほうじゅん》なバターをたっぷり使ったプレーンクッキーに、ナッツがふんだんに入ったもの、それにチョコレートを混ぜ込んだ生地のクッキーまで。万が一のことがあってはならないとこまめに休憩を挟みながら作り、どうにか夕方までに三種類のクッキーがほぼ百点満点の仕上がりを見せた。

「すごいわ！　なんていい匂いなのかしら……！　ああ、ロゼッタありがとう！　私こんなにお兄様のお帰りが楽しみなのって今日が初めてよ！」

「ふふ、ようございました。……さ、あまりはしゃがずに。旦那様のお帰りまではお部屋でゆっくりおくつろぎくださいませ」

「ラッピングしなくちゃ！　それとも、可愛くお皿に盛り付けてお持ちした方がいいのかしら？　どう思う？　ロゼッタ」

「そうですね。旦那様のお夕食後にお皿に載せて紅茶と一緒にお持ちすればよろしいかと。さ……

どうかもうお部屋へ」

オリビア嬢のかつてないはしゃぎっぷりに体調を崩しはしまいかとハラハラしながら、私もライリー様のお帰りを待った。

その夜、ライリー様は居間で起きて待っていたオリビア嬢を見て、少し驚いた後、厳しい顔をした。

「……こんな時間まで何をしているんだオリビア。早く部屋に戻りなさい」

「今日だけよお兄様！　ねぇ、それより……、お夕食は軽めに済ませてね」

「……なぜだ？」

「なんでもよ！　お願いよお兄様。お腹いっぱいにならないで」

オリビア嬢の様子を見れば、どんなに鈍い人でも「ああ食後に何か出てくるんだな」と分かってしまいそうなものだが、当のライリー様は怪訝《けげん》そうな顔で「……なぜだ？」を繰り返すばかりだった。

そしてライリー様が食後二階の自室へ上がられた後、きゃあきゃあとはしゃぐオリビア嬢の代わりに紅茶とクッキーが載ったトレイを持ちながら、二人でライリー様のお部屋を訪ねた。

「コホ……、失礼します、お兄様」

「……まだ起きていたのか。今日はなんなんだ。体に障《さわ》るだろう。もう寝なさい」

「今日はなんなんだって……もう。今日はお兄様のお誕生日ですわ」

私からそっとトレイを受け取ったオリビア嬢が、少し緊張した様子でゆっくりとライリー様の元へ運んでいく。

「おめでとう、お兄様。これは私からのプレゼントですわ」

「……これを、お前が……？」

目の前に置かれたクッキーのプレートを見て、ライリー様が目を丸くする。そんな表情を見たのは初めてで、部屋の入り口付近に控えていた私まで思わず胸が高鳴った。

「ええ！　どうしても私が手作りしたものをお兄様に食べてほしくて。作り方は全部ロゼッタが教えてくれましたの。……あ、生地をこねるところも、結構手伝ってもらったわ。ふふ」

「オリビア……」

「それと、この紅茶も私が選びましたのよ。ロゼッタと一緒に大通りの専門店へ買いに行ったの。……お兄様、いつも私のことをたくさん気遣ってくださって、本当にありがとう。たまにはゆっくり休んでくださいませね」

オリビア嬢の兄上への気遣いに、後ろで聞いていた私の方がほろりときてしまいそうだった。早くにご両親を亡くして、きっとこのご兄妹は互いに互いの存在を励みにし、思い合いながら生きてきたのだろう。

ライリー様はしばらく机の上のクッキーをじっと見つめていた。それからおもむろにプレーンクッキーを口に運ぶ。

「……上手に作ったな。美味い」

「ほ、本当？」

「ああ。……ありがとう、オリビア。大事にいただくよ」

「ふふっ。よかったぁ」

見つめ合って微笑《ほほえ》んでいる二人はとても嬉しそうで、私は静かに息をついた。

（よかったわ。大成功じゃないの。……それにしても、あのお優しい笑顔）

オリビア嬢を見つめて、普段の表情からは想像もつかないくらい柔らかい微笑《ほほえ》みを浮かべるライリー様に、思わず見惚《みと》れてしまいそうになる。

（眼福《がんぷく》だわー……。あの笑顔。肖像画とか描きたくなるわね）

そんなことを考えていると、突然私に声がかかった。

「……ロゼッタ」

「っ!?　は、……はいっ」

ついビクッとしてしまったが、慌ててライリー様のおそばに行く。

「……無理はさせていないだろうな」

やっぱり。いろいろ聞かれるんじゃないかと思った。

「はい、もちろんでございます。街への買い物は下調べをしてからオリビアお嬢様をお連れしたので、ごく短時間で済ませましたし、クッキー作りも何度か休憩を挟み、力がいる作業は私が代わりに行《おこな》っております。オリビアお嬢様が体調を崩されるようなことは一度もありませんでした」

この時のために事前に頭の中で準備していた回答を淀《よど》みなく言うと、ライリー様はそうか、と呟いてから私を見た。

「ありがとう。君が来てからオリビアは本当に明るくなった。……感謝している。今日のことも」

（…………っ！）

ライリー様の眼差しは、これまで私に向けられたものの中では特別に柔らかく、優しいもので。

まるで心臓に天使の射った矢がトスッと突き刺さったような衝撃だった。

終始幸せそうな笑顔を見せるオリビア嬢の寝支度を整え、ベッドに送り届けてから部屋に戻り、私もベッドに入った。

……なんだか心が落ち着かなくて、すぐには眠れそうにない。

ご兄妹の特別な夜が、私にとっても忘れられない夜になったのだった。

◇　◇　◇

ライリー様のお誕生日から数週間が経った頃、アクストン公爵家に王宮から一通の招待状が届いた。王女殿下の結婚を祝うパーティーが開催されるという。

「お兄様も出席されるの？」

朝食の席で、オリビア嬢がライリー様に無邪気に尋ねた。時間が合う時はこうして朝食を共にしていらっしゃるところからも、お二人の仲のよさが窺える。

「……行かぬわけにはいくまい。国王陛下からも直々にお声がかかっているからな」

ライリー様はパンを手にとりながらムスッとした表情でそう答える。

（本当に社交の場がお嫌いなのね……。あんなに露骨《ろこつ》に嫌なお顔をされて……）

そんな兄上に、オリビア嬢がおずおずと声をかける。

「私も、もちろん行っていいのよ……ね？」

「……フレイア王女の結婚祝賀パーティーに我々が欠席というわけにもいかないからな。ロゼッタ」

「っ！　はいっ」

思いがけず突然お声がかかり、私は慌てて返事をして歩み寄った。

「君はパーティーの間オリビアのそばに付き添っていてくれるか。私はずっと隣にいることは無理だろうから。オリビアの顔色や体調に少しでも異変を感じたらすぐに対処してほしい。王家の方々もオリビアの持病のことはよく知っている。途中退席をする可能性があることはお伝えしてあるから大丈夫だ」

「はい。承知いたしました」

「頼む」

私たちの会話を聞いてオリビア嬢は目を輝かせた。

「よかった……！　ロゼッタがずっとそばにいてくれるのなら、私も安心だわ。ありがとう、ロゼッタ」

「ふふ。お任せくださいませ、オリビアお嬢様」

「どうしよう。すごく楽しみだわ……！　王宮に上がるのは本当に久しぶりなのよ。しかもフレイア王女の結婚祝賀パーティーなんて、きっととても華やかよね。ロゼッタ、また髪を可愛くしてくれる？」

「もちろんでございます。会場の誰よりも素敵に仕上げてみせますわ」

「嬉しいっ。ドレスも選ばなくちゃ！　ロゼッタ」

若い女の子らしく、オリビア嬢は華やかなパーティーを楽しみにしている。体のために普段は屋敷で静かに過ごすことが多いけれど、本当は社交的な性格なのだろう。

「それにしても、フレイア王女はすごいわよね、家族と離れて隣国へ一人嫁《とつ》いでいかれるなんて……。私とほとんど歳が変わらなかったはずよ。きっと心細いと思うわ……。私はお兄様と離れて異国に嫁《とつ》いでいくなんて、とても考えられないもの」

「ふ……、そうか。ではお前の縁談は国内のよき貴族の中から選ばなければな」

「まぁっ、お兄様……。まさか私を異国に嫁《とつ》がせることも考えていらっしゃったの？」

ご兄妹の会話を聞くともなしに聞きながら、私はパーティー当日のことを考えていた。

(フレイア王女殿下の結婚祝賀パーティー……。国中から貴族たちが集まってくるわけね)

その中にはもちろん、私のかつての同級生たちも大勢いるわけだ。

エーベル・クルエット伯爵令嬢も当然一家で出席するだろうし……ブライスに、アルロ……

(会いたくない人たちにも会うことになりそうね。話しかけられなきゃいいけど……)

まぁ、王宮の大広間は広大だ。今回は集まる人数も桁違い。そうそうそばにやって来て話しかけられることもないだろうけれど。何よりも、私はオリビア嬢の侍女の立場だし。

(嫌だなんて言ってられないわ。大切なオリビア嬢に万が一のことがないよう、しっかりと見守っていなくては)

それから数日かけて、私はオリビア嬢のドレスやアクセサリーを選ぶお手伝いをした。

悩みに悩んで決まったドレスは、繊細な刺繍がふんだんに施されたピンク系の色味の優しい印象のもの。オリビア嬢の柔らかな雰囲気にピッタリだ。

「うん、完璧な愛らしさですわ、オリビアお嬢様。どこぞの素敵な殿方に見初《みそ》められてしまうかもしれませんわね」

「や、やだロゼッタったら。ふふ……。どうしましょう、胸がドキドキしてる。だってこんなに華やかなパーティーに参加できる日が来るなんて、数年前までは想像もできなかったのよ」

「ええ。お体が丈夫になられて、本当にようございましたね。……さ、あまり興奮なさらず。万全の体調で当日を迎えるためにも、早くベッドに入ってお休みくださいませね」

「はぁい」

そして迎えた、祝賀パーティー当日。

今日の私はあくまでオリビア嬢の侍女としてパーティーに臨《のぞ》むのだからと考えた挙げ句、いたってシンプルなドレスを選んだ。夜の闇に溶け込むようなネイビーブルーの生地に、宝石もほとんどついていない。アクセサリーもごく小さい石のネックレスとイヤリングをつけただけ。

(うん、会場で一番地味なはずだわ)

オリビア嬢は予《あらかじ》め二人で選んだ淡いピンク色のドレス。細やかな刺繍やちりばめられた宝石たちが若く美しい公爵令妹の気品を際立たせている。念入りに手入れしてきた艶《つや》やかな栗色の髪はハーフアップに結って綺麗に毛先を巻いた。我ながら完璧な仕上がりだ。可愛すぎる。

きゃあきゃあとはしゃぐオリビア嬢を宥《なだ》めながら玄関ホールに向かうと、すでに準備を整えて待っていたライリー様から声をかけられた。

「ようやく降りてきたか。……ふむ、綺麗じゃないか」

「ふふっ、ありがとうお兄様！　お兄様も相変わらず素敵よ」

「そうか。行くぞ。……よろしく頼む、ロゼッタ」

「承知いたしました旦那様」

平静を装《よそお》いつつも、私は心の中で感嘆《かんたん》の声を上げていた。

（ちょっと……！　素敵すぎるわライリー様……！）

ライリー様は、シルバーにも見える明るいグレーのタキシードを身にまといスタスタと先に歩いていく。長身で足が長いものだから正装がものすごく様になっている。

なんてお美しいご兄妹なんでしょう……、と改めて思いながら私はお二人の後をついていった。

私たちの乗った馬車が到着した頃にはすでに日が沈みかけていたが、王宮前は華やかに着飾った貴族で賑わい、まるで真昼のような明るさだった。各々が今日この日のために選び抜いたであろう色とりどりの美しいドレスやタキシードに身を包み、周囲の人々とにこやかに挨拶を交わしながら中に入っていく。オリビア嬢も瞳を輝かせてライリー様の後ろにくっつき進んでいった。

（……あ、お父様とお母様だわ。兄たちもいる）

偶然にも大広間に入る前に家族に出会ったけれど、少し距離が離れていたこともあって互いに会釈《えしゃく》するに留めた。今日の私はあくまでオリビア嬢付きの侍女。だけど、私に目配せする母は随分明るい表情をしていた。私が二度目の婚約破棄をされた後から私以上に落ち込んでいて心配していたけれど、だいぶ元気になったようで安心した。

アクストン公爵ご兄妹は、今宵《こよい》の祝賀パーティーの主役であるフレイア王女殿下や王家の方々にご挨拶をした後、交流のある高位貴族の方々とも挨拶を交わしていた。しばらくするとオリビア嬢は知り合いのご令嬢たちと楽しそうに会話をはじめた。その様子を少しだけ離れた場所に立ちしばらく見守っていた私の背後から、ふと若い女性たちの浮き足立った声が聞こえてきた。

「素敵だわ……！　まさかお目にかかれるなんて！」

「本当ね……。やっぱり噂《うわさ》通りだわ。なんて素敵なお方なのかしら……！」

（ん……？）

なんだろう。ものすごく気になる。けれどすぐさま振り返るのは露骨《ろこつ》すぎると思い、少し時間を置いてから周囲を確認するように見回しつつ、チラリと後ろのご令嬢方の視線の先を見てみた。

（……やっぱりライリー様かぁ）

とある侯爵と真剣な表情で話しているライリー様は、自身に向けられた視線など気にもかけていない様子だ。

後ろのお嬢さんたちだけではない。この大広間にいる何人ものご令嬢たちがライリー様に熱い視線を送り、頬を染めている。

（これだけ華やかな会場の中でも一際目立っているものね。まるで発光してるみたい）

ますます不思議でならない。一体誰ならばこの麗《うるわ》しい公爵様の心を射止められるのだろう。もしかして、実はもう心に決めた秘密の恋人がいたりして……

「お、お父様、早くアクストン公爵にお声をかけてよ」

「ちょっと待ちなさい。今まだお話しされているだろう」

近くには、娘をライリー様に紹介しようとしているのか、親子でライリー様の周りを取り囲むように挨拶待ちをしている人々が何組もいる。この後どうなるのかちょっと気になるけれど、……ダメダメ。侍女として来ているのだから、今夜はオリビア嬢に集中しなくちゃ。

そちらに視線を戻すと、オリビア嬢はまだ知り合いのご令嬢方とのお喋りを楽しんでいた。互いに今夜のドレスを褒め合ったり、どこの店で買ったものかを教え合ったりしているようだ。楽しんでいるようでよかった。

その時だった。

「ロ、ロゼッタ……」

（……ん？）

誰だっけ？

聞き覚えのある声がすぐ近くから聞こえてきて、私は反射的に振り返った。

「っ！」

私のそばに立ち小さな声で呼びかけてきたのは、ブライス・ヘンウッド子爵令息。私の元婚約者だった、あいつだ。突然話しかけられて思わずビクッと反応してしまった。

「……なんでしょうか、ヘンウッド子爵令息」

「あ、ひ、久しぶりだね」

私が返事をしただけでそんなに嬉しいのか、ブライスは顔をぱあっと輝かせた。

「よかったよ、まさか今夜君に会えるなんて……。ず、随分と地味な格好をしているね。でも、相変わらず綺麗だよ。美しい人はドレスを選ばないね……」

「それはどうも。すみませんが、私は本日オリビア・アクストン公爵令妹の侍女として出席しております。職務に集中したいので、もうよろしいでしょうか」

とっとと離れてちょうだいという意味で言ったのだが、ブライスには通じなかったらしい。

「うん、聞いたよ。君がアクストン公爵家の侍女として働きはじめたらしいってことは。やはり本当だったんだね。……大変だろう？　……ごめんね、僕のせいで……。僕が……全て間違っていたんだ」

「もう結構ですので。あなたとのことは慰謝料で解決する問題ですわ。離れてくださる？」

「そのことなんだけど……、近いうちに君の実家に伺って、正式に謝罪をしようと思っていたところなんだよ。ロゼッタ……、僕を許してくれないか。僕にはやっぱり、君しかいないよ」

「…………は？」

耳元で小さな声でボソボソボソボソと……、一体この人は今さら何を言っているのかしら。

ブライスはまだ話し続ける。

「ぼ、僕はさ、エーベル・クルエット伯爵令嬢に騙されていたんだよ。学園を卒業したら結婚するようなそぶりで誘ってきておいて、それなのに、いざ卒業したらそんなことは言ってない、結婚なんかしないって……ひどいだろ？　おかげで無駄に君のことを傷つけてしまったよ」

「………」

「ロゼッタ、僕はクルエット伯爵令嬢にそそのかされたんだ。僕が間違ってた。た、頼むよ。もう一度、僕の婚約者になってくれないか。いや……、すぐにでも、結婚してほしいんだ」

……ねぇ、こんな都合のいい話がある？　私をなんだと思っているの？

クルエット伯爵令嬢に捨てられたから、仕方なく私のところへ戻ってきたいと？

ああ、こんな場所じゃなかったら思いっきり怒鳴りつけてやりたい。一発ぶん殴ってやりたいわ。

（だけど……、私はアクストン公爵家の侍女。当然そんなことはできな……）

そんなことを悶々と考えていたら、オリビア嬢がご令嬢方と別れて移動しはじめた。私は慌ててブライスに早口で言った。

「あなたとの復縁なんてあり得ませんわ。いいからさっさと決まった慰謝料の金額を支払ってちょうだい。私は仕事がありますのでもう行きます。話しかけないで！」

「ロッ、ロゼッタ……！」

まだ何か言いたげなブライスを振り切って、私はオリビア嬢の後を追った。

（まったく……どれだけ私に嫌な思いをさせれば気が済むのかしら……あいつめ……）

ものすごく嫌な気分になりながらも、私は職務に集中しようとした。オリビア嬢の顔色はいい。まだここにいても大丈夫そうだ。会場内を移動してライリー様のところに合流したオリビア嬢を再び見守っていると、また誰かから声をかけられた。

「ロゼッタ……」

(っ⁉　今度はあなたなの⁉)

振り返った私はげんなりした。そこにいたのはアルロ・ダウズウェル伯爵令息。私の二度目の婚約破棄の相手だった。神妙な顔でヒソヒソと話しかけてくる。

「会えてよかった。ちょっと話せるか?」

「話せません。私は今仕事中ですので。離れてくださる?」

先ほどのブライスの件ですでに苛立っていた私は、間髪容れずつっけんどんにそう答えた。

「ロゼッタ……、聞いてくれ。俺は騙されたんだ」

それ、さっきの人からも聞きましたけど。

この先の展開ももう分かっている。

「あっちに行ってください」

「ロゼッタ、俺はエーベル・クルエットに騙されたんだ。あの女……ふしだらに俺を誘惑してお前との仲を引き裂いておきながら、卒業したらまるで何事もなかったように俺を無視しはじめた……」

ほらはじまった。やっぱりそうだ。

そして私とよりを戻したいとか言い出すんでしょう。本気で邪魔なんですけど。

私が彼と距離をとると、アルロはその分ススス……と距離を縮めてきた。イライラする。

「俺は泣く泣くお前との縁を切ったんだ。だけど、あのあばずれ、卒業したら途端にそんな約束はしてない、結婚なんかする気はないと……。だったらなんであんなにしつこく言い寄ってきたんだ？　意味が分からない」

私にも分からない。この人がわざわざこんな場所で私にそんな話をする意味も。

「いい加減にしてくださる？　仕事中だと言っているでしょう」

「ロゼッタ、俺が馬鹿だった……。あんな女、無視し続けるべきだったんだ。許してほしい。俺にはやっぱり、お前しかいない」

……この人たち、なんなの？

私ってそんなにお手軽で、価値が低い女だと思われているの？

怒りと惨《みじ》めさと、言葉にならない負の感情がどんどん胸の中に広がっていく。

「子どもの頃からずっとお前だけだったんだ」

私を感動させたあの言葉さえ、こんなに簡単に汚されてしまった。今となってはなんて安っぽい言葉なのだろう。

ふいに込み上げてくるものがあり、私はぐっと唇を噛みしめた。

「ロゼッタ、二度とよそ見はしない。俺を、許してくれるか？　お前が受け入れてくれるなら、俺は生涯お前だけを守り抜くと誓うよ」

「……とっとと離れてよ。うるさいわね」

悲しくなってきた。私は二番手の女。滑り止め……価値がない……？

「俺は本気だ。あの女は一時の気の迷い……。男にはそういう愚かな時期があるものなんだ。でも、それもお前という帰る場所があるからこそただの気の迷いで済まされるんだ。……俺を許してくれ。一度だけ。どうか……受け入れてくれよロゼッタ……！」

ついにアルロは私の手に触れてきた。思わずカッとなり手を振りほどく。

「やめてよ！」

その瞬間。

冷ややかな声が響いた。

「うちの侍女に一体何をしているんだ。離れたまえ」

凛《りん》とした声に振り向くと、ライリー様が冷たい表情で私たちを、いやアルロのことを見下ろしていた。

（しまった……！）

気が付くと、ライリー様の後ろでオリビア嬢が心配そうな顔で私を見つめている。周囲の何人かも、一体なんの騒ぎだといわんばかりに興味津々《きょうみしんしん》の様子でこちらを見ていた。目立ってしまったようだ。一気に怒りが冷めた私はどっと冷や汗をかく。

「だっ、だんなさま……」

どうしよう。ひとまず謝らなければ。そう思って口を開いた私の肩を、突如ライリー様が自分の方へぐっと引き寄せた。

「っ⁉」

「彼女が嫌がっているのが分からないのか？　なんの話か知らないが、ここはフレイア王女殿下の結婚を祝うための場だ。君の個人的な話を聞かせるために彼女を連れてきたわけじゃない。妹のために連れてきたんだ。うちの侍女の仕事を邪魔するのは止めたまえ」

「もっ！　申し訳……」

「君はどこの者だ」

「ダ、ダウズウェル伯爵家の、アルロと申します……。大変失礼いたしました、アクストン公爵閣下」

　長身の公爵から冷ややかな目で責め立てられたアルロは、無様なほどに目を泳がせながら額に汗を浮かべ謝っている。そして慌ててどこかへ行ってしまった。

（ライリー様……）

　いまだ肩を抱かれたままで、私はチラリとライリー様を見上げた。するとちょうどアルロから私へと視線を移したライリー様とバチッと目が合ってしまった。

「……大丈夫か」

「はっ、はいっ。……申し訳ございませんでした、お騒がせを……」

「いい。引き続き妹を頼む」

「か、かしこまりました」

　私の返事を聞いたライリー様は、まるで何事もなかったかのように私からスッと離れると、また列席者との会話に戻っていった。

気まずいやら恥ずかしいやら。まさかライリー様に助けてもらうことになるなんて……

(……かっこよかったな、さっきのライリー様……)

私の胸はドキドキと高鳴り続けていた。頬が火照《ほて》って仕方ない。

(……さ、気持ちを切り替えてオリビア嬢の付き人に戻らなくっちゃ)

その時、ふいに別の視線を感じた私は、何気なくそちらの方に顔を向けた。

(………っ!! ……エーベル・クルエット伯爵令嬢……)

少し離れたところにあのエーベル・クルエット伯爵令嬢が立っており、私のことを見ていた。

だけどその目つきはかつて見たことがないほどにきつく、冷たい。背筋がぞっとする。クルエット伯爵令嬢は私と目が合っても少しも逸らすことなく、ただじっとその怖い目つきで私を見つめ続けている。

(……なんなの? あの人。私になんの恨みがあるっていうの……?)

ブライスもアルロも言っていた。クルエット伯爵令嬢に騙されたと。

卒業したら結婚するとほのめかされていたのに、いざ卒業したらすぐ捨てられたと。

まるで、ただ私と婚約者の仲を引き裂くことだけが目的だったかのようだ。

彼女から憎まれる覚えは私にはない。これまでほとんど関わりもなかったはずだ。

(……一体なぜ……? どうしてそんなことをするのだろう……)

◇　◇　◇

フレイア王女殿下の結婚祝賀パーティー。

この上ない機会がやって来たわ。もちろん、私の旦那様探しのよ。

「この機会を逃す手はないわ」

母も私と同じことを考えていた。

「ドレスを新調しましょう。当日は誰よりも美しいあなたの姿を披露《ひろう》するのよ、エーベル。今度こそ、我がクルエット伯爵家にとって最高のご縁を見つけるわよ。大事なのは家柄よ。その辺の子爵家や伯爵家なんてもってのほか。あなたは殿方を引き付ける稀《け》有《う》な魅力を持っているのだもの。それを存分に発揮してちょうだい。私を満足させて、エーベル」

「ふふ。分かっているわ、お母様」

我が家だって〝その辺の伯爵家〟なんだけど、お母様は私が同格の男と結婚することなんて望んでない。

私にとっても母にとっても、祝賀パーティーの主役は王女殿下ではなかった。目的は、私の最高の旦那様を見つけること。

私たちには、見返してやりたい相手がいるのだから。

王都中を探し回り、最高のドレスを見つけた。

「カートライト侯爵令息はあなたより三つ年下だけれど、まだ婚約者がいないはずよ。それに……ブレイクリー侯爵家の嫡男も狙い目よ。結婚目前で相手方の不貞が露呈して婚約を破棄したそうよ。もう次の婚約相手の目星はついているのかもしれないけれど、大丈夫。お父様を介してお話をさせてもらいましょう。きっとあなたを見ればご令息方も心を奪われるはずだわ」

会場に入るやいなや、母は扇の陰から私に耳打ちする。

めぼしい人たちへの挨拶は早々に済ませて、私はゆっくりと会場を回った。早速数人の男性が私の元に集まってくる。こういう時、いつも思うの。私って本当に花なんだなって。虫たちを引き寄せる可憐な大輪の花。社交界の華とも言われているけどね。ふふ。

「エーベル嬢、こんばんは」

「今日も一段と麗《うるわ》しい……」

「そのドレス、君によく似合ってるよ。愛らしいね」

皆少しでも私の記憶に残ろうと、懸命で笑っちゃう。ありがとう、皆さん。あなたたちの中から恋人を選ぶつもりは毛頭ないけれど、耳に心地よい褒め言葉ってまるで美容液なの。浴びているとますます美しくなれる気がするのよ。とっても気持ちいい。

その後は折を見て父や母と共に、めぼしい侯爵家のご子息たちに挨拶をする。母はターゲットの男性たちに私を売り込むようなことを何度も言っていた。

「エーベルは箱入り娘ですの。ほほ。変な虫がつかないように大切に育ててきましたので、少し歳のわりには初心《うぶ》すぎるかもしれませんわね。どなたか頼りになる殿方に、そろそろお渡ししたいものですわ。ほほ」

「はは、こんなに可愛らしいお方なのですから、引く手あまたでしょう」

「まぁ、ほほ……」

そんな会話を恥じらうそぶりで聞きながら、私は会場を見回した。

（……あ、オリビア・アクストン公爵令妹だわ。……何よ、ドレスの色、私と被ってるじゃないの）

向こうの方に病弱公爵令妹を見つけた私は、少し不愉快になった。向こうは滅多《めった》に公《おおやけ》の場に姿を現さない、希少価値のあるアクストン公爵家の深窓《しんそう》のお嬢様。病気がちだったものだから色白でか細くて華奢《きゃしゃ》で、同性から見ても放っておけない儚《はかな》げな雰囲気を醸《かも》し出している。

案の定、周りの若い男性たちが何人も彼女のことを注視しているのが分かった。私をチヤホヤしていた男たちまで彼女に視線を奪われている……気に入らない。

（……あら。また来てるのね、ロゼッタ・ハーグローヴさん。オリビア嬢のそばに侍《はべ》って……ご苦労なことだわ。訳アリ子爵令嬢はせっせと働くしかないってことね）

そう思いながら、母が狙いを定めた侯爵家の令息との会話も上の空になりかけていた、その時。

私は、ようやく気付いた。

オリビア嬢の近くに立っている、一際存在感のある美しい殿方に。

シルバーグレーの正装を着こなした、スラリとした長身の美男子。艶《つや》のある栗色の髪は長めで、瞳は魅力的な金色。絵に描いたような美しい殿方だった。

（だ……誰、あの人……。素敵だわ……）

夢中になって見つめていると、近くにいたご令嬢たちの会話が耳に飛び込んできた。

「今日はご兄妹でいらっしゃったのね……」

「ええ、アクストン公爵とオリビア嬢はフレイア王女殿下の従兄弟《いとこ》に当たられるんですものね」

「ね、すごく素敵な方よね、アクストン公爵……」

「ええ。……ああ、一度でいいからお話ししてみたいわ……無理よね……」

（……あの方が、アクストン公爵……）

もう目の前の侯爵令息なんかどうでもよかった。あんな素敵な人、初めて見た……。胸のドキドキが治まらない。あの方よ。私、今度こそ出会ってしまったんだわ。運命の殿方に。

今すぐ彼の元に飛んでいきたかった。ご挨拶して、彼の心を奪いたい。誰かにとられる前に、私のものにしてしまいたい。早くこの私の姿を見せたい。あの方に見つめられたい……！

私の瞳にはもう彼しか映っていなかった。

「ちょっとエーベル！　あなたなんなのよさっきの態度は！　せっかくブレイクリー侯爵令息とお話できたっていうのに、あなた全然集中していなかったでしょう!?　もっと真剣になりなさいよ！」

お相手の侯爵令息がどこかへ行ってしまうと、母が扇で口元を隠しながら私を厳しく叱責した。

でも私はもうそれどころじゃなかった。

「ねぇ、お母様……、お父様からアクストン公爵に紹介してもらえないかしら？　あそこにいらっしゃるのよ。素敵だわ……」

「あら、本当ね。でも今日は難しいかもしれないわ。ご覧なさいよ、あれ。周りの順番待ちの連中を……。むしろ皆がアクストン公爵に狙いを定めている今がチャンスなのよ。目の前のご縁を逃さないで！　いいから、今日はこっちに集中しなさい」

ダメだわ。母はなからアクストン公爵を諦めているみたい。

私は嫌よ。絶対にあの方がいい。

その後も両親に連れられて何人かのご令息と話をしたけれど、頭の中はアクストン公爵のことでいっぱいだった。気になって何度も見てしまう。

すると、どこぞのオジサマと会話をしていたアクストン公爵の麗《うるわ》しい横顔が、突然険しい表情になった。じっと一点を見つめている。

（……？）

どうなさったのかしら。

私は気になってその視線の先を探る。

するとその辺りに、ロゼッタ・ハーグローヴ子爵令嬢とあのアルロ・ダウズウェル伯爵令息の姿があった。何やら言い争っているような……、ううん、ダウズウェルが一方的に詰め寄っているのかしら？　どうでもいいけど。

その時、突然アクストン公爵が二人の方に早足で歩いていく。え？　と思っていると、公爵はなんと、ハーグローヴ子爵令嬢の隣に行き、……肩を、抱き寄せた。

（…………は？）

え、なに？

何が起こっているの？

ロゼッタ・ハーグローヴの肩を抱き寄せるアクストン公爵を、私は呆然と見つめた。

公爵は彼女を離すことなく、ダウズウェル伯爵令息に厳しい顔で何やら注意している。公爵の剣幕に突如オドオドし出したダウズウェルは、たちまちその場から立ち去った。まるで逃げるように。

その後アクストン公爵とハーグローヴ子爵令嬢は互いに一瞬見つめ合い、言葉を交わした。二人が離れた後、ハーグローヴ子爵令嬢の頬は火照《ほて》っていた。

「…………は？　何よ、あれ」

我知らず、私はボソリと呟いた。ものすごく不愉快だった。

あの顔。あの女、身の程知らずにも公爵に懸想《けそう》しているんだわ。信じられない。なんて不純なの。ただの侍女でしょ？　オリビア嬢の世話をするために雇われた身じゃないの。それなのに、あの公爵様に好意を抱くなんて……厚かましいにも程があるわ。

（本当に……、どこまでも腹の立つ女ね）

あのアクストン公爵があんな女を相手にするはずがないけれど、このまま放っておけないわ。調子に乗って公爵にどんどん近づいていくかもしれない。

（絶対に渡さないんだから……。あの女にだけは）

あんたは不幸にならなきゃいけないのよ。誰よりも。

よりにもよって、あの最高に素敵な公爵様に近づこうなんて、勘違いも甚《はなは》だしいわ。

許さないんだから。

◇　◇　◇

王女殿下の結婚祝賀パーティーの翌朝、オリビア嬢はひどい高熱を出した。

いつものように身支度《みじたく》をお手伝いしようと思いお部屋に起こしに行くと、すでにオリビア嬢は意識が朦朧《もうろう》とするほどの状態になっており、私は狼狽《うろた》えてライリー様と医者を呼んだ。

「……少しお体に負担をかけすぎたのでしょうな。羽目を外すのもほどほどに。まだまだオリビア嬢の体力は一般的な若い娘さんには及ばんのですから」

「……ああ。そうだな」

荒い呼吸を繰り返しながら眉間《みけん》に皺《しわ》を寄せて眠るオリビア嬢を見下ろし、ライリー様は医師の言葉に淡々と答えた。その傍《かたわ》らで、私は落ち込んでいた。

（昨夜はあんなにお元気だったのに……。それでも無理をさせないようにと、早めに屋敷に戻ったつもりだった。だけど……）

本当はもっと早く帰宅を促すつもりでいた。でも昨夜のオリビア嬢はこれまでに見たことがないほど幸せそうな顔をしていて、ご友人たちとのお喋りやパーティーの雰囲気を心底楽しんでいた。

同年代の女性として彼女の気持ちはよく分かるものだから、つい、あともう少しだけと帰宅を遅らせてしまったのだ。帰りの馬車の中でも具合が悪そうな様子はなく「あーあ、もっと王宮にいたかったわぁ」などと言っていたほどだったのに。

それが、夜中に体調が急変してしまった。

私が油断したのが悪かったんだ。

「……本当に、申し訳ございませんでした」

数日分の薬を置いて医師が帰っていった後、私はライリー様に深々と頭を下げた。

「君が悪いわけじゃない。昨夜の妹は調子がよく見えたし、君は早めに連れて帰ってくれただろう。気にするな。じきよくなる」

ライリー様の声は穏やかだったけれど、それが余計に辛くていたたまれなかった。

ライリー様が仕事で出かけた後、私は一日中オリビア嬢のそばから離れなかった。万が一にもこれ以上容態が悪くなるようなことがあればいち早く医者を呼びに行かなければ。

(ごめんなさい、オリビア嬢……)

どうか少しでも早く元気になりますように。

ぜーぜーと苦しそうな呼吸を繰り返し、赤い顔でぐったりとしているオリビア嬢を見つめながら、私はずっと祈っていた。


「……ロゼッタ、まだいてくれたのか」

「っ！　旦那様……。お帰りなさいませ」

その日の深夜、帰宅したライリー様はオリビア嬢の部屋にやって来た。

「一日中ここにいたのだろう。もういいから、他の者と交代してくれ。食事はとったのか」

「オリビアお嬢様の、お熱が下がらず……」

ひどい罪悪感で食欲なんてちっとも湧かない。せめてオリビア嬢がもう少し回復して、一言でも話してくれなければ……。私が目を離した隙に彼女に何かあってはと思うと、そばを離れる気にはなれなかった。

「……ふむ。少し下がっているじゃないか」

オリビア嬢の頬や額に何度か手を当てながらライリー様が言った。だけどまだオリビア嬢は目を覚まさない。

一度部屋を出ていったライリー様は、しばらくして侍女を二人連れて戻ってきた。

「彼女たちが見ていてくれる。ロゼッタ、行こう」

「……え、ですが……」

「大丈夫よ、ロゼッタさん。夜間のために私たちは昼間仮眠をとっていましたから」

「ええ、旦那様と行ってちょうだい。何かあったらちゃんと声をかけるわ。ここは任せてね」

長くアクストン公爵家に勤めている侍女たちが、私を安心させるようにそう言ってくれる。ここの人たちは皆優しい人ばかりだ。

「……はい。すみません、では……お願いします」

ライリー様に逆らうわけにもいかないし、と、私はかなり後ろ髪を引かれつつもその場を後にした。

おいでというライリー様に大人しくついていくと、そこは食堂だった。

「……？」

「簡単な食事を用意させている。私も夕食を食べそびれていたし、君も一緒にどうだ」

（え、……え⁉　い、一緒に？　私が？）

アクストン公爵と屋敷の侍女が、二人で一緒に食事⁉　い、いやいやいや、そんなわけにはいかないでしょう。

「だ、だんなさま……あの……」

遠慮しようとしていると、そのタイミングでシェフがスープとパンを運んできてくれた。

「すまないな、遅くにありがとう」

「いつでもお申し付けくださいませ」

簡単な食事とは言っても、よく見るとサラダにオムレツまである。……いい匂い。

「さあ、君もそこに。今日はずっとオリビアに付き添っていたと聞いている。何も食べていないのだろう。座りなさい」

（きっ……緊張する……っ！）

何度も勧められて私はカチコチになりながら、ライリー様の近くの席に座った。

まさか雇い主の公爵様と一緒にお食事をすることになるなんて……

もう日付も変わろうという時刻、しんとした食堂の中で、私はライリー様とテーブルの角を挟んだ席に座り、手を震わせつつ、カトラリーを握っていた。

（ぜ、絶対に音を立てられないわ……っ！　どうしてライリー様はこんなに無音でお食事を続けられるのかしら……。緊張しすぎて、喉を通らないんですけど……っ）

さっきから美味しそうなオムレツをそろりそろりとナイフで切っているのだけれど、美麗な雇い主がすぐそばにいる上にあまりにも場が静まり返っているせいで、私はかつてない緊張で今にもガチャン！　とやってしまいそうだった。斜め前から発光しているようなオーラを感じる……

「……よくあることだ」

「はっ、はいっ……？」

「前日までは調子がよかったのに、翌朝高熱を出していることはこれまでにも数え切れないほどあった。たしかに今回は久々だったがな。私の見たところ、今回はさほど重くない。そんなに不安にならなくていい」

途中から、ああ、オリビア嬢のことかと気付いた。

「落ち込まなくていいから、食べなさい」

「……は、はい。ありがとうございます……」

随分気遣ってくれていることを理解して、私は慌ててオムレツを口に運んだ。……やっぱり優しい方なんだな。私のことまで心配してくださっている。

（……美味しい）

「もう五ヶ月近くになるな。君がここへ来てくれてから」

「そっ、そうですね」

え、そうだっけ？　もう五ヶ月？　早いなぁ。というか、ライリー様よく覚えてるわね……

「正直、最初は全く前向きではなかった。君を我が家の侍女として迎えることに」

「で、ですよね……」

ライリー様はこちらを見向きもせず淡々とした表情でそう言いながらパンに手を伸ばしている。

「二度も相手側から婚約を破棄された子爵家の令嬢など、とんでもない厄介者だと。何かよほど重大な欠点があるのか、大きな失態をやらかした女性なのだろうと思って警戒していた」

すみませんねぇ、とんでもない厄介者で。

グサッ、ザクッ、と心に刺さることを次々言われ、私は気まずさをごまかすためにパンに手を伸ばしてパクパク口に運びはじめた。

「……だが、君は本当によく働いてくれる。初対面でオリビアが君をあれだけ気に入っていた理由が、今なら私にも分かる気がする。君は誠実で、思いやりがあり、しかも有能だ」

ライリー様の思いがけない誉め言葉に、私の心臓が大きく跳ねた。

「っ!?　そ……っ、そんなことは……、あ、ありがとう、ございます……」

「あの子は他人の感情に敏感な子だ。君が本心から彼女のことを思ってくれているからこそあんなに心を開いたんだろう。……感謝している」

「だ……旦那様……」

「面接の時は、すまなかった。私は君に随分失礼な態度をとった」

「い、いえ、そんな……」

突然優しく温かい言葉を次々と浴びせられ、発火するんじゃないかというぐらい顔が熱くなる。どうしていいか分からず、私はサラダやスープをどんどん口に運んだ。少しでも平常心を取り戻そうとしていた。

「君自身はどうなんだ？　もう立ち直っているのかい」

「はい。……いえ、正直に申しますと、私も当初は随分落ち込みました。一度の婚約破棄だって貴族令嬢としては大きな汚点になりますのに、二度も婚約破棄されてしまって……。もう私は結婚して子を産んで生きていく、そういう人生は歩めないんだなぁ、と」

「……そうか」

話しているうちに私は幾分落ち着いた気持ちを取り戻し、パンをちぎりながら続けた。

「両親にいつまでも心の負担をかけたくないですし、こうなった以上は修道院に入るべきかとも考えたのですが……、それよりも、誰にも頼らず自分の力で生きていく別の人生を歩んでみたいなぁと、ふと考えたんです」

「……ふむ」

「そう両親に打ち明けましたら、父がアクストン公爵家の侍女の面接を取り付けてきてくれて。……私も、ここへ来てオリビアお嬢様に出会えたこと、本当に感謝しているんです。あの方はとても純真で可愛らしくて、出会ったときから一緒にいることが自然に思えたような……上手く言葉にできませんが、お仕えしている身ではありますけど、一緒にいると心が安らぐんです。それに、とても楽しいですわ」

「そうか。じゃあ互いに最高の出会いとなったわけだ」

「ええ、本当に。……早く元気に笑っているオリビアお嬢様のお顔が見たいです」

「ああ。そうだな」

ライリー様は静かにそう言った後、言葉を続けた。

「君でよかったよ。これからもオリビアのことをよろしく頼む」

「……は、はい……っ、もちろんでございます……っ」

微笑《ほほえ》んだライリー様とここで初めて目が合ってしまい、私の食事の手はピタリと止まった。この瞳に見つめられて動ける女性などいるのだろうか。

ライリー様はなぜだかクスリと笑い、そのままスッと席を立った。

「しっかり食べて、ゆっくりと休んでくれ。今日はありがとう。おやすみ」

そう言うとライリー様はそのまま食堂を出ていこうとした。

「ありがとうございました旦那様！　おやすみなさいませ……っ」

私も立ち上がり、その背中に慌てて声をかける。ふとテーブルを見ると、いつの間にかライリー様は出された食事をほとんど食べ終わっていた。

(あらっ？　私ももうこんなに食べたっけ？)

自分の食事を見て驚いた。目の前のお皿がほとんど空《あ》いている。

その時、ふと思った。もしかしてライリー様は、私に食事をさせるためにわざわざ付き合ってくださったんじゃないかと。

（……まさかね。いくらなんでもそこまで）

だけどライリー様とお話しながら食事をしたおかげで、いつの間にかお腹はいっぱいだし、気持ちもすっかり落ち着いていた。今日は一日中泣きたい気分だったのに。

（ふふ。私ももう休もう）

ライリー様の優しい言葉に安心した上に満腹にもなった私は、急に眠気に襲われた。

片付けをしてそのまま自分の部屋に戻りベッドに入ると、朝までぐっすりと眠ったのだった。

翌朝早くにオリビア嬢の部屋に向かうと、朝の日差しの中、すっかり熱の下がったらしい彼女が私の顔を見てぱあっと明るく笑った。

「おはよう、ロゼッタ！」

◇　◇　◇

「……今さらなんのつもりなのかしら。我が家をあれほど軽《かろ》んじておきながら……。しつこいのよ、本当に。昨日も来ていたの」

母がぷりぷり怒っているのは、私の最初の婚約者であるブライス・ヘンウッド子爵令息の件だ。

先日のフレイア王女殿下の結婚祝賀パーティーで未練がましく私に言い寄ってきた一人だけれど、とうに裁判で決まった我が家への慰謝料がいまだに支払われないどころか、最近では子爵と二人がかりで、毎日うちに押しかけて頭を下げに来ているらしい。私との復縁を望んでいるというのだ。

アクストン公爵家に勤めて以来、初めてまとまった休暇をいただいた。しかも一週間も。たまには実家に顔を出してのんびりしてきたらどうだとのライリー様のお言葉に甘えて、久しぶりに実家に帰ってみればこの騒ぎ。父も母もいい加減うんざりしているようだ。

「別にヘンウッド家が支払えない金額ではないはずでしょう？　いつまでもこの状態が続くようなら裁判所に行って強制執行手続きをとるしかないって、お父様も言っていたわ」

「まぁ、相手にせずにあの方たちが諦めるのを待ってみたらどうかしら……？」

「そうね。お父様もそう言っていたわ。門前払いでしばらくは様子を見ようって。はぁ……。……あ、そうそう、ロゼッタ、話は変わるのだけど」

母は、ふと何かを思い出したらしくぱっと表情を変えた。

「ヘンウッド子爵家のせいですっかり忘れるところだったわ！　昨日ね、午前中街に出たのよ。そしたらハリエットさんに出会ったの。ナイトリー子爵家のよ」

「まぁっ！　ハリエットに？」

ハリエット・ナイトリー子爵令嬢は私が学園に通っていた時、特に親しくしていた学友だ。私がアルロと婚約した時は心から喜んでくれたし、二度目の婚約破棄の時も私を心配して気遣ってくれていた。卒業してからも何度か手紙のやり取りをしている。

「あなたのことを聞かれたからね、ちょうど明日から休暇をいただいて帰ってくる予定だと話したのよ。そしたらすごく喜んでいたわ。ぜひ同窓会に来てって」

「同窓会？」

「ええ。ナイトリー子爵家のタウンハウスで開くみたいよ。ごく内輪の仲良しさんだけでするつもりでいたみたい。あなたは来られないだろうと諦めていたから、もし予定が空《あ》いていて来てくれたら嬉しいって言っていたわ」

「そうなの⁉　早く言ってよお母様ったら……！　いつあるの？　その同窓会って」

「明日と言っていたわ」

「あ、明日⁉　……本当に早く言ってよ、お母様……」

私は慌てて部屋に戻るとクローゼットを大きく開け、目ぼしいドレスを次々取り出しては明日の衣装を選びはじめた。久しぶりに会えるのね。ごく内輪の仲良しさんってことは……いつも一緒にいたリタやサーシャが来るのかしら。ああ、楽しみだわ！

いいタイミングで休暇をもらえて本当によかった。私はそう思っていた。


ところが、翌日。

ナイトリー子爵家のタウンハウスに顔を出した私は、自分の目を疑った。

「ごく、内輪……？　どこが……？」

一階の大きな広間には、なんのパーティーが行われているのかと思うほど大勢の同窓生たちがわらわらと集まっていて、皆楽しげに談笑していた。全然話したことのない人たちもいる。

「ロゼッタ‼　よかった、本当に来てくれたのね！」

「ハ、ハリエット……？」

入り口で呆然と突っ立っている私にいち早く気付いたハリエットがこちらに駆け寄ってきた。

「お招きありがとう。その……、内輪の集まりと聞いたのだけど、何人呼んだの？」

「それがねぇ……、まさか私もこんなことになるなんて思ってもみなくて。今慌てて料理や飲み物を追加で用意させてるところなの。最初はサーシャがあと何人か連れて来てもいいかって。四人だけで集まるのもなんだし、誰でも呼んでって言ったら、気付いたらこんなことに……」

「そ、そう……」

ハリエットは困ったわねぇといった風に頬に手を当てながら、部屋の中を見回している。

「まぁ、いいわよね。皆楽しそうだし。ロゼッタ、そのドレス素敵ね！　ヘアスタイルも相変わらずオシャレだし。それどうやって巻いてるの？」

ハリエットは昔からこういうところがある。ちょっと大雑把で適当というか……。なんでも「まぁいっか」で済ませてしまう。主催者がいいと言っているのだからいいんだけど。

そのまましばらくリタやサーシャを交えて、再会を喜び話に花を咲かせた。

「二人とも久しぶりね。結婚おめでとう！」

「ふふ、ありがとう。私たちのことよりも……ロゼッタはどうなの？　アクストン公爵家の侍女って大変なんじゃないの？」

「それがね、アクストン公爵の妹君は素直で愛らしくて優しいし、公爵も理解ある素敵な方なのよ。ストレスなく働けているわ」

「まぁ！」

「よかったじゃないのロゼッタ！　心配していたのよ」

「ふふ。ありがとう皆。結婚は望めないものだと思って、その代わりにしっかり働くわよ」

「ま、ロゼッタったら……」

「あなたなら大丈夫よ」

「ねぇ、噂《うわさ》の公爵様とお話しする機会もあるの？　目が眩《くら》むほどの美男子なんでしょう？」

そんな話をしながら盛り上がっていると、ふいにハリエットに声をかける人がいた。新しい来客のようだ。

「ごきげんよう、ハリエットさん。随分と大盛況ね」

「あ、あら、いらっしゃいヴィクトリアさん。……それに」

私も笑みを浮かべたまま何気なく振り返り、そして、硬直した。

（な……、なんで来たのよ）

「……エーベル・クルエット伯爵令嬢。い、いらっしゃい……」

「ごきげんよう、ハリエットさん、皆さん」

そこには満面の笑みで友人と一緒に立っているあのエーベル・クルエット伯爵令嬢がいたのだった。

一体誰がこの人たちまで呼んだのだろうか。ハリエットと私は大の仲良しで、ここに私が来る可能性が高いことは予想できるはず。そんな場所に、学園中で噂《うわさ》になった因縁の相手であるクルエット伯爵令嬢を連れてくるなんて……

しかし当の本人は全く気にも留めていないようなそぶりで、部屋の中を見回している。

「まぁ、本当に大盛況だわ！　こんな大がかりなパーティーだったんですのね。私たちもお招きくださって嬉しいわ、ハリエットさん」

「……どうぞ、ごゆっくり楽しんでらして」

ハリエットの唇の端がピクピクしている。チラリとこちらを見るその顔には「ロゼッタ、ごめん」と書かれていた。

「……気にしないようにして、ロゼッタ。私たちがそばにいるもの」

「そ、そうよ。近づかなければいいわ。こっちでお喋りしながら過ごしましょ」

クルエット伯爵令嬢たちが場を離れると、リタやサーシャも私をフォローしてくれた。

「ええ、分かってるわ。ありがとう」

チラリとクルエット伯爵令嬢の方を見ると、部屋の奥の方ですでに何人もの男性に囲まれてチヤホヤされていた。

最初こそこちらを見ながら何やら話している同窓生たちの視線が気にはなっていたけれど、次第に周囲のことはどうでもよくなっていった。やっぱり気の合う友人との会話はすごく楽しい。喋りすぎて喉がカラカラだ。気付けば手元のジュースもなくなっていた。

「ちょっと飲み物とってくるわね」

そう言うと私は少しの間その場を離れた。

（……どれにしようかなぁ。あ、すもものジュースがあるわ。美味しそう）

テーブルの上には色とりどりのジュースが並び、私は真剣に悩んでいた。ベリー系もいいわね……

「……ロゼッタ嬢、ご無沙汰《ぶさた》してます」

（ん……？）

聞き慣れない声に顔を上げると、爽《さわ》やかな見た目の男性と目が合った。

（あ、この人……）

「お久しぶりです、ビアード子爵令息」

チェイス・ビアード子爵令息。学園に入学した一年目に同じクラスだったっけ。穏やかで優しい性格でいつもたくさんの友人に囲まれていた。

そして彼は……

「覚えていてくれたんだ。光栄だな」

ビアード子爵令息は私の返事に嬉しそうに破顔した。

「も、もちろんですわ」

「まさかあなたも来ているなんて。アクストン公爵家で働いていると聞いていたので、今日はお会いできないかと思っていました」

「たまたま休暇をいただいて戻ってきたばかりだったんです。ラッキーでしたわ」

「公爵家で過ごす毎日はどうですか？　順調ですか？」

「ええ、充実していますわ。もうすっかり慣れましたし」

「それはよかった」

ビアード子爵令息はますます人のよさそうな顔で笑い、そう言ってくれた。

何気ない会話を交わしながらも、私はあの時のことを思い返して少し気まずかった。

だけど相手はまるっきり平気そう。忘れてくれているのなら、それはそれでよかったけれど……

「……ビアード子爵令息は、今日はどうしていらしたのですか……？」

「ああ、いや、友人と会っていたのですが、ナイトリー子爵家のタウンハウスで同窓会らしきものがあるそうだから顔を出してみようと誘われて……」

「そうなんですのね」

本当に、誰も彼もが気軽に顔を出しているらしい。

「でもまさか、ロゼッタ嬢にまでお会いできるとは思っていなかったから。僕こそ、今日はラッキーでしたよ」

（……ん？）

「来てみてよかった。元気そうなあなたの顔が見られて、安心しました」

そう言ってくれたビアード子爵令息の瞳の奥の光は慈愛に満ちており、私は少し狼狽《うろた》えた。

「お、お気遣いいただきまして……」

「……どうか無理なさらず、元気に過ごしていてくださいね。大変でしょうが、僕はあなたをずっと応援していますから。では、失礼」

そう言うと彼はスマートにその場を去っていった。

(……やっぱり、あの時のこと、忘れるわけがないわよね……)

一年生の終わり頃。放課後の教室で、私は彼に愛を打ち明けられたのだ。

『ビアード子爵令息、私には、長年の婚約者がおりまして……』

『ええ、もちろん知っています。あなたとヘンウッド子爵令息のことは。ただ、この一年間で募った想いをあなたに伝えてみたくなったんだ。迷惑だということは百も承知です。……申し訳ない』

『……っ』

『……もう二度と言わないよ。……彼と、幸せにね』

それから彼と同じクラスになることもなく、しばらくは時折すれ違うたびにドギマギしていた私だったけれど、いつの間にかすっかり過去のことになってしまった。

だから今、こうして再会してあんなことを言われるなんて思ってもみなかった。

(なんか緊張しちゃったわ……。……っ⁉)

ふと嫌な視線を感じて振り向くと、エーベル・クルエット伯爵令嬢が私をじーっと見ていた。一見楽しげに談笑している様子なのに、目は少しも笑っていない。

理由は分からないけれど、いつも彼女に見張られているような気がして不気味さを覚えた。

来客が一人また一人と帰りはじめ、私もナイトリー子爵邸を辞去することにした。

「今日はありがとうハリエット！　皆と会えて本当に楽しかったわ」

「ふふっ。堅苦しくない場でこうして集まれるのってすごく貴重よね。また皆で会いましょうね」

リタやサーシャとも別れを惜しんで最後の挨拶をする。

「休暇はまだあるの？　ロゼッタ」

「ええ、あと数日ね」

「そう。明日からは何をするの？」

「特に予定は決まっていないからのんびり過ごすわ。……あ、でも明日の夜は父と母と三人でレストランで食事をすることになっているのよ」

「まぁ、いいわね。どこへ？」

「テティスよ。ほら、大通りにある……」

「まぁ、素敵ね！　あそこって予約がとれないのよねぇ。すごいわ」

「ふふ。楽しんでくるわ」

そんな会話をしながら、私は笑顔のまま何気なく帰っていく人たちを見回した。

「っ!!」

すぐそばに、クルエット伯爵令嬢が立っていた。こちらを見てはいなかったけれど、予想外のことに心臓がドキッと大きな音を立てた。慌てて彼女から目を逸らす。

(さ、さっきまで結構向こうの方にいた気がするんだけどな……)

……気にしない、気にしない……

友人たちとまた手紙を出し合うことを約束し、その日は帰ったのだった。

翌日の夜。

評判のレストランにワクワクしながら、私はめいっぱいオシャレをして両親と共に出かけた。

「……このポワレすごく美味しいわ。お父様、連れてきてくださって本当にありがとう」

「お前が気に入ってくれたのならよかった」

「ロゼッタは一生懸命働いているんだものね。たまには羽根を伸ばさなきゃ。ふふ……。で、どうなの？　公爵様のお宅で粗相《そそう》なんてしていないでしょうね？」

貝の白ワイン蒸しをナイフで切りつつ母が私に尋ねる。

「もう、いつも手紙に書いてるじゃないの。大丈夫よ、ちゃんとやってるわ。アクストン公爵もとても親切な方なのよ。最初は冷たい印象でちょっと怖かったけれど……」

そう。面接の時のライリー様はつっけんどんで私に対する警戒心剥《む》き出しだったけれど、徐々に私のことを信頼してくださるようになり、最近では少しだけ優しい言葉をかけてくださったりする。

（……お元気かしら、ライリー様に、オリビア嬢……）

なんだろう。たった数日離れているだけなのに、なんだか思い出すと妙に寂しいような……

（お土産《みやげ》をたくさん持って戻らなくちゃね）

楽しい時間をたっぷりと満喫《まんきつ》した私たち家族は、幸せな気持ちのままレストランの玄関ホールに向かった。

するとその時、背後から静かな声がした。

「あら……、あなた」

（え？）

振り返って、顔が引きつった。

そこにいたのはクルエット伯爵夫人と、その娘のエーベル・クルエット伯爵令嬢だった。

（な……なんでここにいるの？）

「これは驚いたわ。ご家族でお揃いね。ごきげんようジェームズ……いえ、ハーグローヴ子爵」

……ん？

今……父のことを名前で呼んだ？

クルエット伯爵夫人は親しげに私の父に声をかけたのだ。しかも、父の名を思わず呼んでしまったといった雰囲気で。父も母も険しい顔をしている。

「……これはまた、偶然ですな、クルエット伯爵夫人。今日はお嬢さんとお二人で？」

「ええ。たまたま予約がとれましたのよ。幸運でしたわ。主人は仕事で来られなかったのですけれどね。……でもあなたに会えて嬉しいわ。奥様もお元気そうね」

「……ええ、ごきげんようクルエット伯爵夫人」

母はいつものよそ行きの笑みを湛《たた》えて社交辞令の挨拶をしているけれど、その表情は硬い。なんだかピリピリした空気が流れている。

不審に思っていると、クルエット伯爵夫人はスス……と歩み出て父の前に立った。

「元気そうなお顔が見られてよかったわ。大丈夫？　お嬢さんのこと、私たちもとても心配していたのよ……」

そう言うと、クルエット伯爵夫人は手を伸ばし、父の腕にそっと触れた。

(っ⁉)

その様子に私も母も固まった。な……何をしているの？　この人。なぜよそのご夫人が父に無遠慮に触れてくるの？　ちょっとはしたなさすぎるんじゃない？　それにさっきから口のきき方といい、やたら距離が近すぎる気が……

「大変だったわね……。大切にお育てになったお嬢さんが、二度も婚約破棄されるなんて。辛い思いをされたことでしょう、奥様も、お嬢さんも」

まだその話を持ち出すの……？

せっかく家族で楽しい時間を過ごしたばかりのこんなところで……？

もはや、クルエット伯爵夫人に対する不信感は抑えられないほどに膨れ上がっていた。お茶会で会った時にもこの話をしつこく続けてきた上に、今になってもまだその話を蒸し返す。

勘繰ってはいけないと思いつつも、この親子がここにいることさえ偶然ではない気がする。昨日の集まりで私が友人たちとテティスに行くという話をしていた時、気付けばクルエット伯爵令嬢はすぐそばにいたのだ。会話を盗み聞きしていたとしてもおかしくない。

「もうとうに済んだことですのでおかまいなく。娘も私たちも新しい生活をはじめております」

父が話を切り上げて私たちに目配せしてくる。そうね、さっさと立ち去るに限るわ。

だけど私たちが不快感をあらわにしても、クルエット伯爵夫人はまだ言葉を重ねてくる。

「まぁ、そんな……。本当はとてもお辛いはずよ、お嬢さんも。……ごめんなさいねロゼッタさん、本当に。婚約した男性が次々とうちの娘のことを好きになってしまうなんて……、女性として、屈《くつ》辱的《じょくてき》よね」

（なんですって？）

信じられない。両親の前でなんてことを言うの？

思わずまじまじと夫人の顔を見つめると、夫人は睫毛《まつげ》を伏せ溜め息交じりに続けた。

「でも安心してね。うちの娘も私たち家族も、まるっきり相手にもしていない方たちだったのよ？　だからあなたを捨てた男性方とうちのエーベルが夫婦になることなんてないわ。相手側が勝手に娘に懸想《けそう》してあなたを捨ててしまっただけ。自信を取り戻してね、ロゼッタさん。たまたまよ。きっとこの広い世の中にはあなたの方がいいと言ってくださる殿方もいるわよ。今はまだ辛くてたまらないかもしれないけど……本当に可哀相に……」

「あ、あなた……」

いい加減にしてくださる？

ついに堪忍袋の緒が切れかかった私の口から反論の言葉が飛び出そうとした時――

「ロゼッタ。帰るぞ」

怖い顔をした父が、冷たい声でそう言った。

父の隣に立っている母も、厳しい目つきでクルエット伯爵夫人を睨んでいた。

エーベル嬢は目を三日月のように歪《ゆが》め扇で口元を隠し、母親の後ろから私のことを面白そうに見つめていた。

「なぜ言わなかったのよロゼッタ!!　まさかあの相手が、クルエット伯爵家のエーベル嬢だったなんて……！」

「ご、ごめんなさい……。言ってもどうにもならないかなぁ、なんて思って……」

屋敷に着くやいなや、私たちは居間のソファーで向かい合った。空気は重苦しく、父も母も私の話を聞いてがっくりと肩を落としている。母が深い溜め息をつき顔を覆った。

「ああ……あの人。絶対に裏があるわ……こんなこと偶然なわけがない。なんて執念《しゅうねん》なの……」

「まさか相手があのクルエット伯爵家の娘だったとは……。ロゼッタ、お前には可哀相なことをした。おそらく、婚約破棄は仕組まれたものだろう、あの女によってな」

「ね、ねぇ、どういうこと？　お父様、お母様……。執念《しゅうねん》って？　仕組まれたものって、何？　あの人と、昔何かあったの……？」

二人の反応が恐ろしくて仕方ない。一体なんなの？　あのクルエット伯爵夫人が、我が家となんの関係があるっていうの……？

先に口を開いたのは母だった。

「お父様とあのクルエット伯爵夫人はね、その昔、同じ貴族学園に通っていた同窓生なのよ。そしてクルエット伯爵夫人は学生時代、お父様に……恋をしていたようなの」

「え、……え？」

恋？　あの人が？　父に？

「恋などと、耳当たりのいい言葉を使うようなものではない。あの女は随分しつこかった。入学以来毎日毎日人のことをつけ回すようにくっついてきて、しまいには、結婚してくれなければ命を絶つなどと言って脅してきた」

「な……」

絶句するしかなかった。穏やかそうな、しとやかで美しいあのご婦人にそんな過去があったなんて……

「私はルイーズと婚約することが決まっていたから、何度も断っていたんだ。自殺までほのめかして脅してくるようになってから、急いでルイーズと正式に婚約したのさ。……そもそも、私にルイーズという相手がいなかったとしても、あの女だけは御免だったがね」

そ、そんなに嫌っていたのね、お父様……

「結婚して一緒に暮らしはじめるまで、私の実家にたびたび嫌がらせのようなことがあったわ。でも誰がやったという証拠もないし、今さら蒸し返すつもりはなかった。だけど……まさか、自分の娘を使ってわざとロゼッタを傷つけたというのなら……看過できないわ」

母の言葉に背筋がぞくっとした。私の二度の婚約破棄は、あのクルエット伯爵夫人によって故意にもたらされたものなの？

母親の個人的な恨みを晴らすために、娘のエーベル嬢が協力した……？

（考えづらいけれど、だってそんなことってあるかしら。もしも私がエーベル嬢の立場だったら、母を諫《いさ》めるわ。馬鹿なことを考えないで、自分が振られた恨みを晴らすために人の幸せを奪うなんて、淑女《しゅくじょ》の風上にも置けないわって。それが普通じゃない……？）

　母親が人の道に外れた行いをしようとしているのに、止めもせずにはいはいと協力するなんてこと、あるかしら。

　どうも腑《ふ》に落ちない……

「あの母娘《おやこ》には関わるな、ロゼッタ」

　父の声に、私は我に返る。

「極力近づかないようにするんだ。あの様子では、いまだに我々に対して恨みを募らせているのだろう。今後も何をしでかすか分かったものじゃない」

「ええ、分かったわ、お父様。大丈夫よ」

「……ロゼッタ」

「そんな心配そうな顔をしないで、お母様。たしかに私の婚約破棄に裏があったとしたら恐ろしいけれど、あの二人がエーベル嬢に心を動かされたことは変えようのない事実よ。あの人たちとは元々縁がなかったんだと思っているわ」

「……そうだな。前向きでいてくれ、ロゼッタ。私も今後はあの女の動向に注意しておく。これ以上余計な真似をしでかさぬように」

　父は険しい表情のままでそう言った。今回のことがあって、あのクルエット伯爵夫人の慰《なぐさ》めが不愉快だった理由が分かった。あの人は表向き心配そうな顔をしていたけれど、心の中では喜んでいたんだわ。自分が恨みに思っている二人の娘を傷つけることができたと……

（恐ろしい人ね。関わらないようにしなくちゃ）

エーベル嬢の私への態度も、大切な母親を思ってのことだというのなら……、うーん……。それでも納得はいかないものの、とにかく今後社交の場で見かけてもこちらからは近づかないようにしなくては。

まぁ、あの人がオリビア嬢のお友達である以上、今後絶対に関わらないということは無理かもしれないけれど……

◇　◇　◇

「……それからこちらは、うちの領地で採れた果実を使って作られたジャムです」

「まぁっ！　綺麗な色ね！　どれもすごく美味しそう」

休暇を満喫してアクストン公爵邸に戻った私を、オリビア嬢は目を輝かせて出迎えてくれた。私は山ほど持って帰ってきた果実酒やジャム、新鮮なフルーツたちをずらりと並べては一つ一つ説明していた。

「これらのジャムを練り込んだパウンドケーキやカップケーキも美味しいんですよ。今度また一緒に作りましょう、オリビアお嬢様。旦那様にも喜んでいただけると思いますわ」

「ええ！　ぜひ作りたいわ！　楽しみにしていてね、お兄様」

「ああ。ありがとうロゼッタ、オリビア」

「こちらは最近売れ行き好調な我が領地の特産品ですわ。数種類の果実から作ったソースとドレッシングです。お口に合えばいいのですが」

「まぁっ、すごい……！　美味しそうだわ！　今夜のお料理に早速使ってもらえるかしら。シェフに言ってみるわ」

そう言うとオリビア嬢はソースやドレッシングの瓶を手にとりいそいそと居間を出ていった。食堂に持っていくのだろう。

「それで？　休暇はゆっくり過ごせたのか？」

二人きりになると、ライリー様は私にそう尋ねた。

「はい、とても。学園時代の友人と集まったり、家族で食事に出かけたりと有意義な数日間でしたわ。ありがとうございました、旦那様」

「ふ、そうか。それならよかった」

……なんだか妙に照れてしまう。たった一週間ぶりだというのに、ものすごく久しぶりなようだな……

「早く会いたかったみたいだ」

「……!?　えっ!?」

「体調は安定していたが、君がいない間寂しそうだった。早く帰ってこないだろうかと何度も言っていたよ」

あ、ああ、なんだ、オリビア嬢のことか……

なぜだか顔が熱くなり、それをごまかすために私は努めて明るい声を出した。

「わ、私もですわ。たった一週間なのに寂しくなってしまって、何度も思い出していました。早くお会いしたいなぁって………オ、オリビアお嬢様に」

なぜか言い訳がましくオリビア嬢の名前を付け足す私。

ライリー様は特に気に留めていないようで、ほんの少しだけ笑うと静かに言った。

「土産《みやげ》をたくさんありがとう。今日からまたよろしく頼む」

「は、はいっ」

それだけの言葉がなんだかすごく嬉しくて、私は張り切って返事をしたのだった。


それからまたアクストン公爵家の侍女としてのいつもの日常が戻ってきた。オリビア嬢の身の回りのお世話をし、外出に付き添い、時々お勉強も見てあげた。

一度、帰省の土産《みやげ》をたくさん貰ったお礼にと、ライリー様がオリビア嬢と共に私も観劇に連れていってくださった。それがすごく楽しかったので丁寧にお礼を言ったら、それから時折食事や観劇に連れていってもらえるようになった。お忙しいライリー様だから決して頻繁ではなかったけれど、まるで私も家族の一人として扱ってもらっているようで、くすぐったいやら嬉しいやら。以前よりも、ずっと距離が近くなったと感じていた。

そんな日々が半年ほど続いた、ある夜のことだった。

その日はライリー様が久しぶりにオリビア嬢と私を王都のレストランに食事に連れ出してくださった。両親とも行ったことがないような高級なレストランに緊張しながら、美味しい食事をありがたく満喫していると、ふいにライリー様がポツリと言った。

「お前の縁談が決まりそうだ、オリビア」

「……えっ？」

綺麗なテリーヌをお上品に口に運んでいたオリビア嬢も、バゲットにパテを付けていた私も思わず手を止め、顔を見合わせる。ライリー様は淡々とサラダを口に運んでいる。

「お、お兄様……今、なんて？」

「縁談だ。お前の体調も随分安定してきただろう。少し前から熟考していたのだ。お前を大切にしてくれるよき家柄の相手を選ばねばと」

オリビア嬢が……結婚⁉

「い、いつ？　お相手はどなたなの……？　お兄様」

不安げなオリビア嬢にライリー様は少し笑った。

「別に今日明日すぐにでも嫁《とつ》ぐというわけじゃない。お前の体調を見ながらゆっくりと話を進めていきたいと思っているし、相手もそれは承知してくれている。以前からお前を好いてくれていたようで、何度か会って話をしたが、なかなか誠実で好感の持てる男性だった」

「で、ですから、どなたですの？　その方って……」

私ももう食事どころではない。ドキドキしながらライリー様の次の言葉を待った。

「カートライト侯爵家の子息だ。歳はお前より一つ下だが、聡明《そうめい》でしっかりしている。先方も結婚を急いでいるわけでもないようだから、お前の心の準備ができるまで待ってもらえそうだぞ」

（年下の方なのね……わ……若いな）

意外で驚いた。なんとなく、ライリー様はオリビア嬢のお相手は年上の方を選ばれるんじゃないかと思っていたから。……でもたしかに、カートライト侯爵令息は成績優秀で品行方正な、しっかりした人物だと聞いたことがある。社交界での評判もいいし、何よりカートライト侯爵家はかなり潤っていて安定したお家だ。結婚すればオリビア嬢は安心した生活を送っていけるだろう。

何より、あのライリー様が総合的に判断して選んだお方なのだから、オリビア嬢にとって最良のお相手に違いないわ。

「カートライト侯爵令息といえば、何度かオリビアお嬢様にご挨拶をしていらっしゃった方ですものね。王女殿下の祝賀パーティーの時も、先日の晩餐会《ばんさんかい》でも……」

「え、ええ。会えば必ずお声をかけてくださっていたわ……」

「ふふ。オリビアお嬢様に好意を持っていらっしゃったのですね。よかったですわ、あんな素敵な方がお嬢様の旦那様になられるなんて。私も安心です」

「ロ、ロゼッタったら……」

私の言葉にオリビア嬢は耳まで真っ赤にして俯《うつむ》いている。可愛い。

「お前に異論がなければ、この話を進めようと思うが……いいな？」

「は……はい……」

オリビア嬢の顔から湯気が出そうだ。照れているらしいオリビア嬢を微笑《ほほえ》ましく見つめながら、私は、ほんの少しだけ寂しさを感じていた。

(そっかぁ。数年後、オリビア嬢はお嫁に行ってしまうのね。私は、その時どうするかしら……)

侍女として、ご結婚後もずっとオリビア嬢のおそばにいるのだろうか。

それとも、別の道に進むことになるのだろうか。

(……こうしてライリー様とオリビア嬢と三人で食卓を囲むことなんて、もうそんなにないのかもしれないわね……)

そう思うと、この貴重な時間がますます大切に思えてくるのだった。

◇◇◇

「ブレイクリー侯爵家のご子息に続いて、カートライト侯爵令息まで婚約が決まったそうよ！エーベル、あなたがボーッとしているから、どちらも逃してしまったじゃないの！」

腹が立って仕方がない。娘はもう十九歳になろうとしている。それなのに、まだ結婚相手が決まらないのだ。

最初は相手を選《え》り好《ごの》みして吟味《ぎんみ》する余裕もあった。娘は私に似て、人の目を引き付ける特別な美貌を持っている。

この子なら、私の雪辱《せつじょく》を必ず果たしてくれる、そう思っていたのに。

この私、シンディ・ファーンショー伯爵令嬢といえば、社交界で知らぬ者などいなかった。天与の美貌で誰も彼もが私に夢中になり、社交界はいつだって私の噂話《うわさ》で持ち切りだった。

幼い頃から縁談も山ほど私のもとに届いていて、両親はファーンショー伯爵家にとって最良の縁を結ぼうと躍起《やっき》になっていた。

……だけど、貴族学園に入学した私は、運命の人と出会ってしまった。

ジェームズ・ハーグローヴ子爵令息。美しい彼に、私は一目で恋に落ちた。この人だ、とすぐに分かった。これまで殿方に感じたことのない熱い思いが体中を駆け巡り、彼なしでは生きていけないことを悟った。

地位も身分も家柄もお金も、何も関係ない。何もいらない。私にはジェームズさえいてくれればいいの。

だけど、他の男たちとは違ってジェームズだけは、私に優しくしてくれなかった。

「ファーンショー伯爵令嬢、何度も言っているが、私には決まった人がいるんだよ。彼女や向こうの家を裏切るつもりは一切ない。頼むからもうしつこくつきまとうのは止めてくれ」

私の腕を振り払うジェームズの仕草には、優しさの欠片《かけら》もなかった。

なぜ？　そんなはずがない。この私よ？

そのうち私は気が付いた。彼は真実の愛の強さを確かめたいんだって。私がどこまで根気強く食い下がってくるのか、どんなに深い愛情で自分のことを想い続けるのかを確認したいんだわ。この私に愛の試練を与えるつもりなのね。

ああ、ひどい人ね。本当はあなただって気付いてるくせに。私たちは運命の相手。生涯離れることなんてない永遠の恋人同士なのに。

私は両親が持ってくる縁談を全て断った。侯爵家の嫡男や、隣国の王族の血縁者。でも絶対に嫁《とつ》がないとはっきり言った。私はお金より地位より、愛を選んだの。この清廉《せいれん》なる心で。多少貧しかったとしても、贅沢《ぜいたく》はできなかったとしても、私にはどうでもよかったの。

ジェームズに見つめられることが、彼の腕に抱かれることが、私の一番の幸福なんだから。

私は決してくじけなかった。ジェームズがどんなに迷惑そうなそぶりを見せても、彼からどんなに冷たい目で睨みつけられても、私は毎日毎日、彼の愛を求め続けた。

それでも彼は私を受け入れてくれない。一体どうすればいいって言うの？　教えてよ、ジェームズ……。愛しいあなた……

（……そうだわ。この命を……私の命を投げ出すと言えば）

私を受け入れてくれないジェームズに業《ごう》を煮やし、ある日ついに私は声を荒らげた。

「いい加減にしてよ！　こちらにも我慢の限界はあるわ！　どうせ最後には私を受け入れて愛を囁《ささや》くつもりなんでしょう!?　これ以上焦《じ》らさないで！　早く私を抱いてよ!!」

「……頭がおかしいのか君は。何度も言っただろう。もう関わらないでくれ。これが私の本心だ！」

「……なら死ぬわ。あなたが受け入れてくれないなら、生きていたって意味がないもの。死んでやるから。それでいいのね!?」

「頼むから、もう止めてくれ……。君のせいで私の学園生活はめちゃくちゃだ」

「死んでやるわ！　今すぐに私を受け入れないのなら！　今夜死ぬからね！　私が死んだらあんたのせいよ!!」

ここまで言えばもう折れてくれるはず。私の愛を試す時期は終わったわ。いいからさっさと私の恋人になってちょうだい。誰もが羨《うらや》むこの私なのよ。

ところがそれからすぐに、ジェームズがどこぞの女と婚約したという話が広まった。衝撃が大きすぎて、受け入れることができなかった。何かの間違いだと思った。

相手の女は王都から離れた領地の領主の娘で、私たちと同じ学園には通っていなかった。人を使って調べ上げ、何度も匿名《とくめい》で手紙を出した。ジェームズとの婚約を白紙に戻すようにと。ジェームズには他に運命の相手がいる、大人しく身を引くようにと。

だけど結局二人はすぐに結婚してしまい、婚期を逃した私は嫌々今の夫に嫁《とつ》ぐことになったのだった。少しも好きでもない、ただの伯爵家の息子。

許さない。この私をないがしろにして、あんな女なんかと結婚して。おかげで私はどうでもいい男と結婚する羽目になってしまった。全部ジェームズのせいだわ。私の愛を受け入れなかったあいつのせいよ。

一生をかけてでも、この恨みを晴らさなくてはと思った。ジェームズは自分の娘を妻の出身校である貴族学園に通わせはじめたから、私も同じ学園に娘を通わせた。ロゼッタという名のあの男の娘は社交界での評判もよく、成績優秀な可愛らしい娘に育ったらしい。でも私の娘の美しさには到底及ばないわ。娘のエーベルは、若い頃の私に瓜二つだった。私譲りの真っ赤で艶《つや》やかな髪、澄んだ青い瞳、雪のような真っ白な肌に華奢《きゃしゃ》な体形、生まれ持った愛嬌《あいきょう》、色気。神が私に遣わしたんだわ。雪辱《せつじょく》を果たせと。そう思った。

だけど、娘は私と同じ道を辿ろうとしていた。

ロゼッタ・ハーグローヴに傷つけられた娘の泣く姿を見て、あの頃の腹の底から湧き上がるような、目が眩《くら》むほどの激しい怒りを思い出した。

それならば、やり返すしかない。

娘と同じ思いをハーグローヴ家の娘に味わわせ、ジェームズとあいつの妻を苦しめてやればいいわ。自分の娘が傷ついて泣く姿を見て後悔すればいいのよ。

そう、この私を粗末に扱ったことの報いを受けているのだとね。

目論見《もくろみ》通り、小娘の婚約者がうちの娘に恋をした。そしてあっさり婚約を破棄したらしい。

笑いが止まらなかった。なんて簡単なの。やっぱりエーベルの魅力は私譲りなんだわ。

しかし、ジェームズの娘はすぐに次の婚約者ができたらしい。なんでも幼少の頃から一途にジェームズの娘を愛していたという男から愛の告白を受けたと……

何よそれ。くだらない。簡単には幸せにさせないわよ。

そしてその男もやはりエーベルに恋をして、あっさりとジェームズの娘を捨てた。

社交界はハーグローヴ子爵令嬢が短期間のうちに二度も婚約破棄された噂《うわさ》話で持ち切りになった。

皆が同情しているふりをしながら、面白おかしくあの哀れな親子のことを話していた。私は愉快でたまらなかった。エーベルも満足そうだったわ。私たち母娘《おやこ》の勝ちね。

ジェームズはどう思うのかしら。自分の娘が、かつて粗末に扱ったこの私の娘に二度も婚約者をとられたと知った時。後悔してくれる？

あとはうちの娘が誰もが羨《うらや》む結婚をするだけ。最上の結婚をして、最後にジェームズとその妻に勝利宣言でもしてやるわ。

そう思っていた。それなのに……

エーベルの結婚相手がなかなか決まらない。私と同じ道を辿っているようでどうしようもなく気が焦る。格上の侯爵家の嫡男なんかとも縁が結べそうだったのに、あの子がうかうかしている間にいい縁をまた逃したわ！

「……だからお母様、私何度も言ってるじゃないの。どうしてもアクストン公爵がいいのよ。もう他の殿方なんて考えられない……。彼はまだ独身よ。そしてアクストン公爵家の当主が一生このまなんてはずがないわ。いずれは誰かと結婚する、その相手に私がなりたいのよ！」

上昇志向の強さまで私譲りかしら。それにしても……

「さすがにアクストン公爵は無理があるでしょう。これまで名だたる高位貴族の娘たちが袖にされてきたのよ。ただの伯爵家の娘じゃ……」

「分からないじゃないのそんなこと!!　私に落とせなかった男なんていないのよ!?　一度でもアクストン公爵に会わせてもらえれば必ず彼の心を奪ってみせるわ！　……ねぇ、協力してよお母様！お母様だって生涯の栄誉になるのよ!?　娘があのライリー・アクストン公爵の妻に選ばれるなんて……！　ハーグローヴ子爵夫妻だって見返せるわ」

「……っ」

娘のその言葉に、思わず反応してしまう。

ジェームズたちの娘は、傷ものになり婚期を逃したただの侍女。それにひきかえ、私の娘が国内随一の美麗公爵の妻となれば……

「きっと悔しくてたまらなくて、後悔するわ。自分の過去の決断が間違っていたと思うはずよ。……今さらお母様に、愛を乞うてくるかもよ、ふふ……」

「……馬鹿言わないでちょうだい。互いに結婚して子どももいるのよ。まさか今さら」

「それでも、見たくない？　私がアクストン公爵夫人になった時、あの子爵夫妻が一体どんな顔をするのか」

多くの男たちを惑わせてきた娘の笑みとその言葉は、まるで麻薬のように私の頭を朦朧《もうろう》とさせた。

第三章　近づく距離

「……君に、頼みがあるのだが」

「はい？　なんでございましょうか、旦那様」

オリビア嬢の婚約が決まってから数週間。私はライリー様に呼び出されていた。

ライリー様はコホ、と小さく咳払いをすると、手元の書類を捲《めく》り何やらカリカリ書きながらさらりと言った。

「オリビアに婚約祝いの品を贈ってやりたいと思っているのだ。何か、記念に残るようなものを……」

「あら！　素敵ですわね。きっとお喜びになると思いますわ」

大好きな兄上が選んでくれた記念の品なら、オリビア嬢も大喜びだろう。彼女の笑顔が目に浮かぶようだ。私は嬉しくなって話の続きを待った。

「オリビアの好みなら、他ならぬ君が一番よく分かっていると思ってな。一緒に選んでくれないか」

「まぁ、光栄ですわ。お役に立てるか分かりませんが、はい、喜んで」

勢いよくそう答えた後で、ん？　と思い、改めてライリー様に尋ねる。

「……選ぶ、というのは街で、何か品物を？」

「無論」

「あ……、オリビアお嬢様と、三人で……？」

「内緒にしておいた方が喜ぶだろう。黙っておいてくれるか」

「承知いたしました。旦那様のお買い物に私が同行する、ということでございます……よね？」

「ああ、そうだ。時間のとれる日にちが分かればまた伝える」

「……はい、承知いたしました」

私は冷静を装《よそお》い、ライリー様の執務室を後にした。けれど、本当は軽いパニック状態だった。部屋を出てから心の中で叫ぶ。

(え!? ライリー様と、二人で? 二人きりで? ま、街に、買い物に……っ!?)

これまで三人で出かけたことは何度もあるけれど、さすがにライリー様と二人きりは一度もない。なんだか分からないけれど、顔が熱いし心臓がものすごくドキドキしている。……緊張しすぎかしら。

いつ……いつ行くんだろう。あ、明日……? 明後日《あさって》? どうしよう、なんでこんなにドキドキするのかしら。別にそんなに大袈裟《おおげさ》なことじゃないはずなのに。ただ妹君の贈り物を選ぶのに、侍女が同行するというだけのことなのに……

私は妙にそわそわして、ついにはオリビア嬢から「今日のロゼッタ、なんだか変よ」と言われてしまうほどだった。

そしてそれから数日後。

「実家に諸用がございまして、夜まで出かけてまいります。旦那様に近くまで送っていただけることになりましたので」という言い訳をオリビア嬢に残し、私はライリー様と共に屋敷を出た。夜まで、というのは一応ライリー様からそう言っておくように言われたからだ。アクストン公爵邸から私の実家まではそこそこ遠いから、本当に帰省したらそれくらいの時間はかかる。

馬車に乗り込み、緊張しながらライリー様の向かいに座る。

「怪しまれなかったか?」

「あ、はい。無邪気にいってらっしゃーいと送り出してくださいましたわ」

「ふ……そうか」

ガチガチになっている私と違って、ライリー様はなんだか楽しそうだ。

「……君はいつも地味だな。そういう格好が好きなのか？　それとも、侍女だからと気を遣っているのか？」

ふいにライリー様がこちらを見つめてそんなことを言う。今日の私の格好は侍女として働いている時とさほど変わらない。深いモスグリーンのシンプルなワンピースに、捨てきれなかったわずかな乙女心で小ぶりなイヤリングとネックレスだけを着けてきた。透明の石のごく小さなものだ。

突然こちらをじっと見つめてそんなことを言われたものだから妙に動揺してしまう。

「そ、そうですね……。好きというか、やはり侍女ですからあまり華美にしているのもどうかなぁと。普段はもう少し華やかにはしております、はい」

「そうか。だがいつも髪を器用にまとめていて感心する。君は手先が器用だな」

「そ、そうですか？」

髪型に言及されて頬が火照《ほて》る。侍女として働いている時はいつも日によって形を変えながらもほとんどアップにしていた。もしくは編み込んで全部後ろに垂らしたり。仕事の邪魔にならないようにということを一番に考えていた。

だけど今日は街まで出かけるということで、両サイドだけを編み込んで髪を下ろし、毛先を巻いていた。実はこの髪型を見たオリビア嬢からも、「わぁ！　今日のロゼッタなんだかすっごく可愛いわ！」と絶賛され、妙に気まずい思いをしたのだ。後ろめたいというか……

街へと向かう道中、私は火照《ほて》った顔を隠しながら、頭の中であれこれ忙《せわ》しなく独り言を繰り返していた。
ださっているんですか……っ？　いやいや、ただの社交辞令でしょ。バカね、落ち着くのよ私……
われて動揺しない人なんかいる？　しかも、「今日も綺麗だ」って。い、いつも綺麗だと思ってく
どんどん熱くなってきた。変な女だと思われないかしら……？　こんな素敵な公爵様に綺麗だと言
ライリー様の突然すぎるストレートな褒め言葉に、心臓が止まりそうになる。どうしよう。顔が
「ありがとう、ございます……」
「ああ。今日も綺麗だ」

人通りの多いメインストリートの前で馬車を降り、この先は店を回りながらゆっくり歩いてい
こうかと言うライリー様に、大人しくついていく。長身で上等な生地の服を着こなすライリー様は、
大勢の人の中で頭ひとつ飛び出ている。その上お顔立ちはとんでもなく整っているし、栗色の髪は
今日も艶《つや》やかに靡《なび》いて、発光しているかのような美麗さだ。
（わ……私……、一緒に歩いていて大丈夫なのかしら……。変な噂《うわさ》が立ってしまうんじゃ……）
周囲の視線を浴び、急に不安になってきた。もうすぐ高価なブティックが並ぶ辺りに辿り着く。
知り合いに見られたりしたら……。……だ、大丈夫よね。私、アクストン公爵家の侍女なんだし。
屋敷の主人の買い物の付き添いで来ていたって、別に不自然じゃ……
「どんなものがいいだろうか。やはりアクセサリーが無難か」

「っ！　あ、そうですね！　はい、いいと思いますわ。長く大切にできますし」

「……ではあの辺りから見て回るか。おいで」

ライリー様は周囲の視線など全く意に介することもなく、私に微笑《ほほえ》みかけるとスタスタと歩いていく。私もできるだけ周りのことは気にしないようにすることにした。

「まぁっ、可愛らしい。これもオリビアお嬢様に似合いそうですわ」

「ああ、たしかに。清楚《せいそ》でいいな。気に入りそうだ」

まずは貴族向けのアクセサリー店でネックレスやイヤリング、ブレスレットなどを見て回る。どれも素敵で目移りしてしまうわ……。オリビアお嬢様は淡い色味が好きだから、このシャンパンガーネットのイヤリングなんかいいかも。……あ、こっちのラベンダータンザナイトのブレスレットも素敵だわ……

思わず夢中になって見ていると、隣からクスリと笑い声がする。慌てて見上げるとライリー様が私を見て笑っていた。

「本当に、女性は好きだな、宝石が。君がそんなに目を輝かせているのを初めて見た気がする」

「すっ！　すみません、つい……っ」

なんだか恥ずかしくてまた顔に熱が集まっていく。

「君はどういったものが好きなんだ」

「えっと……、私は自分の瞳の色と同じ緑色の宝石を選ぶことが多いですわ。ミントガーネットや、グリーンガーネット……」

「ああ、なるほど。たしかにグリーンが君にはよく似合う。……このエメラルドのイヤリングなんか、いいんじゃないか」

ライリー様は高価そうな美しいイヤリングをごく自然に手にとると、私の耳にそっと当てる。

「だ、旦那様……っ」

「うん、よく似合うな」

わ、私のプレゼントを選びに来たんじゃないのですから……

でも、ライリー様はやけにご機嫌だ。いつもより表情がずっと柔らかい。オリビア嬢のための贈り物を選びに来たことがそんなに嬉しいのだろうか。優しいお兄様だな、本当に。

（……ん？）

その時、お店に人が入ってくる気配がして入り口の方を見ると、学園の同級生だったご令嬢と、見たことのある男性がこちらを見て固まっていた。

（あの二人、たしか婚約者同士よね……。ど、どうしよう。すごいじっと見てる……）

私が軽く会釈《えしゃく》をしてみると、ハッとした顔で曖昧《あいまい》に会釈《えしゃく》を返してくれた。すぐに視線を逸らすと、何やら二人で話しながらスッとお店を出ていった。

大丈夫よね？　私がアクストン公爵家の侍女だということは社交界の大抵の人は知ってるもの。まさか公爵とデートしてた、なんて噂《うわさ》、立たないわよね……？

「ふむ。めぼしいものもあったが、一旦保留だな。ロゼッタ、次の店に行こうか」

「は、はい、旦那様」

私はわざと大きめの声で「旦那様」と言ってみた。お店の中にはまだライリー様と私の方に注目している人たちが、他に何組もいたから。

その後は小物類を売っているお店やドレス、靴の店までのんびりと見て回り、ライリー様は私が疲れていないかと何度も気遣ってくださりながらも、楽しそうだった。それにしても……

（まさか行く店行く店でこんなに知り合いに会ってしまうなんて。どうなってるの？）

そんなことを考えながらふと、今が社交シーズンの真っ最中であることに気付いた。人々の多くが、王都にほど近いこの街に集まっているからだろう。店に入るたびに誰かしら知っている人に見られたり声をかけられたりして、私は焦っていた。

外を歩いていても、街ゆく人が皆ライリー様を見ている。この方はただ歩くだけでも目立ってしまうようだ。

ふぅっと息をつきつつ、ふと髪飾りの専門店の前を通りがかった時、私はライリー様に声をかけた。

「だ、旦那様！　ここもいいかもしれませんわ！　オリビアお嬢様は髪を可愛く結って差し上げると喜ばれますし……」

「そうか？　君がそう言うなら入ろうか」

「はいっ」

私たちは連れ立ってその店に入っていった。

（うわぁ……！　可愛いものがたくさん！　私も欲しくなっちゃうわ）

オシャレには目がない私。新作の髪飾りがずらりと並ぶ店内にすっかり心を奪われてしまった。

ライリー様の付き添いで来たことを忘れてしまいそうだ。ああ、何か一つ買って帰りたい……！

いや、今日はダメだ。仕事で来たのよ、仕事で……

「……あ」

その時、一つの綺麗な髪飾りが目についた。蝶の形の繊細な細工が施されていて、青い宝石がいくつもちりばめられている。

「これって……オリビアお嬢様にピッタリだと思いますわ。宝石の色がお嬢様の瞳の色にとてもよく似ているし、可憐で繊細な細工がとても似合いそうです！」

「……ほう」

私が食い入るように見ているショーウィンドウの中の髪飾りを、ライリー様も横から覗き込んで見ている。体がくっついてしまいそうな距離感にドキドキする。

「ああ、いいな、たしかに。じゃあこれにしようか」

「はい！　……え？　本当によろしいのですか？」

ライリー様があっさり決めてしまったので、ちょっとびっくりする。

「ああ。君がそんな顔をするくらいだから、妹が最も喜ぶものなんだろう」

ど、どんな顔してました？　私……

ライリー様は店員さんにその髪飾りを包むよう頼むと、そのまま促され店の奥へと入っていった。

私は大人しくその場に立ってお戻りを待つ。

その時。

「ロゼッタ嬢……」

控えめに声をかけられて振り返ると、そこに立っていたのは少し強張った顔をしたチェイス・ビアード子爵令息だった。ハリエットのお宅の同窓会で再会した、一年生の頃のクラスメイト。過去に一度、愛を告白された人……

「お久しぶりですわ、ビアード子爵令息。……髪飾りを買いに？」

もしかして恋人へのプレゼントを探しに来たのかしら。そう思っていると、ビアード子爵令息は勢いよく首を横に振って全力で否定してきた。

「いいえっ！　違います。僕には恋人なんていませんので。何気なくこちらの店を見たら……あなたが、アクストン公爵と一緒にいらっしゃるのが見えたので、つい……」

どうしてこんなに変な顔しているのかしら。なんだか表情が硬い。体調でも悪いのかしら。

そんなことを思っていると、ビアード子爵令息はおずおずと私に尋ねてきた。

「ロゼッタ嬢、不躾《ぶしつけ》で申し訳ないが、今日はアクストン公爵と、二人で……？」

「あ、はい。二人というか、護衛や使用人が数名いますけど、あそこに」

「……お二人は、……いや……」

「……？　はい？」

どうしたんだろう。なんだかすごく口にしづらそうに、何かを言い淀《よど》んでいる。

ビアード子爵令息はしばらく口を開けたり閉じたり逡巡《しゅんじゅん》していたけれど、やがて意を決したような顔をしてこう言った。

「ロゼッタ嬢……、あなたは、アクストン公爵と恋人同士なんでしょうか」

………え。

「いっ、いえっ⁉　まさかっ！　違いますわ！　違いますっ！　だ、旦那様のお買い物の付き添いで来ているだけですわ！」

「……そう、なんですね。よかった。あ、いや、さっきお二人の姿が見えた時、まるで、そんな風に親しく見えたものですから……」

私は慌てて否定を続ける。

「ち、違いますわ、まるっきり！　私はあくまでアクストン公爵家の侍女ですもの。今日はちょっと、訳あって旦那様のお買い物に同行してますが、普段はこんなこともないんですのよ。屋敷の中で妹君のお世話係をしております」

「そうですか。失礼いたしました、僕としたことが、つい……気持ちが焦ってしまって」

や、私も焦りました。

……？　どうしてビアード子爵令息が焦るのかしら。

「では、どうぞお気をつけて。またお会いしましょう。お仕事頑張ってくださいね」

相変わらずの好青年っぷりでそう言うと、ビアード子爵令息は爽《さわ》やかな笑顔を残して颯爽《さっそう》と去っていった。

（恋人同士……。そんな誤解をされてしまうなんて、畏《おそ》れ多いわねぇ）

ライリー様のご迷惑にならなければいいのだけれど。

「……待たせて悪かった、ロゼッタ。行こうか」

「あ、はい旦那様」

私はまたわざと大きめの声で「旦那様」と言ってみた。


「……旦那様、ここは……」

「昼食はここでとろう。随分歩かせてしまったから疲れただろう。個室を予約してあるから、食事をしながらゆっくり休むといい」

「あ、ありがとうございます……」

お目当てのオリビア嬢への贈り物も買ったことだし、もう屋敷に戻るのかと思っていたら、すごく高級そうなレストランに連れてこられた。たしかに、戻るのは夜になると伝えてあったにしては早すぎるものね。だけどこんな素敵なレストランで、二人きりで食事だなんて……

品のある内装の個室に案内され、最初は緊張していたけれど、次々と出てくる美味しい食事を堪《たん》能《のう》しながらライリー様との会話を楽しんでいるうちに、私の気持ちはすっかり解《ほぐ》れていた。

いつの間にか、私とライリー様はすっかり打ち解けて会話ができるようになっていた。こうして素敵なレストランで食事をしつつ楽しくお喋りをしていると、まるで……

「メインはどうだ？　ロゼッタ」

「ええ、チキンに濃厚なチーズクリームのソースがとても美味しいですわ！　初めて食べました」

「よかった。このローストビーフもなかなか美味い。食べてみるか」

さらりとそう言うと、ライリー様は当たり前のように私の口元にフォークを差し出してくる。

(っ⁉)

……ぱく。

狼狽《うろた》えるのもみっともない気がして大人しく口を開けたけれど、正直味なんてしなかった。

「…………美味しいです」

ライリー様は私の言葉にニコリと笑い、また食事を続ける。

(ど、どうしてそんなに平然としていられるのですかっ‼)

こんなのまるで、本当に恋人同士のようです……

◇　◇　◇

わざわざ彼女を買い物に同行させる必要などなかった。

妹への贈り物なら自分で選んでもよかったのだし、むしろ本人を連れていって欲しいものを贈ったってよかったのだ。

だけど、私はそうしなかった。

どうしても彼女と、ロゼッタと二人で出かける口実が欲しかった。こんな機会でも作らない限り、わざわざ妹付きの侍女と二人で外出する理由などない。

日を追うごとに好感情が増してくる彼女への、自分の思いを整理したいという気持ちもあった。

私の頼みをロゼッタは快《こころよ》く受けてくれた。馬車の中で、器用に結った髪型を私がつい褒めると、頬を染めて礼を言う姿が愛らしかった。一緒に街へ出て一つ一つ店を回るたびに、美しい緑色の瞳を輝かせながらオリビアへの贈り物を真剣に選んでくれている。

彼女の真摯《しんし》な態度は、いつも私を安心させる。

決して無作法でも無遠慮でもなく、常に絶妙な距離感で私に接し、妹にも安心感を与えてくれているのは、彼女の持って生まれた気質だろうか。

一緒にいることが、非常に心地よい。こんな女性は初めてだった。

周囲の目を気にすることもなく、私はロゼッタと連れ立って歩いた。どう思われても構わない。むしろ彼女と特別な関係にあると思われることは不愉快ではない。そんな気分だった。

（しかし、私はそうでもロゼッタはどうだろう。二度も婚約破棄された自分はもう結婚は望めない、などと本人は言っていたが、これほど魅力ある女性だ。おそらく、このまま生涯独り身ということはないだろう）

遅かれ早かれ、彼女の元にはまた縁談が持ち込まれるはずだ。見る目のある男はいる。だがもしも、ロゼッタが、その結婚相手に私を選んでくれるというのなら……

「これって……オリビアお嬢様にピッタリだと思いますわ」

髪飾りを売る店で商品を吟味《ぎんみ》していたロゼッタが、一際目を輝かせてそう言った。蝶の形をモチーフにしたそれにはサファイアがいくつもちりばめられており、たしかにオリビアの愛らしい雰囲気にはよく似合いそうだった。私はすぐにそれを購入することを決め、店員に促されるままに奥のブースへと向かった。ロゼッタはその場に留まって私を待っている。

奥に向かいながら何気なくショーウィンドウを覗くと、金色に光る宝石が埋め込まれた髪飾りを見つけた。変わった形をしていて、どう使うのか私にはさっぱり分からない。宝石のついた曲線を描く本体に、細かい飾りが何本かぶら下がった棒のようなものが刺さっている。だがその宝石の色は私の瞳の色と酷似していて、ふとそれをロゼッタに贈ってみたくなった。

「すまない、これも別に包んでもらえるか」

それから予約していたレストランに移動し、彼女にコース料理をふるまった。美味しい美味しいと満面の笑みで食べるロゼッタが可愛くて、つい自分の肉をフォークに刺して口元に持っていき食べさせてしまった。やりすぎだっただろうか。ロゼッタは顔を真っ赤にしていたが拒絶することはなかった。その素直な反応を見て、胸の奥に温かい感情が込み上げる。妹に対する感情とはまた違う、しかしこの上なく大切にしたいと思う、この気持ち。これが女性に対する愛おしさというものだろうか。

(……もしもこの子が、私の妻になってくれたのなら……)

そんな感情が、明確に心の中をよぎる。

最近は遅い時間に帰宅した時などに偶然彼女の顔を見ると、妙にホッとするのだ。「お帰りなさいませ、旦那様」。ロゼッタから笑顔でそう声をかけられると、張り詰めていた気持ちも和《やわ》らぎ、一日の疲れが吹き飛んでいく気さえする。

彼女が妻として、私に毎日こう声をかけてくれたなら。

少年のように胸をはずませながら空想するその穏やかな日常は、私の頬を緩ませた。

(本当に、こんな女性は初めてだな……)

ロゼッタも本心から私との一日を楽しんでくれているのだと思う。笑みを絶やさず、ずっと饒舌《じょうぜつ》だった。そしてそんな彼女の表情を見ていると、私の胸にどうしようもなく愛おしいという感情が溢《あふ》れてくる。やはり私は、ロゼッタに恋情を抱いているのだ。そう確信した。

帰宅の途につく馬車の中で、私は柄にもなく少し緊張しながらあの髪飾りを取り出した。

「ロゼッタ、今日はありがとう。おかげでよい一日になった」

「そんな……私の方こそですわ。本当に、楽しい一日でした。ありがとうございます旦那様」

「……これを、君に。今日付き合ってくれた礼だ。よかったら使ってくれ」

「……っ、だ、だんなさま……っ」

ロゼッタは頬を染めながら私から包みを受け取った。その細い指先が少し震えていた。

おずおずと包みを開いていく彼女の表情を見守る。髪飾りを取り出すと、瞳を輝かせて驚いている。

「いつの間に、こんなに素敵な……。嬉しいです、旦那様……」

「私にはよく分からない構造だが、おそらく君なら使いこなすのだろうと思って……」

「ええ！　分かりますわ！　もちろん」

分かるのか。よかった。

ロゼッタは胸の前で金色の宝石のついた髪飾りを握りしめると、潤んだ瞳で私を見上げて言った。

「大切にしますわ！　ありがとうございます、旦那様……っ」

その表情は息を呑むほどの可愛さで、私は彼女を抱きしめたい衝動を抑えるのに苦労した。

（……真剣に検討せねば。ハーグローヴ子爵に、ロゼッタとの婚約を申し込むべきかどうかを）

◇　◇　◇

その日、友人宅で行われた茶会から戻ってきた母の表情は険しかった。

「エーベル！　アクストン公爵令妹からのお返事はどうなっているの⁉　婚約を祝うパーティーをぜひうちで開きたいってお手紙を出すよう言ってあったでしょう⁉」

何をこんなにカリカリしているのかしら？　たしかに、いつまで経っても私とアクストン公爵の接点が持てないことに苛立つ気持ちは分かるけれど。それについては私が一番やきもきしてるんだから。

「何度もアプローチしたわ。食事会をしたいとか、オリビア嬢とカートライト侯爵令息のご婚約をお祝いするパーティーをぜひ開きたいとか、使える口実は全部使って再三誘ったわよ。でも最近体調がよくなくて、医師からも外出を制限されている、また元気になったらこちらから声をかけさせていただきますって最後の手紙に書いてあったんですもの。これ以上しつこくするわけにもいかないでしょう。私だって困ってるのよ」

母ははあっ、と乱暴に息を吐くと、持っていた扇をソファーにポンと放り投げた。そのままどかっと腰かけて腕を組み、指先をトントンと忙《せわ》しなく動かしはじめた。……なんだかものすごく苛立っている。

「……先を越されるかもしれないわ。ジェームズのところの、あの娘に」

「え？　何？　何を言っているの？　お母様」

母は不機嫌な顔で吐き捨てるように言った。

「あの娘……なんなのよ。たかが子爵家出身の侍女のくせに。身の程知らずも甚《はなは》だしいわ。……今日の茶会、あの娘の話題で持ち切りだったのよ。先週アクストン公爵とロゼッタ・ハーグローヴが、二人きりでデートを楽しんでいたって！」

……………は？

「何人もの方が目撃したそうよ。公爵とあの娘、恋人同士みたいに肩を寄せ合って商品を選んでいたって。人目を気にすることもなく、まるで二人の仲を見せつけるかのようなそぶりだったそうよ！　冗談じゃないわよエーベル！　あなたまでジェームズの娘に負けるの!?　アクストン公爵の心を射止めるのはあなたのはずでしょう？　何をうかうかしているのよ！　絶対に許せないわ、ジェームズの娘がアクストン公爵と結ばれるなんて……よりにもよって、ジェームズとあの女の娘が！」

母の言葉は後半ほとんど耳に入ってこなかった。ショックのあまり視界がぐらりと揺れる。指先が冷たくなっていった。全身に震えが走り、私は荒い呼吸をしながら拳を握りしめた。

（なんなのよ、あの女……！　せっかく婚約を二度台無しにしてやっても、誰もが羨《うらや》む最高峰の男と幸せになったんじゃ意味がないじゃないの！　いつの間に？　ただの侍女のくせに、いつの間に公爵とそこまで親しくなったのよ！）

あんな女より私の方がはるかに魅力的なはずよ。公爵は騙されてる！

「……気の迷いよ、そんなもの。これまで名だたる家のご令嬢たちが縁談を断られてきているのよ？　わざわざあんな、特別魅力的でもない子爵家の訳あり娘なんかをアクストン公爵が選ぶはずがないわ。……お見舞い、お見舞いに行かせてほしいって手紙を出すわ！　長居しないから、少しでも会ってほしいって。それで公爵とあの女の仲を妹にそれとなく聞いてみるわ。あわよくば、その時に公爵にお会いできれば……」

「男と女の仲なんてどうなるか分かったものじゃないわよ！　実際私がそうだった……。高嶺《たかね》の華と皆から憧れられていたこの私を振ってまで、ジェームズは別のしょうもない女と結婚したのよ。公爵だってあの娘の色仕掛けに溺れてしまうかもしれないわ。もううかうかしてられない……。いい!?　エーベル！　強引にでもアクストン公爵家との距離を縮めるのよ！　そのためのアクストン公爵令妹との交友関係でしょう!?」

「分かってるってば!!」

うるさいわ。これ以上イライラさせないでよ。

私は母の小言を振り切るように自室に戻ると、すぐさま便箋《びんせん》を取り出してかぶりつくようにペンを走らせた。

◇　◇　◇

ライリー様からの美しい贈り物を、オリビア嬢は心から喜んだ。

「素敵だわ……！　こんな綺麗な髪飾りは初めてよ。ありがとうお兄様！　ずっとずっと大切に使うわね！」

「ああ。それでロゼッタに可愛く髪を結ってもらうといい」

「ええ！　もちろんよ！　ロゼッタは誰よりも上手なんだから。ロゼッタもありがとう。兄の買い物を手伝ってくれて。きっとお兄様一人じゃこんなにセンスのいいものを選んでないと思うわ」

「なんてことを言うんだお前は」

「ふふっ」

ご兄妹の楽しそうな会話に思わず私の頬もほころぶ。よかった。こんなに手放しで喜んでくれたらライリー様もきっと大満足だろう。

ちらり、とライリー様の方を見ると目が合い、ライリー様が少し微笑《ほほえ》んだ。なんだか気恥ずかしくて曖昧《あいまい》に笑みを浮かべ、私は視線を逸らす。

（あ……あの日以来どうも変に意識してしまって……）

オリビア嬢への贈り物を二人で選びに行ったあの日。思い返すとほぼ一日中、まるで恋人同士のデートのようだった。午前中にお目当ての贈り物を買い終わると、そのまま二人でランチ、お散歩、観劇、そしてディナー……

帰りの馬車の中では、いつの間に選んでくださったのか、私にまで素敵な髪飾りをいただいてしまって。きっと深い意味はないのだろうけれど、その髪飾りにライリー様の瞳とよく似た色合いの美しい宝石が埋め込まれていたものだから、ますます舞い上がってしまった。

深い意味はない、深い意味はない……と、あれから何度も自分に言い聞かせては気持ちを落ち着けようとしているんだけど、どうも気恥ずかしくてまだ髪飾りは使えずにいる。だってこのタイミングで私まで新しい髪飾りを使いはじめたら、勘のいいオリビア嬢のことだもの、「あら？　ロゼッタも同じお店で新しく買ったのかしら？　……ううん、もしかして、お兄様がロゼッタに……？　きっとそうだわ！」って察しそうじゃない？　それがなんだか恥ずかしくて……。それに私までライリー様から贈り物を貰ったなんて知ったら、オリビア嬢がお気を悪くされるかもしれないし……などとウジウジ考えてしまって、あの素敵な髪飾りは結局私の部屋の引き出しに大事にしまったままになっている。……もう少し日にちが経ってから使おう。

オリビア嬢は体調もよく、医師も彼女の体が健康体に近づきつつあることを喜んでいた。だけどそんな中で、オリビア嬢の心を悩ませている問題が一点だけ……

「また書いてありますか？」

「……ええ。今度はうちにお見舞いに来たいと。決して長居はしないから、せめてほんの少しお顔を見せてほしい、ですって」

「困りましたね……」

それはエーベル・クルエット伯爵令嬢から執拗《しつよう》に送られてくる、茶会の誘いの手紙だった。

私にとっては因縁の人であるエーベル嬢だけれど、オリビア嬢にとっては、数少ない同年代のご友人。

だけどエーベル嬢の最近のしつこさに、オリビア嬢は辟易《へきえき》していた。

気の進まないらしいオリビア嬢は、表向き体調不良を理由に、彼女の誘いを断り続けていた。それにもかかわらず、ちょっと尋常ではない回数の面会申し出の手紙が送られてきている。

仮にも伯爵令嬢とは思えない無作法ぶりだ。格上の、しかも、この国随一の公爵家のお嬢様に返事も待たずに何度も催促の手紙を出すなんて、下手すれば社交界全体から爪弾きにされたって文句は言えない失礼さだ。

エーベル嬢は何をそんなに焦っているのだろう。

不審に思っていると、オリビア嬢が困った顔で私に言った。

「……あのね、ロゼッタ。私思うのよ。エーベル嬢って私じゃなくて、お兄様に興味があるだけなんじゃないかしら、って……」

「だ、旦那様に、でございますか？」

「うん、そう。……前回お会いした時にね、それがすごくあからさまだったというか……私とお喋りすることを楽しんでくれているんじゃなくて、ただお兄様に近づきたいんだって、そういう彼女の思いに気付いてしまって……」

オリビア嬢が違和感を覚えたのは、フレイア王女殿下のパーティーの後に招かれた茶会での、彼女の態度だったという。

「会話の全てがいつの間にか兄の話になっていくの。さりげない風を装《よそお》ってはいるけれど……、私には分かってしまうのよ。こういうことって、これまでにも散々あったことだから。私に興味があるふりをして、本当に興味があるのは兄の方。そういう人たちって、皆こう言うの。お兄様はなんて仰《おっしゃ》ってた？　私のこと何かおうちで話したりしてた？　お兄様には心に決めた方がいたりするの？　どんな女性がお好きなのかしら、って……」

「……オリビアお嬢様」

執拗《しつよう》な手紙はそういうことか……。なんとかしてライリー様とお近づきになりたくて、妹君であるオリビア嬢にいい顔をしているってわけね。

（相変わらず、嫌な人だわ……）

話を聞くだけでげんなりしてしまう。オリビア嬢も、さぞかし失望し、悲しい気持ちになったことだろう。

「……別に、絶縁したいとか、そこまでじゃないのよ。私は数少ないお友達だと思っているし。だけど、彼女とはしばらく会いたくないわ」

「……そうでしょうね。少し、対応を考えなければなりませんね」

ライリー様には決まった恋人がいるから無駄だと言って釘を刺す、とか？　……いや、そもそもライリー様がエーベル嬢のことをどう思うかによるかしら……。でもあの方は妹君をだしにして自分に近付こうとするような女性はお嫌いな気がする……

「……ごめんなさいねロゼッタ。出かける前にこんな話をしてしまって」

「……いえ、私のことはお構いなく」

そう、実は私は今から急遽《きゅうきょ》実家に帰ることになっているのだ。父からの手紙で、火急の用事があるため暇《いとま》をいただいて一度帰宅するようにとあった。

「大丈夫よ。とりあえず断りの手紙を出してみるから。……できるだけ早く戻ってきてね」

不安そうなオリビア嬢に私はわざと明るい顔を見せた。

「はい！　もちろんでございます。おそらく一泊だけになると思います。飛んで帰ってきますので、待っていてくださいませね。お土産《みやげ》はジャムの焼き菓子でよろしいですか？」

「まぁっ！　あれ大好きよ。嬉しいわ」

「承知いたしました」

しかしそれから半日後、私は寝耳に水の両親の言葉に呆然とすることとなった。

◇　◇　◇

実家に着くや否や、なぜか明るい表情の両親に促されて、私は居間へと入った。

「ロゼッタ、お前の縁談が決まりそうだ。お相手は、チェイス・ビアード子爵令息。……分かるだろう？　お前の同窓生だよ」

分かるだろう？　って、分からないはずがない。

一年生の頃、告白された。

――『ええ、もちろん知っています。あなたとヘンウッド子爵令息のことは。ただ、この一年間で募った想いをあなたに伝えてみたくなったんだ。迷惑だということは百も承知です。……申し訳ない』

――『どうか無理なさらず、元気に過ごしていてくださいね。大変でしょうが、僕はあなたをずっと応援していますから』

――『失礼いたしました、僕としたことが、つい……気持ちが焦ってしまって』

(あのビアード子爵令息と、私が……?)

私の動揺をよそに、父も母もご機嫌な様子だ。

「私たちも驚いたわ。突然の申し出だったものだから。お父上と一緒にここに来られたのよ。チェイス様はね、学園時代からあなたのことを好いてくださっていたのですって」

……ええ、はい。知ってます。

「だけどその頃あなたにはほら、……あの人がいたでしょう？　その後もいろいろあったし、大人しく身を引こうとしていたけれど、最近あなたと再会して、想いが再燃したと……。あなたのことが忘れられずに、誰とも婚約なさっていなかったそうよ。ふふ、隅に置けないわね、ロゼッタったら」

「ビアード子爵はご子息から根気強く説得されたかたちのようだ。だが、もうご夫婦で前向きに考えてくださっているらしい。お前の人となりはご子息から充分聞いて理解してくださっている。……どうだ、ロゼッタ。話を進めていいか。私たちはいいご縁だと思っているぞ」

「……あ、えっと……」

「そうよロゼッタ。今度こそ、本当にあなたを一途に思ってくださっていた殿方よ。あんな好青年なら安心してあなたを任せられるわ」

頭が上手く整理できない。

私が……あのチェイス・ビアード子爵令息と、結婚することになるっていうの……？　なんだか信じられない。だって、もう私は普通に結婚することなんてできないと……

「…………っ」

(……どうしてこんな時に真っ先に、あの方のお顔が浮かぶのかしら)

結婚することになるかもしれない。

そう思った瞬間、私の頭の中にはライリー様の美しくて優しい笑顔が浮かんだのだった。

「……ロゼッタ？　どうしたの？」

「え？　あ……」

「驚くのは分かる。だがお前ももういい歳だ。このご縁を逃す手はないだろう。彼は三男だが、王国騎士団の一員として立派に身を立てている」

「え、ええ……。でもちょっと、待って……」

せ、急《せ》かさないで……。今混乱してるのよ、私……

父と母はおそらく私にとってラストチャンスとなるであろうこの良縁を、すぐにでもまとめてしまいたくて仕方ない様子だ。

「でも……、仕事は？　アクストン公爵家の侍女として、ようやく慣れてきたところなのに」

「まぁ、そんなことあなた、結婚がかかってるのよ？　比べるまでもないでしょう」

そ、それはそうなんだけど……

「結婚してからも当面侍女の仕事を続けさせてもらいたいのなら、チェイス殿とよく話し合ってみたらどうだ。そういう結婚生活を送っている夫婦だっているだろう」

とにかく私とビアード子爵令息の縁談をまとめたいらしい二人は、前のめりだ。

「わ、分かったわ。でも少し待ってよ、お父様、お母様。アクストン公爵令妹は前任の専属侍女の方も結婚を理由に突然退職してしまって、出会った頃は落ち込んでいらしたの。ようやく心身共に安定してきたところで、公爵にもすごくよくしてもらっているし、あちらをないがしろにはできないわ。焦らずに双方と話をさせてほしいの」

「ロゼッタ……」

「ああ、分かった。ひとまずは前向きに考えたいとビアード子爵にお返事をして、細かなことはこれから考えていこうじゃないか。それでいいだろう」

「……ええ」

私があのチェイス・ビアード子爵令息と結婚する……

何度考えても、なぜだかしっくり来ない。アルロに突然愛を打ち明けられ婚約したいと言われた時には、「これがハーグローヴ子爵家の娘として最良の選択だ」とすぐに納得して、前向きな返事ができたのに。

ビアード子爵令息はブライスやアルロとは比べ物にならないほどの素敵な方だ。誠実だし、私にとても優しくしてくださる。結婚すれば、両親を安心させることもできるだろう。

(なのに、どうして……私はこんなに思い悩んでしまうのかしら)

なぜだか頭の中にはライリー様のお顔ばかりが浮かぶ。アクストン公爵家での日々が、充実していて楽しいからだろうか。

(とにかく、アクストン公爵家に戻ってこの件をライリー様とオリビア嬢に報告しなくちゃね)

行儀作法のお勉強として、結婚後も当面は侍女として働けるかもしれない。ビアード子爵令息は理解がありそうだし。あちらとも、一度お会いしてきちんと話をしてみなくては……

アクストン公爵家に戻った私は、ひとまずこれまで通りオリビア嬢の身の回りのお世話などをしながら、お二人にどのタイミングで婚約のことを打ち明けるべきかと悩んだ。

(……先にビアード子爵令息と話をした方がいいわよね。私の仕事に対する彼の考え次第で、婚約の話が頓挫する可能性だってあるし)

とはいえ、もしもビアード子爵が「え？　結婚後も侍女の仕事を続けたい……？　いや、それは困ります。すぐに辞めてください」なんて言ったとして、私はそれを受け入れるの？　それとも、アクストン公爵家の侍女を辞めるくらいなら、彼との婚約の話自体を断る……？

(……うん。普通はあり得ないわよね。あんな真っ当な子爵家の令息が、私のような訳アリ傷もの令嬢と結婚してくれると言っているのよ。爽《さわ》やかな好青年、歳も同じでお互い初婚《しょこん》。社交界での評判もよい人だし、うちと同じ子爵家だし……）

しかも両親はものすごく乗り気だ。母は喜びを全身で表していたし、父も落ち着いた口調で淡々と報告してきたけれど、本音は素直にビアード子爵令息と婚約すると言ってほしがっているのが見え見えだった。

（あの方の申し出を受け入れれば、両親をやっと安心させることができる……）

一度ならず二度までも婚約が破談になり、二人ともがっかりしていたし、きっと他の貴族家の人々の前ではかなり居心地の悪い思いをしてきただろう。でも娘が〝二度も婚約破棄されたあの子爵令嬢〟から〝ビアード子爵夫人〟になれば、やっと陰口を言われることもなくなって安心できるはずだもの。頭では分かっている。文句のつけようもない、すぐにでも受けるべき話だということは。

（……ライリー様は、どう思うかしら。いつものように淡々とした口調で、そうか、おめでとう、とでも言われるだろうか）

……どうしてこんなにライリー様の反応が気になって仕方ないのかしら。

それに、オリビア嬢のことが気がかりだ。せめてご結婚するその時までは、おそばについていてあげたい。

ぐるぐると思い悩み、私は手紙でやり取りをしながら後日時間を作ってチェイス・ビアード子爵令息とカフェで会った。

「あなたにとっては突然のことでしたよね。驚いたでしょう」

ビアード子爵令息は少し困ったように笑いながらそう言った。

「え、ええ」

「お父上から聞いていらっしゃるでしょうが、……僕はずっとあなたのことを、密かに想い続けていたんです。あの頃、あなたの周りが騒がしかった時も、本当はずっと心配でならなかった。僕がうかうかしている間に、あなたはアクストン公爵家の侍女になってしまった。それからもずっと心にあなたの存在があったのですが、先日ナイトリー子爵家であなたに再会した時に思ったんです。僕はやはりこの人がいいと」

「……こ、光栄ですわ」

面と向かって熱い想いを打ち明けられ、なんとも言えない気恥ずかしさが込み上げてくる。みっともなくモジモジしてしまいそうなのをぐっと堪《こら》えて視線を上げた。

「あの……、ご存じの通り私は今アクストン公爵家でご当主の妹君であられるオリビア嬢のお世話をしています。オリビア嬢とは互いを信頼し合えるようなよい関係を築けていて……もし、可能であれば、彼女がカートライト侯爵家のご令息と結婚する時までは、おそばにいて差し上げたいと思っているんです」

ビアード子爵令息は穏やかな表情を保ったまま、ただじっと私を見つめている。彼がどう思っているのか分からず、私の手に汗がにじむ。

「それで……、もし仮に私が、ビアード子爵令息と結婚させていただくことになったとしても、……お許しいただけるなら、侍女を続けさせてほしいなと……、そう考えているのですが……」

歯切れの悪い私の様子を見ていたビアード子爵令息は、静かな口調で答えた。

「なるほど。ロゼッタ嬢のお気持ちはよく分かりました。僕は一向に構いませんよ」

「本当ですか？」

「ええ。だってこれまで何年もあなたに恋い焦《こ》がれていたんです。そんなあなたと結婚できるんですよ。しばらく離れ離れの時間が続くことぐらい、なんということもありませんよ。……あ、いや、まだ結婚は決まってはおりませんが……。そういう心づもりでいるということです」

「あ、ありがとうございます……」

（……優しい方だな）

ビアード子爵令息の素敵な笑顔を見ていると、罪悪感のようなものがじわじわと込み上げてくる。こんなに素敵な人なのに、どうして私の心は少しもときめきを感じないのだろうか。なんだか無性に泣きたくなった。

もしも結婚することになったらこうしたい、ああしたいと明るく話す彼の顔を見て相槌《あいづち》を打ちながら、私の心は沈んでいく一方だった。

（だけど……、ちゃんと決めなくちゃ）

公爵家に戻ると、私はまず雇い主であるライリー様に、婚約の話がまとまりつつあることを報告した。

「……そうか。おめでとう。よかったじゃないか」

予想通りの反応に幾分ホッとし、またほんの少しがっかりもした。……なぜだろう。

「ありがとうございます。まだ正式に決まったわけではないですが、先方とは話をしまして、仮に結婚することになったとしても、オリビアお嬢様がカートライト侯爵家に嫁《とつ》ぐまではこのまま侍女として勤めることを認めてもらえました」

「そうか。こちらとしてもありがたい話だが、無理をすることはない。今後の両家の話し合いによってはそれが難しくなることもあるかもしれない。その時には自分の事情を優先してくれ。オリビアと君は、もう君が侍女を辞めたとしてもよき友人として付き合っていけるのだろうし、それでも充分だよ」

ライリー様は手元の書類をテキパキと捌《さば》きながら穏やかな口調でそう言った。

「はい、ありがとうございます。ですが私の希望はあくまで侍女を続けることですので、極力我を通すつもりでおりますわ」

「ふ、それは助かるが……我が家が原因で先方と揉《も》めるようなことは止めてくれたまえ。心配になる」

ライリー様は普段と一切変わらぬ様子で私の報告を受け止めてくれた。

それを寂しく思うのは、私がおかしいからかしら……

「……えっ⁉　ロゼッタ、ほ、本当に……？」

ライリー様とは逆に、オリビア嬢はこちらが驚くほどに動揺していた。心なしか顔色も悪い。心配になった私は、どうにか彼女を落ち着かせようとした。

「ええ。……ですが、今も申し上げました通り、今すぐに、というわけではないのです。私はオリビアお嬢様がご結婚するまではこのままアクストン公爵家で侍女を続けるつもりでおりますし、先方も理解してくれています。これまで通りの生活がもう数年は続くことになりますわ」

「……そ、……そん、な……」

「……オリビアお嬢様？　ですから、どうか落ち着いてくださいませ。よろしいですか？　これまで通り、ですよ？　お分かりいただけてます、よね……？」

一体どうしたのだろう。どうしてこんなにも動揺するのかしら。まさか私が結婚することが嫌なわけでは、ないわよね……

彼女はいつの間にか立ち上がり両手で口元を押さえながら、呆然とどこかを見つめている。

「い、いつかオリビアお嬢様がご結婚されて、私がこちらでの勤めを終えたとしても、私たちはもうずっとお友達ですわ。……ですよね？　オリビアお嬢、さま……？」

「……で、でも、あの……、お、おに……」

……おに？

なんだろう、おにって……

しばらくの間ひどく動揺していたオリビア嬢だが、ふいにハッとした顔をするとようやく私に笑顔を見せてくれた。……でもちょっと引きつっている。明らかに無理のある笑顔だ。

「ごっ、ごめんなさいねロゼッタ。違うの。ちょっと……、なんていうか、あまりにも突然で、心の準備がなかったものだから……すごく驚いてしまって」

（……？　きっと、私が侍女でなくなる日が来ることを、残念に思ってくださってるのね）

「大丈夫ですよ、オリビアお嬢様。私たちの縁が途切れることはないのですから。互いに人妻になってもお手紙をやり取りしたり、二人きりでお茶会を楽しんだりしましょうよ」

「え、ええっ！　もちろんよロゼッタ……！　あなたが幸せになることは、私本当に嬉しいのよ。それは心から本当。……信じてね」

「ふふ。ありがとうございます」

「ただ……期待していたものだから。あなたは……と……」

「？　なんですか？　オリビアお嬢様」

「っ！　う……ううん。……いいの。あなたが幸せになってくれるのが一番だもの。私はあなたの選択を応援するわ」

（……？）

何か思うところのありそうなオリビア嬢の様子がすごく気になったけれど、私が結婚することには反対というわけでないらしい。私も無理に詮索《せんさく》するのは止めておこう。

「ありがとうございます、オリビアお嬢様。今後とも末永くよろしくお願いいたしますね」

「……ええ！　こちらこそよ、ロゼッタ」

◇　◇　◇

ロゼッタが礼儀正しく挨拶をして執務室を出ていきドアが閉まった後、私は深い深い溜め息をついた。

（しまった。出遅れた……）

一気に体が重くなる。両手を額に当て、私は絶望の溜め息を重ねた。

「ああ……。まさかこんなに早く……」

ロゼッタが生涯独り身を貫くとは思っていなかった。たしかに短期間で二度も婚約を破棄された令嬢というのは世間的に見て大きな経歴の傷ではあるが、それを差し引いても彼女は素晴らしく魅力的だ。いずれは見る目のある男が彼女を見初《みそ》めて結婚を申し込んでくるだろうとは思っていた。

（私が逡巡《しゅんじゅん》していたのがいけなかった。さっさと心を決めてハーグローヴ子爵に申し込みに行くべきだった……）

アクストン公爵家の当主であるという自分の立場を鑑《かんが》みて、様々なことを深く考えすぎた。時間をかけて冷静に熟考すべきだと思っていたのだ。情熱のままに短絡的な行動をしてはいけないと。

しかし、私が悠長《ゆうちょう》に構えている間に、目ざとい男が彼女との婚約を申し込んだのだ。

チェイス・ビアード子爵令息。ロゼッタの貴族学園での同窓生……。おそらく以前からロゼッタのことを憎からず思っていたのだろう。彼女のこれまでの騒動や経歴を知った上で、それでも婚約を申し込んできたのだ。真剣な求婚に違いない。

（そんな相手と結婚するのなら……、ロゼッタはきっと大切にしてもらえるだろう）

彼女が緊張した面持ちで話を切り出してきた時、動揺を隠せていただろうか。そうか、おめでとう。よかったじゃないか。そう普通に声をかけてやれたのは我ながら大したものだ。内心はかなり取り乱していた。

（……仕方がない。祝福してやるべきだ。ロゼッタが幸せになるのなら、それが一番じゃないか）

本当は、惜しくてたまらない。自分でもまさかここまでショックを受けることになるとは思わなかった。だが、もう先方との話はまとまりつつある。ハーグローヴ子爵夫妻も乗り気なようだし、今さら私がしゃしゃり出て水を差すような真似はできない。そんなことはアクストン公爵家の当主としてあまりにも見苦しいだろう。

（私は変わらず熟考を重ね、限られた選択肢の中から最良と思われる相手を探すまでだ）

その選択肢の中からロゼッタが外れただけ。彼女を選ぶことはもうできないというだけの話だ。彼女でなくても、私が結婚しようと思えばそれなりの相手を選ぶことはいつでもできる。可能な限り家柄の釣り合いがとれた、賢く控えめな女性を選ぼう。そしてオリビアにとってもよき義姉となってくれるであろう相手を……

自分の気持ちは、封印するしかない。私はそう結論づけ顔を上げた。

失った恋にいつまでもウジウジしている時間などない。片付けなければならない仕事は山のようにあるんだ。気持ちを切り替えねば。

しかし、それから数日。

困ったことに、私の頭は一向に切り替わらなかった。仕事の合間に一息つけばロゼッタのことばかりを考え、屋敷で彼女の顔を見れば胸が苦しくなる。

（参ったな。いつの間に私はこんなにも彼女のことを……）

まさか自分がここまで深くロゼッタを想っていたとは。日が経てば少しずつ和《やわ》らぐだろうと思っていた後悔の念はむしろ日増しに強くなり、私は焦りを募らせた。

本当にいいのか？　このままで。

彼女はまだ正式な婚約の手続きを済ませてはいない。

気持ちを打ち明けるなら、今が最後のチャンスじゃないのか。

そう囁《ささや》く自分と、順調に婚約の話を進めようとしている両家に今さら横槍を入れるなど、アクストン公爵としてそんなみっともない真似ができるものかと自制する気持ちの狭間で私は揺れ、思い悩んだ。

だがこうなった今、ロゼッタを愛おしく思う気持ちは日を追うごとに強くなり――

そして私は、ようやく決断した。

◇　◇　◇

また断られた。

見舞いに行きたいと言っているのに。それもほんの短い時間、お顔を見られればそれでいいと謙虚に心配するそぶりを見せたというのに、またにべもなく断ってきた。あの病弱令嬢。世間知らずの、可愛げのない愛想なしの公爵令妹が。

オリビア・アクストンに対してふつふつと憎しみが湧いてくる。なんなのよ一体。私のことを大事な友達だと思っていないの⁉　屋敷から滅多《めった》に出られなくて友人の少なかったあんたに優しく声をかけて仲よくしてあげた私の恩を、忘れたとでも言うつもり⁉

私は苛立っていた。どこもかしこも、いまだにロゼッタ・ハーグローヴとアクストン公爵が街で親しげにデートしていたという話題で持ち切りなのに、私はまだ公爵と接点さえ持てていない。あの女にだけは公爵をとられたくない。というか、あの女程度によろめくなら、この私を見れば一瞬で心変わりするはずよ。たとえ公爵が本当にあの女に想いを寄せていたとしてもね。だって私は学園時代からたくさんの男子生徒を魅了してきたんだもの。あの女よりも絶対に私の方が魅力的よ。きっと落とせる。

だから、一刻も早く公爵と会わせてほしいのに……！

激しく苛立つ気持ちを抑えて、私は母と共にとある伯爵夫人の主催する茶会に参加していた。姿勢を正して品よくティーカップを口元に運びながらも、目の前で繰り広げられている令嬢たちの会話が不愉快すぎて唇の端が引きつってしまう。

「ハーグローヴ子爵令嬢って本当に強運よね。なんなのかしら、あの方。まさか難攻不落のアクストン公爵と二人きりでデートだなんて……！」

「ね、二人は結婚すると思う？」

「やだ、何よいきなり。まさかそれはないでしょう。だってハーグローヴ子爵令嬢って、学生時代に二度も婚約破棄されてる人なのよ。わざわざアクストン公爵が選ぶお相手じゃないわよ」

「ええ、私もそう思うわ」

あまりに不愉快なので、私もつい口を挟む。すると目の前の友人がクスリと笑った。

「やだわ、エーベルったら。その二度の婚約破棄はあなたが原因みたいなものでしょう？　他人事みたいに……」

「やぁだぁ、人聞きの悪いこと言わないでよヴィクトリアったら……。何度も言ってるじゃない。あれは向こうが勝手に私を……」

「はいはい。あなたっていつもそうなんだから。悪い人ね、すぐに殿方を夢中にしちゃう」

「んもぉ……」

私は拗《す》ねた顔をしてみせる。隣の席にいた母が苦笑した。

「本当に、あれは申し訳ないことをしたわよね、エーベル。あなたには全くそんな気はなかったのに、あちらが勝手にハーグローヴ子爵令嬢との婚約を破棄してしまって……。私彼女が気の毒で気の毒で、夜も眠れなかったわ」

ふ、よく言うわよお母様ったら。

令嬢たちは楽しそうに話を続ける。

「でももしこれでハーグローヴ子爵令嬢がアクストン公爵夫人にでもなったら、むしろあなた感謝されるべきねエーベル。ふふふ」

「本当ね！　あのままヘンウッド子爵令息かダウズウェル伯爵令息と結婚していたら、あの方がアクストン公爵と出会うことなんてなかったかもしれないんだもの」

「むしろあなたがキューピッドじゃないの？　エーベル」

「やだわぁ、私ショックよ。アクストン公爵がハーグローヴ子爵令嬢と結婚してしまったら。私でもいけたんじゃないかって後悔しちゃいそう」

「まぁ、品のないことを言うのはお止しなさいよあなたったら。恥ずかしい娘だわ、全く」

「だってぇ」

うふふふ、おほほほとご婦人方や友人たちが笑っているけれど、私の顔はずっと引きつってる。なんて不愉快な話題。馬鹿言わないでよ。アクストン公爵とあの女が結婚なんて。私がキューピッド？　冗談じゃないわ！　絶対にそんなこと受け入れられない……！

こうなったらもう、強引にでもアクストン公爵の屋敷に訪問しようかしら。約束は取り付けていなくても、心配でたまらずつい会いに来てしまいました、って……。そうすればアクストン公爵も、妹を思う私の心優しさに惹かれるんじゃないかしら。

その時、一人の令嬢が遅れて茶会にやって来た。

「ごめんなさい、屋敷を出るのが遅くなってしまって。なんのお話で盛り上がっていらっしゃるの？」

「それはもちろん、例のお二人よ。ほら、先日街でデートしていた……」

「……ああ、アクストン公爵と、あの、子爵令嬢の？」

「そうよ。ハーグローヴ子爵令嬢。ふふ。二人は結婚するのかどうかって話よ」

だから、そんなわけないでしょう！　しつこいわね！

私は無性にイライラしてきた。この子たち、いつまでこの話題で盛り上がってるつもりかしら。

馬鹿馬鹿しいわ。

するとと遅れてやって来た令嬢が紅茶を一口飲んでから言った。

「それはなさそうよ。ハーグローヴ子爵令嬢は、アクストン公爵と結婚なんてしないわ」

「あら、どうして？」

「何か知ってるの？　ナタリー」

きっぱりと言い切った彼女の言葉に、私の心は弾む。何か新しい情報を持っているのかしら。社交界は常に新しい情報が飛び交い、古いものはどんどん上書きされていく。

彼女はにこりと笑って言った。

「ええ。先日聞いた話よ。ハーグローヴ子爵令嬢は別の人と婚約するみたい。ほら、覚えてる？チェイス・ビアード子爵令息っていたでしょう？　学園に。彼が求婚したんですって」

……え………？

その名を聞いた途端、頭が真っ白になった。キィーンと鋭い耳鳴りがする。心臓が早鐘のようにドクドクと勢いよく打ちはじめた。まさか。嘘よ。まさか……

まだあの女のことを好きだったの？

これ以上は動揺を隠しきれなかった。手足に力が入らなくなり、私はただ呆然と座っていた。

「それ本当なの？　ナタリー」

「ええ、私の叔母がビアード子爵夫人と懇意《こんい》にしていてね、先日お茶会で話を聞いたみたい。独り身だった末の息子もようやく縁談が決まりそうだって喜んでいらしたそうよ。それがチェイス様のこと」

私は必死で呼吸を整えながら言葉の続きを待った。

「ビアード子爵令息は昔から一途にハーグローヴ子爵令嬢に想いを寄せていたそうよ。きっかけは分からないけれど、最近になってご両親を説得して婚約の申し込みをしたらしいわ。ビアード子爵も夫人も、最初は前向きではなかったようだけれど、ご子息の熱意に負けたんだそうよ」

「やだわ、あの人本当にモテるのね。まぁたしかに美しい方ではあるけれど……」

「なんだかすごいわ。隅に置けない人ねぇ。こう言ってはなんだけど、普通無理じゃありませんこと？　あんな過去がある人が……」

目の前が真っ暗になって、もう何も聞こえなくなった。はぁ、はぁ、と自分の荒い呼吸の音だけがやけに大きく響いている。苦くて辛い思い出がまざまざとよみがえってきた。

学園に入学してすぐ、私はチェイス・ビアード子爵令息に恋をした。

生まれて初めての、嵐のような激しい熱情。父と母が私に最良の縁を結ぼうと躍起《やっき》になっていることは分かっていたけれど、私はもう格下の子爵家の三男である彼しか見えなかった。

身を焦《こ》がすほどの恋をしても、私は自分に自信を持っていたから臆《おく》することはなかった。誰かにとられる前に、と、何度もチェイス様に求愛した。

だけど彼は私を受け入れなかった。

『……ごめんね、クルエット伯爵令嬢。僕にもね、心に決めた人がいるんだよ。君を好きになることはない』

『そ、そんなこと分からないわ！　私がどれほどチェイス様に一途に愛を注げるか、見てくださればきっとあなたの気持ちも変わる！　お願いよ、決めつけないでよく考えてみて。……ね？　チェイス様。私……可愛くない？』

甘えてみても媚《こ》びてみても、彼はほんのわずかな動揺さえ見せなかった。

『きっと自分でもよく分かっているんだろう。君は魅力的だよ。でも……、僕が心を揺さぶられるのは、たった一人の人だけだ』

誰もが私に見とれ、心を奪われ、私がその気になればすぐに恋に落とすことができる。

彼以外は。

そして、私が欲しいのは、彼だけだった。

何度もチェイス様に振られ、ついに「もう近寄らないでくれ」と冷たく最後通告を下された、その日。私は屋敷に帰った後目が腫れ上がるほどに泣いた。母はベッドに突っ伏して泣き続ける私のそばに座り、頭を撫でながらポツリと言葉を零《こぼ》した。

「嫌になっちゃう。まるであの頃の自分を見ているようよ。これってなんの因果なのかしら……」

そして母は気を取り直したように言った。

「信じられないわね。誰よりも魅力的なあなたの愛を受け入れないなんて。でもね、これでよかったのよ。そんな人、あなたと少しも釣り合っていないもの。ただの小物だわ。私にも昔同じようなことがあったものよ。今思えば、本当に馬鹿馬鹿しい……。で？　誰なの？　あなたを袖にした罰当たりな男が想いを寄せている相手っていうのは。どこぞの侯爵家のご令嬢とか？」

「……ロゼッタ……ハーグローヴ子爵令嬢、よ……」

私はくぐもった声でそう答えた。

「……なんですって？」

母が低い声で問い返す。私は感情をぶち撒《ま》けるように叫んだ。

「ロゼッタ・ハーグローヴ子爵令嬢よ！　見てれば分かるわ！　チェイス様はいつもあの女ばかり見てる。すごく優しい顔をして……！　私にはあんな顔一度も見せてはくれなかった！　ねぇ、どうして⁉　私の方がずっとずっと綺麗よ！　私の方が可憐で、可愛くて……誰からも愛されて……そ、それなのに……どうしてよぉ……！　どうしてチェイス様だけが……っ」

「ハーグローヴ、ですって⁉」

ただならぬ雰囲気にベッドから顔を上げると、そこには見たこともない恐ろしい顔をした母の姿があった。

「ロゼッタ……ハーグローヴ？　あの人の、娘が？」

「お、かあさま……？」

どんどん引きつって吊り上がっていく母の目はまるで魔物のような不気味さで、私はたった今まで号泣していたことも忘れて、ただ呆然と母を見つめた。

「あの女の、娘が……娘まで、私たちを負かそうと……？　私と同じ目に、娘まで？」

ぎり、と歯を鳴らす母の形相《ぎょうそう》があまりにも怖くて、私は息をするのも忘れた。母はふいにカッと目を見開き私の方を見た。

「ひっ！」

「それで⁉　二人はどうなるの？　結婚するっていうの？　その二人は‼」

「いっ……いいえ。ロゼッタ・ハーグローヴ子爵令嬢には、昔からの婚約者がいるのよ……」

「エーベル。その娘、許しちゃダメよ」

「……え」

　母は私の両肩をガシッと掴んだ。肩に爪が食い込んで痛い。こんな母、見たことがない。

「その子の両親もね、昔私をさんざん振り回して深く傷つけてきたの。あの一家はまともじゃないわ。私は今でも許していない。やり返しなさい、エーベル。そのロゼッタ・ハーグローヴの婚約者を誘惑して、心を奪うのよ」

「お、お母様……」

「あなたなら簡単でしょう？　その愚かな子爵令息は例外よ。その人以外の男は、皆あなたに夢中になるはず。雪辱《せつじょく》を果たして、エーベル。あなただけじゃない。私だってハーグローヴ子爵家には癒えない傷をつけられたのよ」

「……じ、じゃあ、ハーグローヴ子爵家は、親子で、私たちを傷つけているということ……？」

「そうよ。こんなにも深くね。あなたが今感じているその心の痛みを、かつて私もジェームズ・ハーグローヴ子爵とその妻に負わされたの。辛くて惨《みじ》めで、苦しい日々だったわ……。あの男のせいで数々の素晴らしい縁談も全部逃した。人生を狂わされたのよ」

　かつて母を傷つけ苦しめた、ハーグローヴ子爵。

その娘が、母の娘であるこの私を今同じように苦しめてきている……

(なんて恐ろしい親子なの)

誰もが夢中になるこの私が、こんなに傷つけられるなんて、あってはいけないこと。その上母まで同じように苦しんだ過去があったなんて。それもあの女の両親のせいで……。私たちになんの恨みがあるっていうの?

——絶対にやり返してやる。

母の分まで恨みを晴らすように、私はあの女から二人の婚約者を奪った。胸がスッとしたわ。だけどまさか、チェイス様がいまだにあの女を想っていたなんて……

ねぇ、どうして?

奪っても奪っても、どうしてあの女には次々に幸せが舞い込んでくるわけ!? チェイス様から求婚されるなんて……そんな至上の幸福を、どうしてあの女が享受《きょうじゅ》できるの!?

「……ル! ……エーベル!!」

………え?

ふと気が付くと、目の前に母の顔があった。周囲を見回すと、そこは我が家の居間。……いつの間に、戻ってきたのかしら。茶会は……? どうやって帰ってきたっけ……

「エーベル、しっかりなさい!! もういいのよ、その男のことは!!」

「……おかあさま……。よく、ないわ……」

ガクガクと肩を揺さぶられながら、私はポロリと涙を流した。あの人だけは……チェイス様だけはあの女にとられたくなかったのに……！

「過ぎたことでしょう！　いい加減に忘れるのよエーベル！　よく考えて。ロゼッタ・ハーグローヴがその子爵家の三男と結婚するなら、むしろよかったのよ。つまりアクストン公爵とあの娘はやはり何もない。公爵はあの娘なんか選ばなかったの。……あなたが選ばれなさい」

「アクストン、公爵……」

「そうよエーベル！　子爵家の三男なんか傷ものの女にくれてやるのよ。こうなった以上、ハーグローヴ子爵家の娘より数段格上の家に嫁《とつ》いで見返してやりなさい、エーベル！」

私は母の言葉に納得しようとした。必死で肯定しようとした。

そうよ、小物たちに構っている暇《ひま》はない。

こうなった以上、なんとしてでも絶対に、アクストン公爵を落としてみせるんだから。

◇　◇　◇

最近、ライリー様の様子がおかしい。

ビアード子爵令息との婚約の件を話してから数日、なんだかライリー様が時折妙な行動をするのだ。

私がオリビア嬢のお部屋を片付けていたり、オリビア嬢にお茶を淹《い》れたりしているところにふいにやって来てはウロウロして――

「……忙しそうだな」

と言って部屋を出ていく。

別に忙しくないのに。

(前はあんなことなかったわ……。一体どうされたのかしら)

「……オリビアお嬢様に、何かご用があるのでしょうか。ここ数日、お部屋に来られることが多いですわよね。私たちがいると話しにくいことなのでしょうか」

侍女たちのいないところで二人きりで話したい何かがあるのかもしれないと思い、オリビア嬢にそう尋ねてみる。……まぁでもそれなら、執務室に呼び出すか私たちに「外してくれるか」と一言言えば済むだけの話だ。

するとソファーに座っていたオリビア嬢が両手で顔を覆い、はぁ……としんみりとした溜め息をついた。

「私じゃないと思うわ……。話があるのはあなたよ、ロゼッタ」

「え？　私でございますか？」

私に用事？　もしそうだとするなら、どうしてすぐに話してくださらないのかしら。

何かよほど言いにくいことが……？

「もう……お兄様ったら、意外とヘタレなんだから……はぁ」

「……？」

何やらブツブツ言っていたオリビア嬢は私を見上げて手招きすると、耳打ちするようにそっと言った。

「ねぇ、ロゼッタ。あなた、兄のことどう思ってる？」

「……えっ⁉　ど、どう……とは？」

予想外の質問に、思わず素《す》っ頓狂《とんきょう》な声を上げてしまう。なぜだか頬が熱くなってきた。

そんな私を尻目に、オリビア嬢は至って真剣な声で続ける。

「本当のこと言うとね、私……、あなたが兄のお嫁さんになってくれたらなぁってずっと思っていたのよ」

「……えぇっ⁉　なっ、何を仰るんですかっ、オリビアお嬢様っ！」

まるっきり想定外なその言葉に、一瞬思考が停止してしまった。数秒遅れて心臓がパニックを起こしている。変な汗が出てきた。

「前から勝手にそう思っていたの。あなたは優しくて利発で誠実で……。兄もあなたのことだけは特別に思っているようだわ。だって、ただの侍女に対する態度じゃないもの。私と一緒にレストランや観劇に連れ出したり、私への贈り物選びにあなたを誘ったり」

「そっ！　それは……っ、その、ありがたく思っておりますが……でも……」

特別って⁉　まさか……そういう意味の特別じゃ、ないわよね？　まさかね。

いや、何をこんなに意識しているのかしら私……っ。落ち着くのよ。オリビア嬢に変に思われちゃうわ。そういう意味で言ったんじゃないでしょうに。ああ、どうしよう、顔が火照《ほて》る……

オリビア嬢はそんな挙動不審な私の様子にはお構いなしに話し続ける。

「私もあなたが大好きだもの。こんな素敵な人が兄の奥様になってくれたら安心だな、って……。あなたの幸せを心から願ってる。その気持ちは本当よ。だからこそ、あなたの婚約が決まりそうなこんな時にこんなことを聞くのは気が引けるのだけど……ロゼッタ、あなたは兄のことをどう思ってる？」

「オッ……オリビアおじょうさま……」

そんな純真な瞳で、なんて質問を……！

まさか、本当にそういう意味で言っているの？　気恥ずかしさで汗が止まらない。どう思ってるって……そ、そんなこと聞かれても……っ！

動揺して狼狽《うろた》える私をしばらくジッと見ていたオリビア嬢は、ふいに俯《うつむ》き自嘲《じちょう》気味に笑った。

「……ごめんなさい。困るわよね、突然こんなこと言われても。あなたから婚約が決まりそうだという話を聞いた時すぐにお祝いを言えなかったのは、実は兄のことが心に引っかかっていたからなの。余計なお世話よね。だけど……もしもあなたの心の特別な場所に、兄の存在があるのなら……」

「……っ」

「兄はきっと、あなたのことを……。ロゼッタ、あなたの気持ちは？」

（……まさか。ライリー様が私のことを、だなんて。そんなわけない。きっとオリビア嬢の勘違いよ）

ろくに返事もできなかった、その夜。

オリビア嬢がベッドに入った後、自室に下がってから私も寝支度を整えた。だけどブランケットにくるまっても眠気なんてまるっきりやってこない。目が冴えて仕方なかった。

そんなわけない、あのライリー様が私なんかのことを。

何度も自分に言い聞かせて気持ちを沈めなければ、このトクトクと忙《せわ》しなく騒ぎ続ける心臓を落ち着かせることができそうもなかった。

その時、ふと思った。

(……どうして私は、こんなにみっともなく浮かれているのかしら)

ビアード子爵令息との縁談を両親から聞かされた時のことを思い出す。

学生の頃から私を想っていて、再会して改めて自分の想いを認識したのだと、こんな訳アリ令嬢の私に求婚してきてくださった人。

直接会ってアクストン公爵家の侍女を続けたいと話した時だって……

『だってこれまで何年もあなたに恋い焦《こ》がれていたんです。そんなあなたと結婚できるんですよ。しばらく離れ離れの時間が続くことぐらい、なんということもありませんよ』

……なんの迷いもなくそう仰って、私の気持ちをそのまま受け止めてくれた。

そんな素敵な方なのに、私の方は少しも心ときめくことがなくて。

同じ想いを返せない罪悪感に心は沈むばかりだった。

それなのに……

直接想いを打ち明けられたわけでもないのに、私の心は一気に空へと舞い上がったようだった。

鼓動は激しく乱れ、恥ずかしいほど頬が火照《ほて》った。まるで、想いを寄せていた相手から初めて恋を打ち明けられた少女のように……

（――恋っ⁉）

そこに思い至った途端、また心臓が大きく跳ねた。

（私っ、まさか、ライリー様に……？　い、いやいやいや、まさかそんな、お、畏《おそ》れ多い……）

だってあんな、この国随一の公爵家のご当主で、誰もが見惚《みと》れる美男子で、しかもあんなに優しくて素敵な方を……

（好きなの？　私……）

自問しながらライリー様の顔を思い浮かべる。胸が高鳴ってどうしようもない。

思えば私は、男性に対して明確に恋心を抱いたことなどなかった。最初の婚約者のブライスは、子どもの頃に親同士によって決められた関係で、この人が将来私の旦那様になるのだと思っていたからこそ大切な存在だと認識していた。アルロだって、私にとってはずっと幼なじみで……気持ちを打ち明けられた時も、子爵家の娘としてこれが最良の選択だと判断したから婚約に至ったのだ。

そしてビアード子爵令息に対しても、こんなに胸がドキドキと高鳴ってどうしようもないなんてこと、一度もなかった。

『ロゼッタ、あなたの気持ちは？』

今日のオリビア嬢の言葉が、またよみがえってくる。

（私の、気持ち……）

◇　◇　◇

オリビア嬢に気持ちを確認されたあの時から、私の心は乱れに乱れていた。どうしてもライリー様のことを今まで以上に意識してしまう。

オリビア嬢の言葉を思い出すたびに、まるで期待するように激しく胸が高鳴る。

そんな中、アクストン邸にビアード子爵令息から私宛ての手紙が届いた。時間がとれるようであれば、ぜひ二人で食事をしたい、という内容だった。

（だから、なんでこんなに気持ちが沈むのよ！　ビアード子爵令息に失礼でしょう。相手は私の婚約者！　……に、なる予定の方よ。誠実で、優しい。……非現実的な方にうつつを抜かしていないで、ちゃんと現実を見なくちゃ）

違う。きっとこれは恋なんかじゃない。だって皆一緒だもの。若い女性たちは皆ライリー様に夢中になってしまう。アクストン邸でお勤めするようになってから、何度もその場面を見てきた。パーティー会場では一際輝いている美麗なライリー様の姿に、多くのご令嬢方が見惚《みと》れていた。うん、ご令嬢ばかりじゃない。二人で街を歩いた時だって、街行く人たちが何人も振り返ったり足を止めたりしながらライリー様のことを見ていた。

（私もきっと、それと一緒。意外とミーハーなところがあったのね、私ったら。オリビア嬢も侍女として私を信頼してくださっているライリー様の様子を見て、勘違いしちゃったのよ。うん。きっ

とそう)

現実を見なきゃ。

アクストン公爵家での私は、オリビア嬢の侍女。それ以上の何かになることはない。

もっとビアード子爵令息との婚約のことを、前向きに考えていかなくちゃ。

ムキになって自分にそう言い聞かせた私は、仕事が一段落した頃に与えられている自室へ戻り、ビアード子爵令息へのお返事を書いた。


「お時間を作っていただき、嬉しいです」

「私の方こそ……。こうしてお誘いいただけて、……う、嬉しいですわ。ありがとうございます」

自分の言葉が白々しく、上辺だけのものに聞こえる。品のいいレストランの一室。テーブルを挟んで目の前で幸せそうに微笑《ほほえ》んでいる人のよいビアード子爵令息の笑顔を見ていると、さらに胸がジクジクと痛み出す。

(……笑顔よ、笑顔。だんだん慣れていくはずだわ。これが貴族の婚約。貴族の結婚というもの。……私は幸せなのよ。自分で選んだわけでもないのに、こんなに素敵な方と夫婦になれるのだから)

よくいるタイプの貴族の男性たちのように、意地悪でも傲慢《ごうまん》でも、腹黒でもない。女性を見下したりもしない、フェアで優しい人だ。しかも私のことを長年想い続けてくださっている。こんな傷ものの私に、求婚してくださった。そりゃお父様もお母様も大喜びなはずよ。うん。

少しでも集中力を切らせばすぐに頭に浮かんでくるあの方の美麗なお顔を必死で振り払いながら、私は自分に暗示をかけ続けた。全然上手くいかないけれど。

「……今日もとても素敵です、ロゼッタ嬢。そのライラック色のドレスもお似合いですし、相変わらずヘアスタイルが可愛らしい」

「あ、ありがとうございます」

「……昔から、いつも思っていました。オシャレで明るくて、可愛い人だなぁ、と」

「ど、どうも、ありがとうございます……」

「……えっと、ロゼッタ嬢、仔羊はお好きですか？　あ、こちらのチキンのソテーも、ハーブの風味が効いていてとても美味しいですよ。お勧めです」

ビアード子爵令息は始終私を気遣い、優しく声をかけてくださる。私も彼の気遣いに応《こた》えようと、精一杯口角を上げ、学園時代の思い出話に相槌を打ち、このひとときを前向きに楽しもうと努力した。

（……努力、か）

こうして二人きりで食事をし、話をすればするほど、このビアード子爵令息がどれほど素敵な方であるかが分かる。

だけど私の頭にはどうしても、ライリー様と過ごしたあの日のことが思い出される。二人きりで街へ出かけた、あの日。楽しもうと〝努力〟なんてしなくても、始終気持ちが高揚して、胸が高鳴っていたあの日のことが……

食事が終わりレストランを出ると、ビアード子爵令息は少し散歩をしないかと提案した。ええ、いいですわね、と私は機械的に同意する。大通りを歩きながら、通りのはずれにある広場の方を目指した。

……この辺り、ライリー様とも歩いたっけ。皆があの方を見ていた。ぽーっと見惚《みと》れている女性たちの視線に妙な気まずさを感じながら、私はビクビクしてた。誰か社交界の知り合いに見られはしないだろうか。変な噂《うわさ》が立ってしまわないかしらと。

（……あ、ここって……）

その時、あの日ライリー様が私とオリビア嬢に髪飾りを買ってくださったお店の前を通りがかった。思わずそちらに視線を送る。

「……懐かしいですね、この店。あの時は、あなたがアクストン公爵ととても親しげに買い物を楽しんでいるように見えて……焦ってつい、店に入ってまであなたに声をかけてしまいました」

私がお店を見ていたからだろう。ビアード子爵令息は優しく微笑《ほほえ》みながら、あの日のことを話しはじめた。

「だけどあなたは、お二人の仲をきっぱりと否定してくださって。ホッとしたものです。あの日の再会で、僕はあなたに求愛する決心がついたんですよ。父に話して、ハーグローヴ子爵邸に婚約の申し込みに……。はは、緊張したな。だけど、勇気を出してよかった」

どんな顔をすればいいのか分からない。私はもう愛想笑いを浮かべることもできずにいた。ビアード子爵令息の愛情に満ちたその一言一言に、まるで責め立てられているような気さえした。

この人がそんな風に私を想ってくれていた、その日。

私の心には、この人の存在は欠片《かけら》もなかった。

(私……、私の心にあったのは……)

突如、あの日の出来事が大きな波のように私の心に押し寄せた。馬車の中で綺麗だと褒められ、心臓が止まるほど嬉しかったこと。人目を気にしながらも、ライリー様と並んで街を歩き、いろいろなお店を見て回ったこと。エメラルドのイヤリングを私の耳に当てて優しく微笑《ほほえ》んでいたライリー様。素敵なレストランでは、ご自分のローストビーフをフォークに刺して私の口元に運んでくれて……おそるおそる口を開けつつも、どうしようもなく気持ちが昂《たかぶ》って、味なんか全然分からなくて……

帰りの馬車の中では、ライリー様から髪飾りを贈られた。いつの間に選んでくださっていたのだろうと、その優しい心遣いに胸がいっぱいになって……

「……ロゼッタ嬢……！　どうしました？　気分でも悪いのですか？」

ふいに我に返ると、私の瞳には涙が溜まっていて、声をかけてくれたビアード子爵令息を見上げた瞬間にポロリと一粒零《こぼ》れ落ちてしまった。

いけない……っ！

「ロゼッタ嬢……？」

「あ……ご、ごめんなさいビアード子爵令息。風がすごく、目に染みてしまって……。実は昨夜、かなり遅い時間まで夢中になって本を読んでいたもので、寝不足なんです。だから……」

「……そうなのですね」

必死になって苦しい言い訳をしていると、心配でたまらないという風に私の顔を覗き込んでいたビアード子爵令息の雰囲気が、少し和《やわ》らいだ。

「では、今日はもう散歩はやめて切り上げましょうか。あなたに無理をさせたくない。早めにお屋敷に戻って、ゆっくり休んでください」

私の言葉をそのまま信じてくださったかどうかは分からないけれど、彼はとても優しい声でそう言ってくれた。

「ありがとう、ございます……。ごめんなさい……」

「謝らないでください。こうしてあなたと二人で会って食事をできただけで、本当に楽しかった。また別の機会にゆっくりお話ししましょう」

「ええ……」

どこまでも悪意のない、慈愛に満ちた彼の言葉と笑顔に、罪悪感がとめどなく押し寄せる。

見送ってくれたビアード子爵令息と別れ、馬車に乗り一人になると、私は大きく溜め息をついて顔を覆った。

もうこれ以上、自分の気持ちをごまかすことはできなかった。

初めての感情に戸惑い、あまりにも分不相応だと必死に否定し続けてきたけれど、この胸の奥から湧き上がる切なく熱い想いを無視することはもう私にはできなかった。

生まれてこのかた他の誰にも感じたことのなかった、この甘い胸の疼《うず》き。

（私は……ライリー様のことが好きなんだわ……）

◇　◇　◇

このお屋敷で初めて出会ってから、これまでのこと。

自分の気持ちを自覚してからというもの、思い返すほどに私はライリー様に恋をしていたのだと改めて分かった。

たまの笑顔を見た時や、庇ってもらえた時に胸が高鳴ったり。ただの侍女にしては随分特別扱いしてもらっていると自覚して動揺したり。

だけどそれはあまりにも無謀な恋で、おこがましいにも程があるわと自分に言い聞かせるほかなかった。だって相手はアクストン公爵、私は傷だらけの経歴を持つ訳アリ子爵令嬢。この先どうにかなるなんてことは絶対にないんだもの。オリビア嬢はああ言ってくれたけれど、ライリー様本人の気持ちは分からない。というか……、冷静に考えれば考えるほど、あのライリー様が私なんかのことを好きになってくれるはずがないわよね。

来るはずもない未来を夢想して、叶わぬ期待をするのは止めよう。そう思っていた。

そんなある日。

「ロゼッタ、話がしたいのだが」

少し固い声でそう言うと、ライリー様は私をご自分の執務室に連れていった。

「……座ってくれ」

コホ、と軽く咳払いをしたライリー様が私にソファーを勧めた。私がおずおずと腰かけると、彼も私の隣に座る。この部屋のソファーを勧められたことなど一度もない。こんな風に、ライリー様が私の隣に座ることも。

私は緊張のあまり一言も発せずにいた。ただ黙ってライリー様のことを見つめる。

彼は少し掠《かす》れた声で、私の目を見つめ返しながらゆっくりと言った。

「ロゼッタ……私はこの自分の気持ちを自覚してからというもの、君に打ち明けるべきかどうか随分迷った。立場を考え、感情のままに走ってはいけない、時間をかけてしっかりと熟考しなくては、と。……だが私がそう悠長《ゆうちょう》に構えている間に、君には求婚者が現れた。本来ならば、君の幸せを願って大人しく身を引くべきなのだろう。……それでも」

祈るように見つめる私の頬に、ライリー様の手が優しくそっと触れた。大きくて、温かい。ぼんやりとする私の頭に、これが今目の前で起こっている現実なのだと教えてくれる温《ぬく》もりだった。

「頭ではそうすべきだと分かっていても、私の心は日増しに君を強く追い求める。どうしても、このまま君を諦めることはできそうもない。……許しておくれ、ロゼッタ。一度だけ、君に私のこの想いを伝えることを」

私は夢中になってライリー様の言葉だけを聞いていた。彼の姿以外、何も見えない。霞《かすみ》がかかったような頭の中に、ライリー様の低く優しい声が響く。

「ロゼッタ、私は君を愛している。自分でも驚くほどに深く。もしも君が私を受け入れてくれるのならば、生涯君を守り抜くと誓おう。だが、君の答えがどんなものであっても、私はそれを受け止める覚悟ができているよ。……教えてほしい。君の気持ちを」

しばらく、言葉が出なかった。これは本当に現実なのかしら。だけど彼の手は優しく私の頬を撫で続け、夢と現実の境に立つ私を現実の方へと引き戻してくれる。

ポロリと、私の瞳から一粒の涙が零《こぼ》れた。

「わ、私、……私も……、あなたのことを、大切に想っています……」

震える小さな声で、私はそれだけの言葉をようやく紡《つむ》いだのだった。

「ロゼッタ……」

次の瞬間、私はライリー様の腕の中にいた。強く抱きしめられ鼓動は痛いほどなのに、不思議と心が落ち着く。甘く優艶《ゆうえん》なライリー様の香り。涙が次々に零《こぼ》れる。

「ですが、私は……。よ、よろしいのですか、ライリー様……。私は経歴に傷のある身です。あ、あなた様の相手には、全然相応《ふさわ》しく……」

「構わない。そんなことは些細《ささい》なことだ。傷を負っても真っ直ぐに前を向いて生きている君に、私は惚れたんだ。引け目を感じる必要はない。君は目を離せないほどに魅力的だよ。……それよりも」

ライリー様は少し体を離すと、嬉しそうに微笑《ほほえ》んで私の目を覗き込む。

「今、名を呼んでくれたね。初めてじゃないか」

「もっ、申し訳ございません……」

「なぜ謝る。君に名を呼ばれるのはこんなにも嬉しいのに」

「……っ」

「もう一度、呼んでおくれ。君のその声で」

額が触れ合いそうなほどに顔を寄せ、その長い指で私の唇にそっと触れながら、彼がそう言った。

「ライリー様……」

小さな声でそう呼ぶと、彼は満足そうに微笑《ほほえ》み、ゆっくりと私に唇を重ねた。

第四章　執念《しゅうねん》の罠

ライリー様、いや、アクストン公爵の突然の申し出に、私の両親は案の定言葉を失っていた。

ハーグローヴ子爵邸の応接間はしんと静まり返り、父と母はライリー様を穴が空《あ》くほど見つめたまま口をポカーンと開けている。

「……お父様、お母様」

「……ハッ!!　……し、失礼、アクストン公」

私の呼びかけに父と母はビクッと肩を跳ねさせる。父がおそるおそるライリー様に尋ねた。

「……本当に、その、うちの娘を……でございますか。ご承知の通り、うちは一介の子爵家であり、娘は経歴に傷を持つ身。まさか我が国の筆頭公爵家のご当主であるあなた様が、その……」

「構いません。私はロゼッタ嬢の真摯《しんし》で誠実な人柄に惹かれたのです。ビアード子爵家との縁談が進んでいる中、あまりにも不躾《ぶしつけ》であることは承知の上ですが、それでも私はロゼッタ嬢を諦め切れませんでした。どうか、私にお嬢さんをお任せいただきたい」

隣で聞いているだけで体がかっかと熱くなる。両親の前で恥ずかしくもあるのだけれど、きっぱりと私がいいと言い切ってくれるライリー様の格好よさに胸がドキドキした。

「これまで大変な思いをして辛い目に遭ってきた分、私が彼女を守っていきたいと思っております」

ついに母が顔を覆って泣きはじめた。ひぃぃ……ん、と声が漏れている。感極まったのだろう。父もつられて目が真っ赤になった。

「……それで？　どうだった？　ご両親のお返事は……」

「はい。感無量といった感じでした。急いでビアード子爵家に事情を説明して、縁談を断ってくると……」

「そう……。先方には本当に申し訳ないけれど……、私はあなたがお兄様と恋人同士になってくれて嬉しいわ。まさか本当にこうなってくれるなんて！」

「オ、オリビアお嬢様……」

両親との話し合いの結果を知り、オリビア嬢も安心した様子だ。恋人同士、なんて改まって言われると顔から火が出そうだけど、オリビア嬢は言わば私とライリー様の恋のキューピッドだ。

「オリビアお嬢様、なんてもう止めて。あなたは兄の恋人なのだから」

「い、いいえ。私はまだこのアクストン公爵家の侍女でございます。侍女であるうちは侍女らしく……」

「んもう……。本当に真面目で律儀な人ね、あなたって。ふふ……」

そう言いながらもオリビア嬢は満面の笑みだ。

先方へは父から話が行き、私とビアード子爵令息との婚約の話は白紙に戻った。

私からは、直接お会いしてお詫びを申し上げたいとビアード子爵令息にお手紙を出した。けれど送られてきた返事にはこう書いてあった。

『お顔を拝見したら切なさが募り、みっともなく未練がましい言葉を言ってしまいそうです。今はこのまま、書面にて祝福させてください。僕はあなたの幸せを心から祈っております。いつかまたお会いする日が来るでしょう。その時にあなたが幸せなお顔で笑っていらっしゃることを願っております』

（……ありがとうございます、ビアード子爵令息……）

最後まで優しさで溢《あふ》れた手紙をくれた彼の人柄に、目頭が熱くなったのだった。

◇　◇　◇

オリビア嬢がベッドに入った後、私は自室に戻る前にライリー様にご挨拶に行った。以前はわざわざこんなことはしていなかった。けれど想いが通じ合ってからというもの、寝る前のひとときを二人きりで過ごして、私がその日一日の出来事を報告することが日課になった。

私にとっては最高に幸せな時間だ。

「……おいで、ロゼッタ」

机に向かっていたライリー様は、椅子から立ち上がるとソファーに向かい、私を呼び寄せた。

「……っ」

なんだか、恥ずかしい……

優しく微笑《ほほえ》みながら私が来るのを待っているライリー様の元へ、少し緊張しながら歩み寄ると、

「っ!! きゃ……っ」

隣に座ろうとした私を、ライリー様がふわりと自分の膝の上に乗せた。

(ちっ……近い……っ!)

端整な美しい顔と妖艶《ようえん》に光る金色の目に、ドキドキが止まらない。ライリー様は私を抱き寄せ、労《いたわ》るようにゆっくりと髪を撫でてくれる。けど……

「……なぜ目を逸らす」

「だ、だってなんだか……恥ずかしくて」

「ふ……もっとよく顔を見せてくれ。私にとってようやく得られた君とのこのひとときが、最高の癒やしの時間なのだから」

ライリー様も、同じように思ってくださっているのね……

火照《ほて》る私の頬をその温かい手で優しく包み、ライリー様はゆっくりと私を自分の方へ向き直らせた。目が合うと、彼はそのままそっと私に唇を重ねる。温かくて優しい感触に、じんわりと幸せな気持ちが湧き上がる。

何度も角度を変えゆっくりと繰り返されるキス。やがて唇が離れた後、まだ余韻《よいん》に浸《ひた》ってうっとりしている私に、ライリー様が思いがけないことを言った。

「……今夜は私の寝室で一緒に寝るか？」

「…………っ⁉　そっ！　そんな……、ダ、ダメですっ！」

私が真っ赤になって否定すると、ライリー様はクスクス笑った。

「そう言うと思った。……だがこうして君を腕の中に抱きしめていると、離したくなってしまって、ついな」

「ラッ、ライリー様……っ！」

ご、ご冗談はよしてください……っ！　ただでさえ、今私のこの屋敷での立場は微妙だというのに。オリビア嬢付きの侍女でありながら、当主の婚約者。私も屋敷の他の使用人たちも皆戸惑っているのですから。まだ侍女なのだからこれまで通り接してくださいと言っても、皆どこか遠慮がちだし、こ……この上……、当主の部屋から朝方出てくるところを誰かに見られでもしたら……っ！

いろいろ想像して一人パニックになる私を尻目に、ライリー様は至って落ち着いている。彼は私の腰に手を回し片方の手で私の髪を弄《もてあそ》びながら言った。

「分かっているよ。正式に夫婦になる日までは、君に手を出したりはしない。諦めなくてはと思っていた君をこうして得られることができて、浮かれているんだ。……許しておくれ」

「ライリー様……」

「そうして君が私の名を呼んでくれるだけで幸せだよ、ロゼッタ」

愛おしげに私の瞳を見つめながらそう言うと、ライリー様はもう一度私に優しくキスをした。


後日、ライリー様から私とオリビア嬢に新しいドレスが贈られた。

「だ、旦那様……っ！　こんなに素敵なドレスを……、ありがとうございます……！」

「来月の王妃陛下主催のパーティーには、君は侍女として出席するのではない。私の婚約者として隣に並んでもらうんだ。好きなだけ着飾るといい」

そう。ライリー様が国王陛下と王妃陛下に私との婚約を報告してからすぐ、王妃陛下主催のパーティーが開催されることが分かったのだ。そのパーティーに、私もライリー様と共に出席することになった。

周囲の人々から、一体どんな目で見られるのか。なんと言われるのか。……想像するだけで緊張する。

「……ねぇ、お兄様。私のドレスよりロゼッタのドレスの方が豪華だわ。扱いに差がある気がするのですけど」

オリビア嬢がからかうようにそう言うと、ライリー様も負けじと言い返す。

「当然だろう。愛しい婚約者に最高の品を贈りたかったのだから。お前はついでだ」

「まっ、お兄様ったら……。すっかりロゼッタにメロメロになっちゃって。これまでとは別人のようですこと。ふふ」

私は妙に気恥ずかしい思いをしながらご兄妹の会話を聞いていた。

(素敵なドレス……。めいっぱいオシャレして行かなくちゃ)

贈られた淡いエメラルドグリーンの美しいドレスをうっとりと眺め、私は幸せに浸《ひた》った。

私を愛してくれる最高に素敵な婚約者からドレスを贈られ、それを着て王宮のパーティーに出席する。

私にこんな日が訪れるなんて。

まるで夢の中にいるような気分だった。

◇　◇　◇

「話が全然違うじゃないの!!　どうなってるのよ!!　なんなのよこれはぁっ!!」

部屋に戻るやいなや、中のものを片っ端からひっくり返した。花瓶も、小物入れも、化粧品も、本も、何もかも。

悔しくて悔しくて、血液が沸騰しそうだ。苛立ちが限界を超えて、私は叫び回りながら自室の中を荒らしていた。投げるものがなくなると、歯を食いしばって髪を掻きむしり地団駄を踏んだ。

「あぁあぁぁぁーーーっ!!」

何をやってもこの苦しみから逃れられない。許せない。悔しい！　なんであの女ばかりが……!!

やっと自分の気持ちを整理したばかりだったのに。

私に相応《ふさわ》しい相手は、アクストン公爵ただ一人。

何度も何度も自分にそう言い聞かせて、チェイス様への想いにようやく踏ん切りをつけた。つもりだった。それなのに……！

また茶会の話題はあの女一色となり、そしてその内容は、これまでとは比べ物にもならないほどの衝撃を私に与えたのだった。

「アクストン公爵が、ハーグローヴ子爵家に婚約の申し込みをしたらしいわ。もう正式に決まったんですって！　ロゼッタ嬢とアクストン公は婚約したのよ！」

「まぁっ！　嘘でしょう⁉　信じられないわ……！」

「……エーベル？　どうしたの？　大丈……、きゃあっ！」

「だ、誰か、タオルを……！　エーベル……ッ」

あろうことか、私は堪え切れずその場で嘔吐《おうと》し、母や侍女たちによって馬車に詰め込まれ屋敷まで逃げるように帰ってきたのだ。馬車の中では頭を抱えて呻《うめ》き続け、ようやく部屋に戻るやいなや叫び、暴れ回った。もうおかしくなりそう。

(私の唯一愛したあのチェイス様から求愛されたくせに……それを袖にして、誰もが焦《こ》がれる最高の人を得た……。よりにもよって、あの女が……!!)

なんであの女ばかりが、私が得られなかったものを次々と簡単に手に入れるのよ!!

「いやぁぁぁーーー!!」

「エーベル！　いい加減に落ち着きなさいエーベル!!」

パァンッ！

大きな音と共に頬に衝撃が走る。ハッと我に返ると、衝撃を受けた頬がじわじわと鈍い痛みを感じはじめた。

顔を上げると、そこには白い顔をした母の姿があった。

「エーベル……まだよ。まだ勝負は決まっていないわ」

「え……？」

グラグラと定まらない視界。母に両肩を強く掴まれ、強制的に視界を固定された。目の前に母の顔がある。

「エーベル、聞きなさい。婚約は、破棄できるものよ。よく分かっているでしょう？」

「……おかあさま。それ、って……」

「そうよエーベル。あなたはあの小娘から二度も簡単に婚約者を奪ったのよ。分かる？　あなたの方があの娘よりもはるかに魅力的なの。……また奪いなさい。あなたが、アクストン公爵と結婚するの」

「……おかあさま……でも……」

母の表情は至って真剣ではあるけれど、正気を保っているかは定かではない。その目は真正面から私を見据えてはいても、私ではないどこか遠くを見ているようだった。

「もうすぐ王妃陛下主催のパーティーがあるわ。あの二人が来ないはずがない。タイミング的にも、実質アクストン公爵とあの娘のお披露目《ひろめ》のようなものよ。大丈夫……、あなたなら奪える。これまでと同じようにね」

「……お母様。……そう、そうよね。まだ諦めるには早いわよね」

母は今度こそどこか遠くを見ながら、低い声でボソリと言った。

「万が一上手くいかなかったとしても、……次の手段はあるわ」

◇◇◇

王女殿下の結婚祝賀パーティー以来の王宮の大広間。あの時のように桁違いの華やかな雰囲気がそこにはあった。

しかも今回は、私は侍女ではない。

ライリー・アクストン公爵の婚約者、ロゼッタ・ハーグローヴ子爵令嬢として、ライリー様にエスコートされながらその大広間に足を踏み入れるのだ。王宮敷地内に馬車が着いた瞬間、私は大きく深呼吸をした。心臓が口から飛び出しそうだ。今日のパーティーは、今まで出席してきたどのパーティーよりも緊張する……

「綺麗だよ、ロゼッタ」

「旦那様……」

「今日は二人きりの時のようにライリーと呼んでくれ。……大丈夫だ。私から離れないで」

「は、はい……ライリー様」

オリビア嬢は、今日はご婚約者のカートライト侯爵令息がおそばについていてくださっている。二人は今、別の馬車に乗っている。若いお二人が心配ではあったけれど、私のハラハラする気持ちなど吹っ飛ぶくらいにカートライト侯爵令息はしっかりした人だった。話していると驚くほど頭の回転も早い。私以外の侍女たちも数人付いているし、きっと心配はいらないだろう。

（今日はオリビア嬢のことよりも、自分の心配をしなくては……）

ライリー様の婚約者として、初めて公の場に出るのだから。さんざん社交界を賑わせた過去のあるこの私が……。ライリー様から何度も「緊張することはないよ」と言ってもらったけれど、それは無理な話だわ……

「その髪飾りも、ようやく使ってくれたんだね。とても似合っている」

「あ……、はい。せっかくの晴れやかな集まりですから」

「……ふむ。こうして近くで見てみても髪がどうなっているのかよく分からない。君は本当に手先が器用だな」

「ま、ふふ……」

私の頭をまじまじと見ながら不思議そうな顔をするライリー様の反応がおかしくて、思わず笑ってしまった。

「さぁ、手を。……おいで、ロゼッタ」

「はい、ライリー様」

おかげでほんの少し緊張が解《ほぐ》れた気がする。先に降りたライリー様自ら差し出してくださったその手を握り、私も慎重に馬車を降りた。

大広間に一歩足を踏み入れた瞬間、痛いほどの視線の矢が全身に突き刺さる。賑やかだった広間は一瞬静まり返り、その場にいたほぼ全員の目がこちらに向いた。

（……き……気絶しそう……）

表情はあくまで穏やかな笑みを保ってはいるけれど、内心はもう失神寸前だった。この瞬間が……この瞬間が一番怖かったのよぉ……！

ライリー様の腕に通した私の手を、彼がもう片方の手で優しく包み込んでくれる。

「大丈夫。このまま私についておいで。国王陛下の元へ行こう」

「は、はい……」

両陛下にご挨拶している時も、王家の方々に順番にご挨拶している間も、ずっと会場中の視線を背中に感じずにはいられなかった。

「ま……、あなたが公爵のようやく決めた方ね。お美しいこと。お二人仲良くね」

「あ、ありがとうございます……っ」

初めて間近でお目にかかる王妃陛下は目が眩《くら》むほどのオーラを放っていた。な、なんてお綺麗なのかしら……！

一通りのご挨拶が終わると、待ってましたとばかりに高位貴族の方々が次々とライリー様の元へやって来た。

「公爵閣下、このたびは誠におめでとうございます」

「いやぁ、実にめでたい。……うちの娘を貰っていただけなかったのは誠に残念ですが……」

「まぁ、あなたがハーグローヴ子爵令嬢ね。どうぞよろしくね」

「なんて可愛らしいお方かしら」

息つく暇《ひま》もないほどに次から次へと声がかかる。この広間のどこかに来ているであろう自分の家族を探す暇《ひま》もない。オリビア嬢も、ちゃんといらっしゃるかしら……。さっき王家の方々にご挨拶していた時までは近くに姿があったけれど。まぁ、カートライト侯爵令息がいるから大丈夫よね。

などと、大勢の方々との挨拶を何十回と繰り返しながら心の中で考えていた、その時だった。

「ロゼッタさん！」

（…………っ！）

聞き間違えるはずもない女性の声に、体が竦《すく》んだ。おそるおそる振り返ると――

（……………え……）

純白の豪奢《ごうしゃ》なドレスに身を包んだエーベル・クルエット伯爵令嬢が満面の笑みを浮かべ、私に近づいてくるところだった。

「ああ、よかったわ……！　お会いできて。旧友のあなたにちゃんとお祝いを言いたかったのよ。……あら、ごめんあそばせ」

私と会話していた侯爵家のご夫人を押し退《の》けるような形で割って入ってくるエーベル嬢。

（ご、強引な人ね……。それに失礼だわ。侯爵夫人のあの不愉快そうなお顔……）

たった今まで私に祝福の言葉をかけてくださっていた夫人に申し訳ない気持ちになる。侯爵夫人は眉間《みけん》に少し皺《しわ》を寄せたまま行ってしまった。あとで謝罪しておかなくては……

だけどエーベル嬢は一切構うことなく私の真正面に立つ。……なんだろう、香水の匂いがすごい。距離が近すぎて居心地が悪く、私は一歩後ろに下がった。その私の両手をエーベル嬢はガシッと掴むと、にこやかな顔で思い切り力を込めて握りしめてきた。

（い、痛い……っ）

「ロゼッタさん、ご婚約おめでとう。あなたが幸せになってくれるなら、私こんなに嬉しいことはないわ！　ずっとあなたのことばかり心配していたのよ。……ね、紹介してくださる？　あなたをお選びになった、お目の高いご婚約者様を」

エーベル嬢からそう言われて、私はふいにオリビア嬢とのあの日の会話を思い出した。

――『……あのね、ロゼッタ。私思うのよ。エーベル嬢って私じゃなくて、お兄様に興味があるだけなんじゃないかしら、って……』

（……まさか、この人……）

嫌な予感が頭を駆け巡る。言いようのない不安が一雫のインクのようにポタリと胸に落ち、じわじわと広がっていく。

だけど、今この瞬間も大広間にいる大勢の人が私たちを見ている。

ここで大人気ない不自然な対応をすることもできない。

「……ライリー様、こちら、エーベル・クルエット伯爵令嬢……。私の、貴族学園の同窓生ですわ……」

隣にいたライリー様に私がそう言うやいなや、エーベル嬢は青い瞳をキラキラと輝かせてライリー様に向き直った。

「お、お初にお目にかかりますわ……！　クルエット伯爵家のエーベルと申します。アクストン公爵閣下、このたびはおめでとうございますぅ。ロゼッタさんとは学園時代からずっと親しくさせていただいておりましたの。……ようやく、お会いできましたわ……」

その様子を見て、ズン、と気持ちが重くなった。やっぱり。オリビア嬢の言っていたことに間違いはなさそうだ。エーベル嬢は小首を傾け両手を胸の前で組み、瞳を潤ませながら頬をほんのりと染めている。……もしもこれを自在にやっているのなら本当に大したものだ。可憐で華奢《きゃしゃ》なエーベル嬢のこの姿を見てグラリとこない男性なんかいないだろう。だけど……

（まさか、純白のドレスで現れるなんて……）

別に純白のドレスがマナー違反だなんて明確に決まっているわけではない。

けれどこの国では、純白のドレスは慣例的に花嫁だけが身に着けるものとされている。はっきりと決まったルールではなく、社交界の常識のようなものだ。誰もが普通は純白以外のカラードレスを身にまといパーティーに出席するもの。それなのに……

（わざとじゃないか、だなんて思うのは、私の猜疑心《さいぎしん》が強すぎるからかしら……。ライリー様の目に、自分の印象を強く残そうと……、花嫁になった時の自分の美しい姿を想像させようと……）

また私から、婚約者を奪おうと――

「……初めまして。祝いの言葉をありがとう、クルエット伯爵令嬢」

よからぬことばかり考え暗く重い気持ちでいる私の隣で、ライリー様は少しの気持ちの揺れも見せずに淡々とエーベル嬢に言葉を返した。そこに――

「これはこれは、アクストン公、ハーグローヴ子爵令嬢」

「まぁ、お揃いで……。このたびは本当におめでたいことで」

このタイミングで突然クルエット伯爵と夫人がどこからともなく姿を現した。親子三人が私とライリー様の前に出てきて話しはじめたので、皆少し遠巻きにしてこちらを見ている。

邪険にするわけにもいかず、私は無理矢理口角を上げてライリー様の隣に大人しく立っていた。

だけど、最初は私たちの婚約に対する祝福の言葉を述べていたクルエット伯爵夫妻は、徐々に娘のエーベル嬢の話ばかりをしはじめたのだ。

「エーベルは大切な一人娘なもので……。よき家柄の立派な殿方に嫁《とつ》がせたいと熟考に熟考を重ねているうちに、もうこんな歳になってしまいましてね。ははは」

「とても気立てのよい子なんですのよ。皆さんにはよくこの見目のよさをお褒めいただくのですけどね、この子のよいところはそこだけではなくて、いかなる時でも落ち着いていて、賢く控えめな性質を持っているところだと思っておりますわ」

「行儀作法もしっかりと学ばせてきておりますし……」

「どこへ出しても恥ずかしくない娘に育ちましたわ。真面目でひたむきなんですのよ。この美しさ

で在学中もたくさんのご令息からお声がかかっていたようなのですが、この子ったら本当に、おっとりしているわりには隙がないと言いますか……ほほ。どなたからの求愛もしっかりと断ってきておりますの。本当に、我が娘ながら芯のある利発な子に育ちましたわ。ほほほ……」

両親が二人がかりで娘を褒めそやしている間中、エーベル嬢はライリー様から一瞬たりとも目を逸らさなかった。その愛くるしい顔立ちに天使のような微笑《ほほえ》みを浮かべながら、潤んだ美しい瞳でただひたすらにライリー様を見つめ続けていた。

私の方なんか、もうまるっきり見向きもしない。

疑念は確信に変わり、私の気持ちはどんどん深く沈んでいった。

「……ロゼッタ？　大丈夫か？」

「っ！　……あ」

いけない。よほど変な顔をしていたのかしら。

気が付くと、ライリー様が心配そうに私の顔を覗き込んでいた。

「すまないが彼女が少し疲れているようなので、ここで失礼させていただく。……おいで、ロゼッタ」

「あら、ま、アクストン公……」

クルエット伯爵夫人が慌てた様子でライリー様に声をかけたけれど、ライリー様は気付かなかったのか気付かないふりなのか、私の背中に手を回してその場から離れた。安心して、思わずふぅ、と息をつく。

「ご家族を探そうか。会えたら少し奥の席に座ってゆっくりしているといい。ここに着いてからずっと列席者との挨拶ばかりで疲れただろう」

「ライリー様……。ありがとうございます」

普段と変わらぬライリー様の愛情のこもった目に安堵する。

(自分で思っていた以上に、婚約破棄の原因は心の傷になっていたのかしら……。ライリー様の愛情を疑うわけじゃないけれど……)

またエーベル嬢に奪われてしまうのでは。

そんな思いが頭をよぎったことは否定できない。

だけど今私を支えるようにエスコートしながら私の家族を探してくれているライリー様は、いつもと変わらない優しさで……

そう、いちいち動揺する必要なんてないのよね。

ライリー様は過去のあの人たちとは全然違うんだから。

◇　◇　◇

愛しい婚約者を周囲の好奇の目からしっかりと守らなくては。

そんな風に気負って臨《のぞ》んだ王宮でのパーティーだったが、私の前で露骨《ろこつ》に彼女に無礼な発言をする者などさすがにいなかった。ロゼッタは始終緊張している様子だったが、次々と贈られる祝福の声に丁寧に対応しながら美しい笑みを崩さなかった。

（……やはりロゼッタは誰よりも輝いている）

パーティーは順調に進んでいた。だがずっと緊張しているロゼッタにそろそろ休憩する時間を与えてやりたい。少しでも挨拶の波が途切れたら、すぐさま彼女を奥の席に連れていき飲み物でもとってこよう。そう思いながら、とある侯爵夫妻と会話をしていた時だった。

「ロゼッタさん！」

……なんだ？

突如、侯爵夫人と挨拶を交わしていたロゼッタに横から無遠慮に声をかけてくる女性がいた。不《ぶ》躾《しつけ》な。一体どこの令嬢だ。そう思い視線を送ると、そこには随分と目立つ赤い髪の女がいた。

（……花嫁衣装かと見紛《みまご》うほどだな）

目立つ、というよりも、この大広間の中で一際浮いた純白の派手なドレス。女が赤い巻き毛を靡《なび》かせながら私のロゼッタの手を唐突に握ると、ロゼッタは明らかに困惑した様子を見せた。

「ああ、よかったわ……！　お会いできて。旧友のあなたにちゃんとお祝いを言いたかったのよ。……あら、ごめんあそばせ」

あろうことか、女は侯爵夫人を押し退《の》けるかのような強引さでロゼッタの向かいを奪いとった。不愉快そうな夫人をエスコートするように、侯爵も私の前から去った。

「……ではまた、アクストン公」

「……申し訳ない」

（なんて無礼な女だろうか）

ロゼッタも彼女に声をかけられて少しも嬉しそうなそぶりを見せない。それどころか、心なしか顔色が悪くなった気がする。……この女は一体何者なのか。

「……ね、紹介してくださる？　あなたをお選びになった、お目の高いご婚約者様を」

そう言うと彼女は、チラリと私の方に媚《こ》びるような視線を送ってくる。嫌いな女だ。咄嗟《とっさ》にそう思った。

「お、お初にお目にかかりますわ……！　クルエット伯爵家のエーベルと申します。アクストン公爵閣下、このたびはおめでとうございますぅ。ロゼッタさんとは学園時代からずっと親しくさせていただいておりましたの。……ようやく、お会いできましたわ……」

くねくねと妙な具合に体を揺すりながら、不気味な上目遣いを私に向けてくる。これまでうんざりするほど見てきたタイプの女性だ。私が一番嫌悪するタイプ。しかもなんだ、この強烈な香水の匂いは……。不快でならなかったが、大人気ない対応もできない。

「……初めまして。祝いの言葉をありがとう、クルエット伯爵令嬢」

私が心のこもらぬ返事を返すやいなや、またどこからともなく現れた者たちから声がかかる。

「これはこれは、アクストン公、ハーグローヴ子爵令嬢」

「まぁ、お揃いで……。このたびは本当におめでたいことで」

聞けばこの者たちがクルエット伯爵夫妻。この悪目立ちしている令嬢の両親らしい。彼らは聞いてもいないのに口々に自分の娘を褒めそやし、アピールしはじめた。気立てがよい、見目がよい、賢く控えめ、行儀作法も立派でどこに出しても恥ずかしくない……どこがだ？

「すまないが彼女が少し疲れているようなので、ここで失礼させていただく。……おいで、ロゼッタ」

とるに足らない相手だと判断し強引に話を切り上げると、私は彼女をエスコートしてその場を離れた。

どうにか無事パーティーがお開きになる頃、私は挨拶しそびれていた旧友たちと、大広間を出たところで最後に言葉を交わしていた。ロゼッタは広間の中で家族と楽しそうに話している。少しだけ離れた場所にいる彼女のその可愛らしい笑顔を時折盗み見ながら、こちらはこちらで会話をしていると、

「アクストン公爵閣下……」

（またこの娘か……）

一体なんなのだ。先ほどから無遠慮にも程がある。私が他の者と会話をしているというのに、なぜ横から割って入るのだ。旧友の方が空気を読んで、ではまた……、と立ち去ろうとしてくれる。

「……君は私がこちらの友人と会話をしているのが見えないのか。先ほどから無礼にも程があるぞ。弁《わきま》えたまえ」

私の言葉に驚いたのか、その純白のドレスの香水臭い女はビクッと肩を震わせた。

「あ……ご、ごめんなさい、アクストン公爵閣下。た、ただ私……あなた様にどうしてもお伝えしておかねばならない大切なことがございますの」

「アクストン公、私はいいから……」

「……すまないな。また手紙を出す」

結局久方ぶりに会えた旧友の方が遠慮して行ってしまった。私は不機嫌を露《あら》わに彼女を睨《ね》めつける。

「……一体なんの用だ」

「ここでは、ちょっと……。少しこちらへ」

クルエット伯爵令嬢は私を広間の出入り口から離れたところへ誘う。苛立ちが増してきた。

「一体なんなのだ。用があるなら早く話してもらえるか。婚約者を連れて帰りたいのだが」

渋々彼女についてきた私は冷たくそう言い放った。だが彼女は怯《ひる》む様子もない。

「その婚約者のロゼッタさんについて、お耳に入れておきたいことがございますの。公爵閣下、あなた様はもしかしたら、彼女のことを何もご存知ないのでは……？」

「……なんの話だ」

「彼女、ロゼッタ・ハーグローヴ子爵令嬢の本性です。実は私、今日は公爵閣下にそのことをお話せねばという義務感から、このパーティーに出席したのですわ。真実を知る者として、この国の筆頭公爵家ご当主であられるあなた様を、お守りしなくてはと……」

「……何が言いたい」

すると彼女の口から、さらに不愉快な言葉が出た。

「実はあのロゼッタ・ハーグローヴ子爵令嬢は、学園でずっと私に陰湿な虐《いじ》めを繰り返してきていたのですわ……」

「……は？」

「入学した頃から、目をつけられていました……。私の美しさが気にくわないとか、あんたさえいなければ私が学園中の憧れの的《まと》だったはずなのよ、とか。いつも誰もいないところで意地悪なことを言われていました……。それがエスカレートしてきたのは、彼女の最初の婚約者に私が懸想《けそう》された頃です」

「……」

「信じられないことに、ロゼッタさんの婚約者は、私への愛を貫きたいからと言って、彼女との婚約を破棄したのです……。ですが誓って、私は彼に気を持たせるようなことは一切しておりませんでした。ただ一方的に好かれてしまっただけなのです。それでも、ロゼッタさんの怒りの矛先は私に向きましたわ……。お、思い出すだけで恐ろしくて……。彼女はしょっちゅう私を空《あ》き教室に呼び出しては頬をぶったり髪を引っ張り回したりと、ヒステリックに怒りをぶつけてきました」

「……」

「そして二度目の悲劇が起こったのですわ。なぜ……？　なぜ彼女の婚約者は次々と私のことを……。わ、私はただ、ロゼッタさんとお友達として仲良くしていたかっただけですのに……。二度目の婚約者、ダウズウェル伯爵令息がまたも私に恋慕の情を向け二人の婚約が破談になった後、虐《いじ》めはさらにエスカレートしました。首を締められ、死ねとまで言われましたわ……でも、それでも、私は彼女と仲良くしたかった……それなのに……」

「もう結構。聞くに耐えない」

くだらない。あまりにも馬鹿げている。

目の前の香水臭い女の妄言に、私の心はわずかばかりも揺らがなかった。

なるほどな。この女がロゼッタの過去の婚約者たちを誑《たぶら》かしたのだろう。今こうして私の心を惑わそうとしているように。同じ手で私を彼女から引き離そうとしているのだろう。

虫酸《むしず》が走る。

「アクストン公爵閣下……。すぐには信じられないのも無理はございませんわ。彼女は、ロゼッタさんは、本当にあざといというか、猫を被るのがお上手なのです。ですから……」

「君は先ほど広間で彼女に声をかけた時、随分とにこやかで嬉しそうな様子だったが。本当にそのような辛辣《しんらつ》な虐《いじ》めを受けていたのなら、あんな風に再会を喜び手を握ったりするものか」

「そ、それはもちろん渾身《こんしん》の演技でございますわ！　今でもあの学園で虐《いじ》められていた日々を思い出しますし、悪夢を見てはうなされることもままありますの。ですが、勇気を出しました……っ。あなた様をお救いするためですわ……っ！」

女はそう言うと胸の前で手を組み、瞳を潤ませて私を見上げた。

「アクストン公爵閣下……。どうか、信じてくださいませ……。この私の目に、嘘偽りが感じられますか？　わ、私、実は私、以前からずっとあなた様のことを……」

その時、視界の端に愛しい人の気配を感じ振り返った。そこには困ったように佇むロゼッタの姿があった。彼女を見た途端、ひどく苛立った心が少し落ち着き、温かくなる。

「……ロゼッタ、来たか。離れてすまない。行こうか」

「アクストン公爵閣下……あの」

「ではクルエット伯爵令嬢、我々はこれで失礼する」


「あ、あの、ライリー様……」

馬車の中で小窓から外に視線を送りながら、どろどろとしたどす黒い思考の渦に呑まれそうになっていた私は、ロゼッタのか細い声でハッと我に返る。

向かいに座ってこちらを見ているロゼッタは、まるで今にも泣き出しそうなとても不安げな顔をしていた。

「先ほど、クルエット伯爵令嬢と、なんのお話をされていたのですか……？」

「……っ、ロゼッタ……！」

彼女の震える声とその表情で、私は悟った。

そうだ。あの女は二度もロゼッタから婚約者を奪っているのだ。その相手が私の前で媚《こ》びるような態度をとり、いつの間にか私と二人きりになって話をしていた。

不安にならないはずがないだろう。

私は慌てて彼女の隣に行き、その細い体を抱き寄せた。何も心配はいらないこと、彼女と関わる気はないことを真摯《しんし》に伝える。

「……大丈夫だ、ロゼッタ。私が君を信じているように、君も私の愛を信じておくれ」

「……はい。ありがとうございます、ライリー様……」

ホッとしたように破顔するロゼッタが可愛くてたまらず、揺れる馬車の中で彼女を抱きしめキスを繰り返した。髪を撫でながら心の中で呟く。

大丈夫だ、ロゼッタ。私の心は決して揺らがない。

◇　◇　◇

(焦りすぎたわ……。悪手だった。ああ……!!)

屋敷の居間に足を踏み入れるなり、私は崩れ落ちた。

ようやく訪れた、アクストン公爵と直接会話をする機会。しかももう公爵はロゼッタ・ハーグローヴと婚約までしてしまっている。もう残された時間も機会もわずかしかない。だからこそ、何がなんでも今日この場で公爵の心を奪わなくては……! 強いその思いから冷静さを失ってしまい、私は失敗した。

「全然効き目ないじゃないの……! 何よ、お母様の手に入れてきたこの妙な香水は……!」

東の大陸で流行《はや》っているという、殿方を魅了する媚薬の入った希少な香水。お母様がどこかから入手したらしいその香水を全身に振りまいてパーティーに臨《のぞ》んだけれど、アクストン公爵の私を見る目は始終冷ややかだったわ。

今夜の私はただ公爵と他の方との会話に割って入り、しかも婚約者であるロゼッタ・ハーグローヴのことを悪く言うばかりの、無礼で陰湿な女という印象を残してしまったに違いない……

「エーベル」

その時、父と母も居間にやって来た。キッと母を睨みつけ私は大きな声を上げる。

「失敗したわ!!　アクストン公爵はあの女と婚約破棄なんてしない!!　ただ私が嫌な女だと思われただけよ!!　この香水も何よ！　ただ臭いだけでなんの効き目もないじゃない！　どこの卑しい商人に騙されたわけ⁉」

ここぞとばかりに八つ当たりする私に、父は呆れたような顔をした。

「無理な話だったのだ。婚約されたばかりのアクストン公爵に横槍を入れようなどと……。もうみっともない真似はこれで終わりだ、エーベル。シンディももう馬鹿な夢は見るな。エーベル、お前の婚約はモラレス子爵家の次男と進める」

「だ、誰ですの？　それ。嫌よ……！　私は子爵家の次男なんかと結婚しないわ！」

「お前たちが分不相応な相手ばかりを狙って小賢しく動き回っているうちに、めぼしい家の子息らは皆縁談を整えてしまっておる。黙って私の判断に従え。これ以上アクストン公の心証を損ねてたまるか」

父はにべもなくそう言うと、さっさと居間を出ていってしまった。

「おっ……お母様……っ！　なんで黙っているのよ！　お父様を止めて！　私は絶対に諦めないわよ……！　アクストン公爵とあの女の結婚を止めて、絶対に私が公爵の妻の座を奪ってみせるんだから！」

だけど母はまだ冷静さを保っていた。

「落ち着きなさい、エーベル。次の機会は作ったわ」

「……えぇ？」

私が反応すると、母が勝ち誇ったように笑い、私を自分の私室に連れていった。

ドアを閉めた母は私を椅子に座らせ、自分も向かいの椅子に腰かける。

「大丈夫よ、エーベル。今日みたいな慌ただしい中で公爵の気持ちを一気にこちらへ向けようというのが、そもそも無理があったんだわ。……さっきね、帰り際にオリビア・アクストン公爵令妹を捕まえて上手に話をしておいたの」

「……何を話したの？　お母様……」

母が言うには、母はオリビア嬢が今夜のパーティーに出席できるほどに体調が回復していることを、本人の前で心から喜んだという。

『ああ、本当に安心いたしましたわ。娘のエーベルはあなたのことをとても大切な友人だと常日頃からよく話しておりますのよ。そのあなたが茶会に出ることも、見舞いに伺うこともできないほどに体調を崩し臥《ふ》せっておられると聞いて、私も娘も心底心配しておりましたの』

『あ……、はぁ……。それは本当に、ありがとうございます、クルエット伯爵夫人』

オリビア嬢はそう返事をするしかなかっただろう。隣で彼女を見守っていたカートライト侯爵令息にも母は愛想を振りまいたようだ。

『うちの娘エーベルは、以前からアクストン公爵令妹とは懇意《こんい》にさせていただいておりまして……。

どうぞご結婚後も末永くよろしくお願いいたしますわね』

『ええ、こちらこそ。オリビア嬢を気にかけてくださる親しいご友人がいて僕も安心です』

カートライト侯爵令息は人のいい笑みを浮かべて母にそう答えたそうだ。

「これほど回復されたのですから、ぜひ近々我が屋敷で茶会をいたしましょうと言っておいたわ。面と向かってこの私が誘えば、アクストン公爵令妹も拒まなかった。……その茶会で、仕掛けるわよエーベル。あの娘を追い込むの」

「……何をするの？　お母様」

母は立ち上がるとチェストの引き出しから何かを持ってきた。そしてそれを私の手に握らせる。

それは白い紙に包まれた、粉薬のようなものだった。

私は急に恐ろしくなり、母の様子を窺う。

「これは……？」

「大丈夫よ。別に死ぬような劇薬じゃないわ。嘔吐《おうと》や目まいを誘発する薬品を粉状にしたものですって。茶会の席でこれをアクストン公爵令妹のお茶に混ぜて飲ませるのよ。彼女が体調を崩し皆の前で無様な姿を晒すことになれば、専属侍女として常にアクストン公爵令妹の体調に留意していなくてはいけなかったあの娘に責任が及ぶ。公爵も熱が冷めるはずだわ。大切な妹君を疎《おろそ》かにした傷もの子爵令嬢なんて、やはり自分の妻として相応《ふさわ》しくないのではないかと冷静さを取り戻すはずよ。そこに、あなたが付け入るの」

背筋がぞくりとした。母は……正気なのかしら。

「これ……どこで手に入れた薬なの？　お母様。ほ、本当に大丈夫なんでしょうね？　もしも……もしもオリビア嬢の命に危険が及ぶようなものだったら、わ、私たち……」

「大丈夫だと言っているでしょうエーベル。ここまで来て弱腰にならないで。これは秘密裏に入手した薬だけど、取り扱っていたのはその道の玄人《くろうと》よ、心配はいらないわ」

母の瞳には狂気が滲《にじ》んでいる。オリビア嬢に薬を盛ることに少しの躊躇《ちゅうちょ》もないみたい。だけど……本当に大丈夫なの……？

私の逡巡《しゅんじゅん》を見抜いたかのように、母は薬を握った私の両手の上から自分の手を力強く重ね、覆った。

「痛……っ」

「エーベル、尻込みしないで。ここが正念場よ。どこぞの子爵家の次男なんかの妻になって、あなたそんな平凡な人生を歩んでいいの？　ハーグローヴ子爵家の連中を見返してやるんでしょう？」

「……っ」

「あの娘なんか蹴落として、誰もが羨《うらや》む結婚をするんでしょう？　それとも……、あの麗《うるわ》しいアクストン公爵の腕の中であの娘が幸せに笑っているのを、指をくわえて見ているだけでいいの？」

「……嫌よ、そんなの……」

冗談じゃないわ。母の人生を狂わせた夫婦の娘が、あのチェイス様に愛されておきながら身の程知らずにもそれを袖にした女が、私よりはるかに幸せになるなんて……！

「……やるわ、お母様。今度こそロゼッタ・ハーグローヴに最大の絶望を味わわせなくちゃ……」

私の言葉を聞いた母はニッと口角を上げた。真っ白なその顔は、まるで悪魔のようだった。

「それでこそ私の娘よ。……さあ、細かい手順を打ち合わせしましょう。もう失敗は許されないわ」

◇　◇　◇

「……さ、お支度ができましたよ。うん、今日も最高に可愛らしゅうございますわ」

カナリアイエローと白を基調とした明るいデイドレスに身を包んだオリビア嬢を見て、私は満足した。若々しくてとても可愛い。ヘアスタイルも完璧だわ、我ながら。

「ふふ、ありがとうロゼッタ」

笑みを返してくれるオリビア嬢だけれど、その雰囲気はどことなく沈んでいる。

「大丈夫でございますか？」

「……ええ、平気よ。ごめんなさいね、いつもあなたに気を遣わせてしまって」

……やっぱりちょっと無理してる。

オリビア嬢が乗り気じゃない今日のお茶会は、あのクルエット伯爵家より招かれたものだ。

今日の茶会の参加については、ライリー様も渋い顔をしていた。

「気が進まないのなら断ればいいだろう」

そう言われたようだが、これまで何度も誘いを断り続けていたこともあり、面と向かって誘われた以上もう無下《むげ》にはできなかったようだ。気の優しいオリビア嬢らしい。

「できるだけ早めに戻りましょう、オリビアお嬢様。体調はいまだ波があり無理はできないと、いざとなれば私も口を挟ませていただきますので」

「ええ、ありがとうロゼッタ。……ねぇ、今さらだけど」

オリビア嬢は突然話題を変えた。

「あなたもうお兄様の婚約者なのに、いまだにこの屋敷で侍女をしているなんて、なんだか変よね。もう私のことも普通にオリビアと呼んでくれていいのに。私もロゼッタお義姉《ねえ》様と呼びたいわ」

「あら、それについては以前も申し上げましたわ。私はまだあくまでオリビアお嬢様付きの侍女でございます。両親からも、行儀見習いの勉強を兼ねて結婚まではしっかり勤め上げるようにと言われておりますもの。こう見えましても、空《あ》き時間にはライリー様の妻となるべく公爵領の仕事についても学んだりしておりますのよ。まだまだ勉強中の身の上、このままで構わないのです」

「……ふふ。あなたって本当に真面目ね。お兄様は果報者だわ」

私の返事にオリビア嬢はそう言って笑った。


（随分と大人数ね……）

クルエット伯爵家のタウンハウスに着き、今日の茶会の場である中庭に出た瞬間、私は驚いた。セッティングされたいくつかの長テーブルにはそれぞれずらりと社交界の貴婦人やご令嬢方が座っていた。

「ま、アクストン公爵令妹、お待ち申し上げておりましたわ」

「ごきげんよう、クルエット伯爵夫人。本日はお招きくださってありがとうございます」

「やっと我が家の茶会に来てくださいましたわね！　嬉しいわオリビア嬢」

クルエット伯爵夫人とエーベル嬢は満面の笑みでオリビア嬢を迎え入れた。集まっていた皆も口々にオリビア嬢に婚約を祝う言葉を述べている。

「ね、ロゼッタさん、あなたもアクストン公爵とご婚約なさったことだし、今日はせっかくですからあなたのお祝いも兼ねてということにしたいわ。さ、オリビア嬢のお隣へお座りになって」

突如クルエット伯爵夫人から私にそう声がかかる。私は夫人の圧に若干引きながらもきっぱりと遠慮した。

「せっかくのご厚意ですが……。私は本日オリビアお嬢様の侍女として付き添いで来ております。もてなしていただく立場にはございませんので……」

「やだぁ、ロゼッタさんったら。そんな堅苦しいこと言わないで。今日は気心の知れた淑女《しゅくじょ》たちだけの楽しい茶会なのよ？　いいじゃないの、お隣に座っている方がオリビア嬢の様子はよく見えるわよ。さ、ここへいらして」

横からすかさずエーベル嬢までそんなことを言い出す。そしてオリビア嬢が座った席の横の椅子を少し引くと、そこに私を促した。

（……やけに強引ね。なんのつもりかしら）

本当に私を祝福しようと……？　……ううん、まさか。私もそこまで馬鹿じゃないわ。二人とも少しも目が笑っていない。一体何を企んでいるのか知らないけれど、大方これだけのご婦人方の前で私を嘲笑しようとでもしているんでしょう。どうせ「恥ずかしい経歴のある子爵家の娘が身の程知らずにもアクストン公爵の婚約者の座に収まるなんて」みたいな内容のことを遠回しに言っては笑い者にするつもりなんだわ。

(……私ったら、少しやさぐれすぎかしら)

でも、これを好意として単純に受け取るわけにはいかない。この母娘《おやこ》の前では少しの隙も見せたくないわ。

「……せっかくですが。私はあくまで侍女でございます。本日は他家の侍女の方々同様こちらで控えさせていただきますわ。ご理解くださいませ」

そう答えると私は数歩下がり、近くの席に座っているご令嬢方の侍女たちが控えている辺りに体を落ち着けた。

「……ま、生真面目だこと。さすがにアクストン公爵家の侍女ともあろうお方は心がけが違いますわね、ふふ」

一瞬変な空気になったけれど、クルエット伯爵夫人は取り繕うように微笑《ほほえ》んでそう言った。エーベル嬢は不愉快を露《あら》わにした目で私を一瞥《いちべつ》するとツンと向こうを向き、何事もなかったように来賓《らいひん》たちと話しはじめた。だけど出席している面々もチラチラと私に視線を送りながら、戸惑っているのが伝わってくる。

(気にするのは止めよう。今日はオリビア嬢の侍女としてここに来たのだから。なんとなく、ここ

で気を緩めてはいけない気がするし）

「……あら？　オリビア嬢、大丈夫ですの？」

その時、ふいにエーベル嬢が言った。

「なんだかいつもより顔色が悪い気がするわ……。ね、あなた無理なさってないわよね？」

（……え？）

「あら、本当ね。そう言われてみれば……。ご気分は悪くありませんこと？　オリビア嬢」

クルエット伯爵夫人までそんなことを言うものだから、気になって私もオリビア嬢を注視したけれど、これといっておかしな様子はない。

「え？　ええ。今のところ私は別に……」

（顔色も別に悪くないと思うけれど……。お化粧が濃すぎたかしら……？）

そんなわけないわよね。丁寧に薄化粧を施してしっかり最終チェックもしたもの。私にはいつも通りの柔らかい表情のオリビア嬢にしか見えない。

でも夫人とエーベル嬢がわりと大きな声でそんなことを言ったものだから、近くに座っている方々も少し心配そうにオリビア嬢の方を見ている。

（私が夫人やエーベル嬢の誘いを頑《かたく》なに固辞して変な空気にしちゃったからかしら……。緊張させてしまっていたら申し訳ないわ……）

ただでさえあまり乗り気でなかったこの茶会への参加なのに。ごめんなさい、オリビア嬢……

チラリとこちらを見たオリビア嬢を安心させるように、私は微笑《ほほえ》んでみせた。

でくれていた。

茶会は和《なご》やかに進んだ。オリビア嬢の婚約に皆が口々にお祝いを言い、最近の体調の安定を喜んでくれていた。

「オリビア嬢は紅茶がお好きよね？　主人が先日隣国に視察に行った際にお土産《みやげ》で買ってきた果実風味の紅茶が絶品でしたのよ。……アクストン公爵令妹にあれをお出しして」

「はい、奥様」

クルエット伯爵夫人の指示で一人のメイドが新しいお茶をとりに行く。ふふん、果実風味の紅茶なら我がハーグローヴ子爵領で生産しているものも絶品なのよ。オリビア嬢も大好きなんだから。

様々な果実はハーグローヴ領の特産品の一つで、それらを使った食品や嗜好品《しこうひん》も豊富に取り揃えている。帰宅したら、「クルエット伯爵邸でいただいた紅茶も美味しかったけれど、あなたのところのものがやっぱり一番好きだわ」って言ってくれるかしら。

そんなことを考えながら、私は片時も目を離さずオリビア嬢を見守っていた。

そこに、クルエット伯爵夫人から新しい紅茶を持ってくるよう命じられていたメイドが、ススス……とトレイと共に戻ってきた。

「あ、来たわ。これよオリビア嬢。紅茶好きなあなたのお口に合うんじゃないかしらって、母と話していたの」

そう言うと近くの席に座っていたエーベル嬢がわざわざ立ち上がり、メイドに近づく。ああ……っ、ただでさえさっきからテーブルとテーブルの間の狭い空間を何人ものメイドたちが行ったり来たりしているというのに。大人しく座って任せていた方が……

私がそんなことを考えていた、まさにその時だった。

「きゃあっ！」

エーベル嬢の腕が紅茶を運んできたメイドに強くぶつかったらしい。ちょうどサーブされるところだったカップに注がれたばかりのその紅茶が、座っていたオリビア嬢にまともにかかってしまった。私は咄嗟《とっさ》に駆け寄る。

「大丈夫でございますか、オリビアお嬢様……っ。誰か、タオルと氷を」

「は、はいっ。すぐに」

「何事なの？　……あらっ！　まぁ、なんてこと……！」

「やだぁっ！　ごめんなさいオリビア嬢……っ！　うちのメイドがひどい粗相《そそう》を……！」

バタバタする私やメイドたちを見ながら、エーベル嬢が両手で口元を押さえそう言った。

（うちのメイドが、って言うよりも……、あなたが大人しく座っていれば、こんなことにはならなかったのですけどね……）

まったく。なんでこんなに大勢のメイドたちを配置しているのにわざわざご令嬢自ら立ち上がってしゃしゃり出たのかしら。それにしても、動きづらいわね……

客人が多いからか、さほど広くもない中庭には所狭しと長テーブルが並んでおり、空間が狭い。その上何人ものメイドが私とオリビア嬢の周りをオロオロと動き回っているものだから、もはやぎゅうぎゅう詰めだ。タオルを渡されたけど、ドレスを拭きづらい……

「……ここは私がやりますので。あとは氷をいただけますか？」

ついに私はそう言ってメイドたちを遠ざけた。

「オリビアお嬢様、熱くはございませんか？」

「え、ええ……、それは大丈夫……だけど……」

淹《い》れたての紅茶がかかってしまったことで心配したけれど、素肌まで染みてはいないみたい。私は幾分ホッとしながらも、メイドから受け取った氷をタオルに包んでオリビア嬢に持たせる。

「ま……！　本当にごめんなさい、オリビア嬢。ドレスはもちろん弁償させていただくわ」

「……構いません、クルエット伯爵夫人。どうぞ、お気になさらず……」

オリビア嬢は咄嗟《とっさ》にそう返事をしたけれど、美しいカナリアイエローと白のドレスは見るも無惨な赤茶色に染まってしまった。何度も新しいタオルに替えて懸命に拭いてみるけれど、色が落ちるわけでもない。皆心配して取り囲み、茶会はとんだ騒動となってしまった。

申し訳ございません、申し訳ございません、と、紅茶を運んでいたメイドが真っ青になって何度も頭を下げている。

「仕方のないことよ。そんなに気になさらないで」

優しいオリビア嬢は、今にも泣きそうなメイドに微笑《ほほえ》みかけてそう言った。

そうこうしているうちに零《こぼ》れた紅茶やカップなどが片付けられ、皆がそれぞれ自分の席に戻っていく。

「あ、ほら急いで。……はい、ロゼッタさん、これを入れて差し上げて。オリビア嬢のためにとっておいたのだもの。少しでも飲んでいただきたいわ」

メイドの一人が新しく紅茶のポットとカップをトレイに載せて運んできた。それをエーベル嬢がもたもたと受け取ると、私の方に差し出してくる。ええ、とポットとカップを受け取ると、私は身をかがめオリビア嬢に耳打ちした。

「これをいただいたら早めに退散いたしましょう」

「ええ、そうねロゼッタ」

オリビア嬢もすぐに同意してくれた。汚れたドレスのままで長居したくなどないだろう。でもせっかくオリビア嬢のためにと用意されたお茶ならば、形だけでも口をつけなければ。

私は渡されたポットからカップに紅茶を注ぐと、それをオリビア嬢の前に置いた。

「あちらにおりますので。頃合いを見てまたお声をかけさせていただきますわ」

「ええ。ありがとうロゼッタ」

視線を合わせ頷き合うと、私はオリビア嬢から離れ定位置に戻った。ああ、素敵なドレスが一枚ダメになってしまったわね……。

「さ、気を取り直して……、ロゼッタさんが淹《い》れてくださった紅茶を飲んでくださいな。本当にごめんなさいねオリビア嬢。不快な思いをさせてしまったわ」

クルエット伯爵夫人に促され、オリビア嬢はカップを手にして美しく微笑《ほほえ》んだ。

「本当に、お気になさらず」

そう言うと、オリビア嬢は丁寧な所作でカップを口元に運んだ。

その直後、だった。

「…………………っ!!　く……っ！」

（────え……）

突然オリビア嬢が両手で口元を押さえ、前かがみになった。かと思うとごふっ、と大きく咳き込み、ふらりと立ち上がる。

「っ!?　オッ……オリビアお嬢様っ!?」

その異様な動きに、私の頭に警報が鳴った。咄嗟《とっさ》に駆け寄りその体を支えるけれど、オリビア嬢の顔面は蒼白で、苦しくてたまらないという風に眉間《みけん》に皺《しわ》を寄せもがいている。

「きゃあぁぁぁっ!!　だっ！　誰か!!　すぐに医者を呼んでちょうだい！」

「な、何事なの!?　エーベル！」

「オリビア嬢が……オリビア嬢がおかしいのよ!!　ひどく苦しんでらっしゃるわ!!」

「なんですって!?」

エーベル嬢とクルエット伯爵夫人の取り乱した様子に、場は再び騒然とした。私は必死で頭を回転させ、今どう対処すべきかと考えた。

（オリビア嬢は茶菓子を召し上がってはいなかった……！　紅茶を飲んだだけ……。どうして？ただむせたわけではないわ。まさか……）

支える私の腕から逃れるようにしてのたうち回るオリビア嬢。私の全身に鳥肌が立った。

（────毒……!?）

思い至った瞬間、私はオリビア嬢を押さえつけ、口の中深くに自分の指を突っ込んだ。

「きゃあっ!!」

「誰か!! 手を貸してください! 彼女の体を支えて!! それと水を持ってきて!!」

その辺のメイドたちに叫ぶようにして指示を出しながら、医者が到着するまでの間私は自分にできる限りの処置を続けた——

◇ ◇ ◇

オリビア嬢が手当てを受けているクルエット伯爵邸の隣の部屋で、私はただ祈りながら待っていた。

(ライリー様のところには早馬が行ったはず。……ああ、お願い……どうか助かって……!!)

どうしてこんなことになったのか。

本当に毒だったのならば、一体なんの毒だったのか。

(紅茶が零《こぼ》れ、ドレスが汚れた……。場は騒がしくなり、メイドたちは慌ただしく行き来し……あの混乱の中で、誰かがオリビア嬢の新しい紅茶に、毒を仕込んだ……?)

一体誰がそんなことを……?

メイドの誰か……?

それとも……

その時、私が待機していた部屋のドアが開いた。私は反射的に立ち上がる。オリビア嬢は……オリビア嬢は無事なの⁉

ところが。

「……え……？」

中に入ってきたのは医者でもクルエット伯爵家の使用人でもなく、王国騎士団の隊服を着た騎士たちだった。

（な……、何？　どういうこと？　……あ）

その中には、ビアード子爵令息もいた。目が合うと、彼は悲しげな瞳で私を見つめる。

「……っ？　ビ……」

混乱する私に向かって、氷のような冷たい目をした先頭の騎士が言った。

「ロゼッタ・ハーグローヴ子爵令嬢。オリビア・アクストン公爵令妹に対する毒殺未遂の容疑で身柄を拘束する」

◇◇◇

薄暗く殺風景な部屋の中、私はただ呆然と冷たい床を見つめていた。必死で訴え続けた願いは届かず、喉がヒリヒリと痛い。気力を使い果たした体は鉛のようで、手足に力が入らない。

『待ってください‼　どういうことですか⁉　私は何もしていません‼　ただオリビア嬢に応急処

置を施していただけです！　この手を離して……！　どうか……どうかライリー様が来られるまで待ってください……!!』

両腕を掴まれ屋敷から強引に連行されていく私を、クルエット伯爵夫人が冷たい眼差しで見ていた。

『恐ろしい人だわ。仮にも婚約者であらせられるアクストン公の妹君を手にかけようだなんて……』

『……っ!?』

（な……っ、なんですって……？）

その隣に立っていたエーベル嬢はにやりと笑った口元を指先で押さえ、私を見ながら楽しげに言った。

『所詮《しょせん》二度も婚約破棄された子爵家の人ですもの。やはりこういう本性を隠し持っていたんだわ。それなのに、この人の真の姿に気付かない殿方たちは次々と籠絡《ろうらく》されていっちゃうんだから。ね、チェイス様もこれでやっと目が覚めたのではなくて？　まさかご自分の手で連行することになるなんてねぇ。うふふふ……。ああ、それにしてもおかわいそうなオリビア嬢。……ではさよなら、ロゼッタさん』

『な……っ、何を、何を言うの!?　違うわ！　私は何もしていない……！　お願い、私の話を聞いてください……っ!!』

『ハーグローヴ子爵令嬢、どうか静かに。このまま我々に従ってください』

『……っ！』

私の右腕を、左側の騎士に比べれば随分優しい力で掴んでいたビアード子爵令息が私にそう言った。反射的に彼の方を見上げると、ビアード子爵令息は少しかがみ込み、私に顔を近づけごく小さな声で囁《ささや》いた。

『……大丈夫。あなたが無実であることを、僕は信じています。きっとすぐに容疑は晴れてあなたは解放される。だけど……今はどうか、騒がずにこのまま大人しく従ってください。その方があなたにとって分《ぶ》が悪くないはずだから』

『……わ、私は……っ』

『……きっと大丈夫です』

ビアード子爵令息は私を落ち着かせようとしたのだろう、小さく頷くとパチン、と片目をつぶってみせた。

そのまま私は役人たちからの取り調べを受けることとなった。事の経緯を覚えている限り丁寧に説明し、自分の無実を訴えたけれど、私が解放されることはなかった。

『そなたの着用していた衣服の内ポケットから、薬包の紙が出てきた』

『……そのようなものを持っていた覚えはありません。私のものではないはずです』

『その紙に付着していた粉の成分を調べさせたところ、ハギオドシが検出された。人体に入れば最悪絶命の可能性もある猛毒だ』

『わ、私は何も知りません！　お願いですから、きちんと調査をしてください！　これは何かの陰謀ですわ！』

『無論、今回の事件はしっかりと全貌を調査する必要がある。何しろ王家の血縁であるアクストン公爵家の方が命の危機に晒されたのだ。企んだ者がいるとすれば、王家に連なる者へ危害を加えた罪で処刑される可能性もある』

『…………っ』

『あなたがいかにアクストン公爵閣下の婚約者とはいえ、容疑者の一人であることに変わりはない。事件が解決するまでは勾留《こうりゅう》させていただく。大人しく沙汰《さた》を待たれよ』

唯一教えてもらえたのは、オリビア嬢が一命を取り留めたということだけ。それを聞いた時、自然と涙が零《こぼ》れた。よかった……オリビア嬢……。生きていて本当によかった……

（だけど……、私の立場は最悪ね）

まるでこうなることが最初から決まっていたかのように、自分では何も理解できないうちにあれよあれよとここまで連れてこられてしまった。オリビア嬢に一目会うことも、ライリー様に会わせてもらえることもないままに。

（ライリー様……）

今頃何をなさっているだろう。

もうオリビア嬢の身に起こったことを全てご存知なのだろうか。

……私は、ライリー様に信じてもらえるかしら……

（……きっと分かってくださるはず。あの方だけは……。他の誰が信じてくれなくても、ライリー様だけは、きっと私のことを信じてくれる）

冷たい床に崩れ落ちたまま、私は何度も自分にそう言い聞かせた。そうしていないと恐怖と不安に押し潰されてしまいそうだったから――

そうして誰にも会わせてもらえず、最低限の水と食事だけを与えられ、ただ勾留《こうりゅう》されたまま半月ほどが経った頃。

食事が運ばれてくる時間でもないのに、ふいに部屋の扉が開いた。

そして――

「……ロゼッタ！」

「っ‼　ラ……ライリー様……っ！」

飛び込んでくるやいなや私を強く抱きしめたのは、他ならぬ愛しい人。懐かしい匂いに、私の瞳からは途端に涙が零《こぼ》れ落ちた。

「遅くなった……。心細かっただろう。もう大丈夫だ、ロゼッタ」

「ふ……、ラ、ライリー様……っ！」

「ああ……私のロゼッタ……！　可哀相に、辛い思いを……」

低く掠《かす》れた声が私の耳元で優しく響き、安心した私は体中の力が抜け、そのままこの身を彼に預けたのだった。

◇　◇　◇

執務室で仕事をしていた私の元に突如飛び込んできたのは、オリビアの身に起こった恐ろしい出来事だった。

私は馬車に飛び乗り、クルエット伯爵邸を目指した。

（一体なぜ……⁉　何が起こっている？）

使者の話で分かったのは、オリビアが茶会で出された紅茶を飲んだ途端苦しみ出し、早急に医者を呼んだということまで。そこから先のことは分からなかった。

心臓が早鐘を打つ。一刻も早くオリビアの元に辿り着きたくて、気が急《せ》くばかりだった。

「アクストン公爵閣下……！」

ようやく到着した先では、あのクルエット伯爵令嬢が真っ先に私を出迎えた。

「オリビアは……⁉　どこにいるんだ！　無事なのか⁉」

「……今、上の客間に。まだ意識は戻りませんわ。ま、まさかこんなことが……うぅっ……！　アクストン公爵閣下、私……」

伯爵令嬢はまだ何か喋っていたが、私はそれを無視して近くにいた使用人に告げた。

「部屋に案内してくれ。すぐに！」

通された部屋では、オリビアが静かに眠っていた。その顔は真っ青で、まるで生気が感じられない。身の毛がよだつほどの不安が押し寄せる。しかしその場にいた医師は言った。

「ご心配なさいますな。容態は安定しました。命に別状はございません」

その言葉を聞いた途端、安堵からくらりと目まいがし、私は無様にもその場にへたり込みそうになった。

「……ロゼッタは？　彼女はどこにいる？」

部屋を見回すと、そこにはクルエット伯爵家のメイドや侍女と思われる者たちの他に、クルエット伯爵夫人しかいなかった。なぜだ？　きっと彼女も不安な思いをしているだろう。別室にいるのだろうか。

「アクストン公……」

クルエット伯爵夫人が私の前に進み出る。

そして、信じがたいことを言った。

「ロゼッタ・ハーグローヴ子爵令嬢は、騎士団によって連行されましたわ。……おそらく、彼女がオリビア嬢に毒を盛ったのです」

「何……？」

毒？

この女は、一体何を言っているのだ？

「どうぞこちらへ、アクストン公。本日の茶会の席で起こったことの全てをお話しいたしますわ」

そう言うとクルエット伯爵夫人は私を別室に誘《いざな》った。

応接間には私とクルエット伯爵夫人の他に、娘のエーベル嬢もいた。

「申し訳ございません、主人は留守にしておりまして……。領地の視察に行っておりますものですから、今日中にこちらへ戻ってくることはできませんの」

「そんなことはいい。それよりも、先ほどの話を聞きたい。一体あなたは何を言っているのだ」

クルエット伯爵夫人は一呼吸置くと静かに話しはじめた。その隣では娘がハンカチを握りしめ、クスンクスンと鼻を鳴らして泣いている。

「そもそも、本日こちらへ見えた時から、私も娘もオリビア嬢のご様子がいつもと違うことに気付いておりました。なんだか顔色が悪いように見え、大丈夫かとお尋ねしたところ、ご本人は大丈夫だと。ただやはり心配でしたので、侍女で日ごろから彼女のおそばにいるはずのハーグローヴ子爵令嬢の方を窺うと、彼女は全く興味もなさそうに明後日《あさって》の方を向いていましたわ。ハーグローヴ子爵令嬢はそのことに少しも気付いていなかったのです」

私は黙って話の続きを聞いた。

「私は茶会の最中もずっとオリビア嬢を気にかけておりました。最近まで体調が優れず臥《ふ》せっておられた方ですもの。それなのに、ハーグローヴ子爵令嬢はオリビア嬢のことを全く見ていない。退屈そうな、不貞腐《ふてくさ》れたような顔で遠くを見てボーッとしてらっしゃったわ。……こちらの方が不安になり、何か異変があればすぐに対応しなければと気を張っておりました。その後和《なご》やかに茶会が進む中、私は主人の異国土産《みやげ》の紅茶を淹《い》れるようメイドに指示したのです。娘の親友であるオリビア嬢に希少なお茶を振る舞いたいと。……ところが、その紅茶を運んできたうちのメイドが、あろうことか彼女のドレスに紅茶を零《こぼ》してしまったのです」

クルエット伯爵夫人ははぁ、と溜め息をつき、眉間《みけん》に皺《しわ》を寄せた。

「私と娘は慌ててオリビア嬢のそばに行ってドレスを拭き、謝罪をしました。……その場を片付けていると、メイドが入れ直した紅茶を運んできたのです。するとなぜだかハーグローヴ子爵令嬢がそちらに歩み寄り、メイドから紅茶のポットとカップが載ったトレイを横取りするようにとったのです。それが少し気にかかったのですが……。うちのメイドが粗相《そそう》をしてしまったばかりですから、同じことを繰り返すかもしれないという危機感からの行動だと思っていたのです」

クルエット伯爵夫人がチラリと娘に視線を送ると、娘の方もハンカチを握りしめたままコクコクと頷く。

「私と娘がオリビア嬢のお世話を続けていると、しばらくしてから近くに来たハーグローヴ子爵令嬢が娘に向かって、『そこをどいてよ』とぞんざいに命じました。うちの娘にこんな口のきき方をするのかと、正直驚きましたわ。でも娘は慣れているようで……慌ててハーグローヴ子爵令嬢のために場所を空《あ》けておりました。……ね？」

再びコクコクと頷くクルエット伯爵令嬢。

「そして私たちに席に戻るよう促すと、ハーグローヴ子爵令嬢は自らオリビア嬢に紅茶をサーブしはじめたのです。……少し、違和感を覚えましたわ。さっきまで全くオリビア嬢に興味もなさそうにしていたのに、突然どうしたのだろうと……それから、すぐのことでした。ハーグローヴ子爵令嬢の入れたその紅茶を一口飲んだ途端、オリビア嬢が苦しみはじめたのです」

うぅ……っ、と嗚咽《おえつ》しながら、クルエット伯爵令嬢が顔を覆った。肩を震わせてしゃくり上げる。

「場は騒然となりました。エーベルの行動は早かったです。すぐさまオリビア嬢の元へ駆け寄ると、体を支えながらその喉元に指を突っ込み吐き出させようとしました。苦しんで暴れるオリビア嬢のお体をうちのメイドたちで押さえ、エーベルが必死で応急処置を……。ですが、ふと気付いた私が顔を上げると、……ハーグローヴ子爵令嬢は離れたところから氷のように冷え切った目でただその様子を眺めているだけでした……」

私は、黙っていた。

クルエット伯爵令嬢はすすり泣きつつ、震える声で口を挟む。

「わ、私は……ただ必死でした。紅茶を口にした途端に苦しむオリビア嬢を見て、考えるより先に、体が動いたのです。よかった……本当に……。大切な親友が、命を失うことにならずに済んで、本当に、よかった……！」

「まぁ……エーベル……」

娘の肩を抱きしめ擦りながら、クルエット伯爵夫人は言った。

「どうしても不信感が拭《ぬぐ》えず、医師が到着してオリビア嬢の手当てをしている間中考えておりました。その後医師から、オリビア嬢の症状は毒薬を口にしたものと見て間違いないと聞き、失礼ながら、私が通報したのです。彼女を……ロゼッタ・ハーグローヴ子爵令嬢を取り調べてほしいと」

クルエット伯爵令嬢は涙に濡れた青い瞳で私を見つめて言った。

「アクストン公爵閣下……！　どうぞ、母と私を信じてください……！　ロゼッタさんは、閣下の前にいる時と私といる時ではまるで別人なのです。あの人は、昔から恐ろしく気性の荒いところがありましたわ……。きっと、閣下から大切に愛されているオリビア嬢のことを、う、疎《うと》ましく思い……こんな、こんな恐ろしいことを……！」

「……まだそうと決まったわけではない。ロゼッタを侮辱《ぶじょく》することは許さぬ」

見ていられない茶番劇にうんざりし、私はようやく口を挟んだ。ロゼッタがオリビアに毒を盛るなど、絶対にあり得ない。こいつらはあの二人の絆を知らないのだ。

盛られたとすれば、それは別の人間に、だ。

その後しばらくして、オリビアの体内や吐瀉物《としゃぶつ》からハギオドシという猛毒が検出されたこと、そしてロゼッタの着用していた衣服のポケットから、それと同じ成分の付着した薬包の包み紙が出てきたことが分かった。

私は護衛らと共にオリビアをアクストン邸に連れ帰った。

同時にロゼッタを一旦解放するよう何度もかけ合ったが、聞き入れられることはなかった。

それから数日間、オリビアは目を覚まさなかった。あの母娘《おやこ》の話に全く信憑性《しんぴょうせい》などないことは分かっていた。だがロゼッタを解放するだけの証拠がない。

茶会には多くの貴婦人や令嬢たちが参加していた。その者たちに当時の状況を聞いて回ったのだが、皆それぞれ証言する内容に相違があった。「よくは見えなかったけれど、エーベル嬢がアクストン公爵令妹を介抱していたように思う」「紅茶を出したのはメイドだった」「いやハーグローヴ子爵令嬢だった」「混雑していたので、アクストン公爵令妹が倒れた瞬間は見ていない」など、大して広くもない空間に大勢が集まっていたためか、その場の混乱ぶりが窺えるほどそれぞれの証言に食い違いがあった。

オリビアの口から当時の状況を聞くことができればそれが一番手っ取り早い。しかしオリビアはいまだ目覚めることはなく、またもし目を覚ましたとしても会話ができる状態であるかは分からないのだ。

医者の説明によれば、何かしらの後遺症が残る可能性は大いにあると……。それほど強い毒薬を飲まされたということだ。

「……く……っ」

今すぐにロゼッタを助け出してやることができないのが辛い。突然我が身に降りかかってきたこの過酷な状況に、どれほど心細い思いをしているだろうか。

目覚めないオリビア、そして救い出してやることができないロゼッタのことが心配でたまらず、数日間は生きた心地もしなかった。

——ところが、神は我々を見放してはいなかったのだ。

事件から一週間が過ぎた頃、ようやくオリビアの意識が戻った。もちろんしばらくは朦朧《もうろう》とし、口を利くことも自分の置かれた状況を理解することもできないでいたが、それからさらに数日が経った頃には、彼女は明確に当時の状況を思い出し、私に語るまでに回復したのだった。

私はオリビアの枕元に座り、クルエット伯爵夫人から聞いた状況を全て話し終えると、祈る思いで彼女の言葉を待った。

「……どうだ？　オリビア。夫人の証言に、どこか間違っているところがあるか？」

オリビアは青白い顔をしたまま、か細く消え入りそうな、しかしきっぱりとした口調でこう答えた。

「え……？　何もかも違うわ、お兄様……。私、ちゃんと覚えてる。私が苦しくなった時、そばに駆け寄ってきてくれたのはロゼッタよ。突然体を押さえられて、喉に指を……、苦しくてたまらなかったけど、……ロゼッタが私を助けてくれたのね。それに、メイドがお茶を零《こぼ》したんじゃない。エーベル嬢が立ち上がって、私とメイドの間に割って入るように近づいてきたの。その時に、エーベル嬢の腕か肘が、メイドにぶつかってた。そのはずみで零《こぼ》れたのよ……。あと、たしかに紅茶はロゼッタが入れてくれたけど、それはエーベル嬢がそうするように彼女に言って渡したからよ。ポットとカップの載った、トレイを……。ロゼッタさん、これを入れて差し上げて、って……。私、はっきり覚えてる……」

ゆっくりと、途切れ途切れではあったけれど、オリビアはしっかりと光の宿る目をしてそう言い切った。私は息をするのも忘れるほどに、夢中で彼女の話に聞き入っていた。そしてオリビアが最後まで語り終えた時、ようやく深く息をついた。

「オリビア……、よく目覚めてくれた」

◇　◇　◇

「話が違うじゃないのお母様!!　医者は猛毒だって……!!　もしかしたら、オリビア嬢が死んでたかもしれないのよ!?　そんなことになっていたら……、下手したら私が殺人犯じゃないの!!」

アクストン公爵がこちらに到着し、私からの事情説明を聞き終え、妹君を公爵邸に連れ帰った後。

二人きりになった部屋の中で、エーベルは血眼になって私に猛抗議してきた。

「ただ嘔吐《おうと》や目まいを誘発するだけの薬だって言ってたじゃないの……！　オリビア嬢がもがき苦しみ出した時、私がどれほど怖かったか！　もしも彼女が死んでて、それを上手くロゼッタ・ハーグローヴのせいにできなかったら……わ、私はもうアクストン公爵夫人になるどころじゃないわ。処刑されるところだったのよ!!」

「……落ち着きなさいエーベル。結果としてアクストン公爵令妹は助かった。もうそのことはいいのよ。問題はこれからだわ」

「な……っ！」

私だって、まさかあんな猛毒だなんて思わなかった。

説明されたものとは全然効力の違う薬……しかも危うく王家に連なる高貴な人を殺《あや》める殺人犯にされるところだったことは、とても許しがたいけれど。

だけどもう済んだことはどうでもいい。あんな下賤《げせん》な連中、二度と関わり合いにならない方がいいのだから。それどころじゃないわ。

食ってかかってくる娘を適当にあしらい、私はこれからのことを考えた。

「現場を混雑させて、あの娘の衣服のポケットに証拠となる薬包の包み紙を入れるところまで成功したじゃないの。大人数招いておいて正解だったわね。出席者たちから話を聞き出したところで、皆証言はバラバラ。このままいけば薬包の包み紙を所持していたロゼッタ・ハーグローヴが犯人ということにされるでしょう」

「ほ……、本当にそんなに上手くいくの⁉　万が一オリビア嬢が意識を取り戻して当時の状況を証言したら……っ」

「だから、落ち着きなさいと言っているでしょう。ひ弱なあの体で猛毒を摂取して生死の境まで彷徨《さまよ》ったのよ。医者も言っていたじゃないの。一命は取り留めたけれど意識が戻るかは分からないし、戻ったとしてもなんらかの後遺症は残る可能性が大いにあると」

「残らなかったら⁉　もし普通に目覚めて、何もかも覚えていて、お母様の証言が嘘だとバレたら……⁉　私はどうなるのよ‼」

「万が一にもそんなことになれば、その時はオリビア嬢が錯乱しているのだと主張すればいいのよ。考えてもみなさいよ、向こうはまともな状態じゃないんだから。妄言は全て猛毒の後遺症よ」

エーベルはまだ何か言いたげな顔で私を見つめてくる。私はその両頬を手で挟むと、顔を近づけて静かに言った。

「大丈夫だから、あなたはほら、アクストン公爵に愛のこもったお手紙をしたためなさい。オリビア嬢の容態を気遣う文章に、公爵のお気持ちを労《いたわ》る言葉を添えて。控えめに、慈愛に満ちた上品な言葉でね。こんな時だからこそ、アクストン公爵夫人に相応《ふさわ》しいのはあなただということをアピールするチャンスなのよ。淑女《しゅくじょ》らしい気遣いを見せて、弱っている公爵の心に入り込んで」

「……お母様は、私がアクストン公爵令妹を殺《あや》めることになっても構わなかったの……？　私が、犯罪者になっても……、……最悪処刑されたとしても、なんとも思わなかったの⁉」

何を言ってるのかしら、この子。

間近で私を見つめるエーベルの潤んだ瞳には、私への非難が色濃く見えた。苛立って溜め息が漏れる。私はエーベルの頬から手を離すと腕を組んだ。

「……しつこいわね、あなた。結果としてそうはならなかった。そして今はそれどころじゃないのよ。分からないの？　今が正念場なのよ、エーベル。事が何もかも上手く運べば、全ては報われた過去となるの。あなたがアクストン公爵の妻になれば、あなたが夢中になったあのなんとかというとるに足らない子爵令息だって、ロゼッタ・ハーグローヴだって見返せる。そして……、ジェームズとあの女も……」

「おかあさま……」

エーベルが一歩後ずさった。その瞳にはみるみる涙が溢《あふ》れ、滑《なめ》らかな頬を伝い落ちていく。

「……結局、お母様はそれだけなのね……。自分の復讐を果たすことさえできれば、私なんかどうなってもいいと思っているのよね」

「……いつまでも何を言ってるのよ、あなた。そもそもはあなたが言い出したことでしょう？　他の高位貴族の子息じゃ嫌だって。絶対にアクストン公爵の妻になるんだって。私はあなたのその悲願を果たすために協力しただけよ、エーベル。子どもみたいにくだらないことでいじけないでちょうだい。面倒くさいわ」

エーベルは突然頬をぶたれでもしたかのような顔をすると、ボロボロと涙を零《こぼ》しながら私を睨みつけ、そのまま乱暴にドアを開けて部屋を出ていった。

それからおよそ二週間ほど経った頃のことだった。

静かな午後、部屋で刺繍をしながら物思いに耽《ふけ》っていた私の耳に、突如騒がしい物音が聞こえてきた。

（……？　……一体何事かしら……）

刺繍の手を止め、聞き耳を立てる。

階下では何やら数人の話し声……、徐々に大きくなるその声の中には、男性の声も聞き取れた。やがて大きな足音が、私の部屋に近づいてきた。

妙な不安を覚えた私は、刺繍していた布をテーブルの上に置いて、無意識に立ち上がった。

バァン！　という無遠慮な音と共に、部屋のドアが乱暴に開けられた。驚いて息が止まる。そこには数人の騎士と役人たちが立っていた。

「な……っ、何事ですの!?」

「シンディ・クルエット伯爵夫人だな。先日のアクストン公爵令妹の事件について話を聞かせてもらう……連行しろ」

「っ!!　ち……、ちょっと……！」

頭が真っ白になった私の両腕を、ドスドスと近寄ってきた騎士たちが乱暴に掴み上げた。恐怖で心臓が凍りついたような心地がし、手足が冷たくなる。全身からドッと汗が噴き出した。されるがままに部屋から連れ出されると、そこには私と同じように両側から騎士に挟まれた格好のエーベルがいて、真っ青な顔でこちらを見ていた。

◇　◇　◇

「……ふ……、うぅ……っ！」

母の部屋を飛び出して自室に戻った私は、ベッドに倒れ込むやいなや声を押し殺して泣いた。昼間の茶会での恐怖が頭をよぎる。

ロゼッタ・ハーグローヴが出した紅茶を飲んだオリビア嬢が嘔吐《おうと》すれば、私は皆の前で彼女を責めるつもりだった。あなた専属侍女でしょう？　どうしてオリビア嬢の体調がおかしいことに気付かなかったの？

そしてこの茶会での出来事は大勢の見物客によって瞬《またた》く間に社交界に広まるはずだった。

アクストン公爵も妹君に恥をかかせたハーグローヴ子爵令嬢に愛想を尽かすだろう。そこに私がスッと入り込んでお慰《なぐさ》めして、気の利くところをアピールして……

そんな計画だったのだ。それなのに。

薬の入った紅茶を飲んだオリビア嬢は、尋常ではないほどに苦しみはじめた。顔は土気色になり、喉を掻きむしり、息もできない様子でのたうち回り……

（うそ……、嘘でしょう……⁉　まさか、こ、このまま死んでしまうの……⁉）

そう思った私は恐怖で頭がおかしくなりそうだった。

どうしよう、死んだらどうしよう……！　もしも何もかもバレて、私がアクストン公爵令妹を殺した殺人犯なんてことになったら……！

だけど応急処置の早さもあり、結局オリビア嬢は一命を取り留めた。

アクストン公爵が屋敷に到着してから、状況を都合よく説明していく母の隣で私は必死にアピールした。どれだけ心配したか、オリビア嬢が助かってどれほど安心したか。

母は全ての責任をハーグローヴ子爵令嬢になすりつけた。だけどやっぱりアクストン公爵の私たちを見る目は冷たい。

（本当にここから事が上手く運ぶの……？）

堪《こら》えようのない不安と母に対する不信感が、徐々に私の中で膨れ上がっていった。

毎日毎日、独りで怯えていた。

そしてある日、乱暴に開けられた部屋のドア。先頭にいるのは、かつて嵐のような激しい恋に落ちた、あの人。その後ろには無表情の恐ろしい男たち。私の腕を強く掴み、無理矢理立ち上がらせるチェイス様。恐怖のあまり抵抗する力も湧かなかった。

「チ……チェイス、さま。待って……た、助けて……」

「エーベル・クルエット伯爵令嬢。騒ぎ立てず、大人しく我々の指示に従え」

私と同じように部屋から引きずり出されてくる母の顔も真っ白だった。大量の冷や汗で、前髪はべっとりと額に張り付いていた。

「お……おかあ、さま……」

互いに腕を拘束された状態で、私が呼びかけてみても、母は私に何も声をかけなかった。

こうなった時の指示は貰っていない。

どうすればいいのかは、聞いていないわ。

役人たちの態度は一貫していた。連行された先で、私はかなり高圧的な取り調べを受けた。

「アクストン公爵令妹は意識を取り戻し、事件当時の状況を全てお話しなさった。そなたの知りうることの全てを話せ。隠し立てするならば、このまま拷問室に送ることとなる」

「……っ!!」

この瞬間、私は全てを諦めた。自分の人生も、夢も。

そして失意の中で、自分がロゼッタ・ハーグローヴに完敗したことを認めざるを得なかった。鈍い痛みがじわじわと胸に広がっていく。

それでも、恐ろしい拷問だけは避けたかった。

「……何もかも、お話しします。まず、アクストン公爵令妹が毒薬を口にされた件ですが、私は誓って彼女に殺意など持ってはおりませんでした。全ては母の指示です。私はあの薬を、目まいや吐き気を誘発する薬だと聞かされており、それを紅茶に混ぜました。ロゼッタ・ハーグローヴ子爵令嬢の手からアクストン公爵令妹にその紅茶を振る舞わせるようにと、母から言われていたんです
――」

第五章　幸せの鐘の音

ライリー様に救い出された私は、彼に抱きかかえられて馬車に運ばれ、そのままアクストン公爵邸に連れ帰られた。馬車の中でもずっとライリー様の膝の上に抱かれたままだった。

公爵邸の使用人の方々の手を借りながら湯浴みをし、胃に優しそうな軽い食事を終えると、またライリー様に横抱きにされベッドまで運ばれた。

ただ、侍女の私の私室ではなく、ライリー様の寝室の、だけど。

「ゆっくりお休み、ロゼッタ。もう大丈夫だ。私がずっとそばについているから」

「オリビアお嬢様は……」

「彼女も今眠っている。まだ満足に食事もとれないでいるからな。互いに体力が回復したらゆっくり対面するといい」

「はい。分かりました……」

枕元に跪《ひざまず》くようにして私の顔を覗き込んでいたライリー様は、私の片手をとり口づけを落としながら、私の髪を優しくゆっくりと撫でてくれる。穏やかな瞳と柔らかなそれらの感触に、すぐに瞼が重くなってきた。

愛する人に見守られて眠りに落ちる直前、彼の少し掠《かす》れた静かな声が聞こえた。

「ロゼッタ……、オリビアの命を救ってくれてありがとう……」

ライリー様が呼び寄せてくれた両親との再会も果たし、その後数日間安静に過ごした私は、ようやくオリビア嬢に会うこととなった。

「オ……、オリビアおじょうさまっ……！」

「……ロゼッタ……」

いまだベッドに横になり青白い顔をしているオリビア嬢は、最後に会ったあの日から随分と痩せてしまっていた。けれど、自分に駆け寄ってくる私の姿を見るその瞳はキラキラと輝いていて、安心した私の瞳からは涙が溢《あふ》れた。

ゆっくりと差し出されたその手を、両手でしっかり握りしめながら、私は心から神に感謝した。

「よかった……よかった、生きていてくださって！」

「……あなたのおかげよ、ロゼッタ。ありがとう、私を、助けてくれて……」

「オリビアお嬢様……っ」

苦しむオリビア嬢を必死で介抱しながら、この人を失うかもしれないという思いが頭をよぎった時、自分にとって彼女がどれほど大きな存在なのかを思い知った。オリビア嬢はもう私にとって、本当の妹のようにかけがえのない大切な人なのだ。

「脳にも身体にも、後遺症が残る心配は今のところなさそうだ。あとは体力の回復を待って少しずつ歩行などのリハビリをはじめていけばいい。そう医者が言っていた」

「そうなのですね。本当に、よかった……」

私たちを後ろで見守っていたライリー様のその言葉にホッとして、体中の力が抜けそうになる。

オリビア嬢の細い手の温《ぬく》もりを感じながら久しぶりの会話を楽しんでいると、ふいにライリー様が言った。

「拷問にかけられたクルエット伯爵夫人だが、何もかも白状したらしい」

「……えっ」

思わず振り返ると、ライリー様は淡々と言葉を続ける。

「目的はやはり、私とロゼッタの婚約を破談にし、娘のエーベルを私の婚約者にねじ込むことだったそうだ。ロゼッタがオリビアの体調不良を見抜けず茶会で大恥をかかせたことにすれば、私のロゼッタへの気持ちが冷めていくだろうと考えたようだ。ただ、紅茶に混入した毒物がこれほどの劇薬であることは本当に知らなかったと言い張っていたらしい」

静かに語られる真相は、あまりにも許しがたいものだった。私を排除したいがために、大切なオリビア嬢に薬物を飲ませるだなんて……！　怒りで体が震える。力が入ってしまいそうだったので、私はオリビア嬢の手をそっと離した。

「それで、クルエット伯爵夫人は……」

「昨日処刑された」

処刑……

あまりに唐突な言葉に驚き、上手く頭に入ってこなかった。オリビア嬢も小さく息を呑む。

「最後は渡された毒杯を静かに飲んだそうだ。我々に心から詫びると、そう言い残したらしい。……ロゼッタ、お前にも謝罪の言葉があったようだ」

そう言われても……

嬉しくもなければ、許す気にもなれない。

執念《しゅうねん》深くて本当に恐ろしい人だった、けれど……、そうか。

もうあの人は、この世にはいないのか……

その時、私はハッと気付いて言った。

「ラッ、ライリー様、エーベル嬢は……？」

「彼女は母親の証言により、極刑は免《まぬが》れた。だが、エーベルを含むクルエット伯爵家の一族は全員、国外追放との王命が下った」

「……そうなのですね」

エーベル嬢が、この国を出る。

もうきっと、二度と会うことはないのだろう。

母親を失い、自身にも、そして家族にも大きな罰が下された彼女の心境が今、どんなものであるかは分からない。

彼女は彼女で示された道を必死に進んでいくしかないのだろう。報いは受けてもらわねばならない。

（……さようなら、エーベル・クルエット伯爵令嬢）

◇　◇　◇

「……うん、その調子ですわ！　オリビアお嬢様。あと少し、頑張ってくださいませ」

万が一体勢を崩してしまった時はすぐに支えられるようにと、私を含めた数人の侍女たちがオリビア嬢の左右にピタリと張り付いている。私の言葉にコクコクと頷きながら、オリビア嬢は真剣な表情で一歩ずつ着実に前へと進んでいく。

オリビア嬢はリハビリを開始するまでに回復した。ゆっくりとではあるけれど食欲も戻り、痩せ細ってしまった体もだんだんとふっくらし、以前の元気を取り戻しつつあった。

婚約者のカートライト侯爵令息は毎日のように顔を出し、オリビア嬢を見舞ってくださっていた。婚約が決まった当初はまだぎこちなく気恥ずかしげな様子を見せていたオリビア嬢も、今回の件をきっかけにカートライト侯爵令息への信頼や愛情が一気に深まったようだ。今では二人はすっかり打ち解け合った長年の恋人同士みたいに見える。それも見ているこちらが恥ずかしくなってしまうほどのラブラブぶりだ。

そんな妹君の回復を、ライリー様も心から喜んでいる。

毎日夜寝る前にお部屋にご挨拶に行くと、ライリー様は必ず私に言うのだ。

「君には感謝してもしきれない、ロゼッタ。私に愛を教え、妹の命まで救い……、君は私の女神だ」

彼は私を隣に座らせ、愛おしげに見つめながら髪を撫でる。

「……もう何度も聞きましたわ、ライリー様。照れてしまうので止めてくださいませ」

「ふ、そんな顔をしている君も可愛くて仕方がない。このまま抱きかかえてベッドに連れていきたくなる」

「まっ！　またそのようなことを……っ。……今夜はもうそろそろ部屋に戻りますわ」

そう言って私が立ち上がると、ライリー様はそっと私の手首を握る。

「……もういいんじゃないか。せめて私の隣の部屋で寝起きしても。誰も咎《とが》める者などいない」

「ダ、ダメですっ。今の私はまだ、あくまで侍女の一人でございますから。そういうところはきちんと線引きしておかないと！」

「線引きか……。君は本当に真面目だな」

ライリー様は名残惜しそうに私の手のひらにキスをする。

「おやすみ、ロゼッタ。……愛しているよ」


「……はぁっ……。やったわ、ロゼッタ！　みんな！　ここまで歩けたわ！」

「素晴らしいですわオリビアお嬢様！　よく頑張られました」

私をはじめ見守っていた侍女たちも、皆目を輝かせてパチパチと拍手を送る。ひどい後遺症が残る心配はないと聞いてはいたけれど、弱ったオリビア嬢の姿に大きなショックを受けたし、本当に大丈夫なのだろうかと不安だった。でもその心配は杞憂《きゆう》に終わった。思わずまた涙ぐんでしまう。

「リビー、来たよ」

「っ！　グレイ様っ……！」

盛り上がっていたこの部屋の中に、オリビア嬢の愛しの殿方がにこやかに姿を見せた。私たち侍女は丁寧に礼をして迎える。

「ふふ、今日も頑張っているようだね」

「ええ、見て！　グレイ様。あそこからここまでちゃんと歩けましたのよ！」

「そうか。すごいな。じゃあ、ほら、僕のところまでおいで」

そう言うとカートライト侯爵令息はオリビア嬢に向かって両手を広げてみせる。

「まぁっ。たった数歩ですもの。簡単だわ。…………ほら。……きゃっ！」

「はは、捕まえたよ」

「も、もう……っ。グレイ様ったら……」

カートライト侯爵令息のところまで歩いたオリビア嬢の両手をとると、彼はふわりとオリビア嬢を抱きしめた。ちなみに二人はいつの間にかリビー、グレイ様と愛称で呼び合っている。カートライト侯爵令息のお名前はグレイソン様だ。

「……今日も綺麗だ。君のその明るい笑顔が見られるだけで僕は満たされるよ、リビー。ずっと見ていたい」

「グレイ様……」

至近距離で見つめ合うお二人。途端に甘ぁい空気が流れる。その視界の中には完全に互いの姿しか映っていない。今私が急にくるくると踊りはじめてもきっと見向きもしないだろう。

「お邪魔なようだな」

「……あ、ラ……旦那様、お帰りなさいませ」

ちょうどその時、何やらオリビア嬢にお土産《みやげ》らしきものを持ってきたライリー様が、部屋の入り口付近で立ち止まってそう呟いた。まだうっとりと互いを見つめ合っている二人はライリー様にも気付かない。空気を読んだライリー様はくるりと踵《きびす》を返し、静かに立ち去った。


「……羨《うらや》ましいものだな、あの二人」

「……へっ？」

その夜。いつものように部屋に挨拶に訪れた私をソファーに座らせると、しばらく他愛もない話をした後に、ふいにライリー様がそう言ったのだ。

「あの二人とは……、オリビアお嬢様とカートライト侯爵令息のことですか？」

「ああ。あんな風に日々堂々と愛を語り合い、見つめ合い、誰に遠慮することもなく触れ合える。……私も愛しい婚約者と、早くそうなりたいものだ」

「それは……」

「残念ながら私の大切な人は生真面目すぎてそれを許してはくれない。こんなに想っていても、これ以上はダメだと厳しい線引きをされるのだからな。切ないものだ」

じぃー……っと私の目を覗き込みながら、長い指先で私の髪を一房弄《もてあそ》びつつそんなことを言う。

私はつい視線を逸らして小さな声で抗議した。

「で、ですから、こうして二人きりの時間も過ごしているではありませんか……」

「こんなわずかな時間ではあまりにも足りない。私が愛を囁《ささや》けばすぐにおやすみと言って部屋を出ていってしまうし、濃密な時間を過ごす隙さえないじゃないか」

「のっ！　濃密な、って……。ですからっ、それは私がまだこのアクストン公爵家の侍女だからであって。自分の立場を弁《わきま》えているだけのことですわ。ええ」

私の腰を抱き寄せ顔を近づけてくるライリー様から意地でも目を逸らしつつ、彼の胸を両手で必死に押し返しながら私は言い訳を続けた。正直に言えば、ものすごく照れてしまうのだ。男性とこんなに親密な時間を過ごすのは生まれて初めてだし。かつての婚約者たちとだって、こんな甘い時間を過ごしたことなんか一度もない。しかもライリー様は、ものすごく格好いい。尋常じゃない。この妖艶《ようえん》な金色の目でじっと見つめられると、顔が真っ赤になってしまう。

「自分の立場、か……。そうだな。どうやら君が侍女でいる限り、これ以上の進展は望めそうもないな」

どうやら諦めてくれたみたい……

ホッとしたような、申し訳ないような。

私はできるだけ優しい声で言った。

「はい。私が侍女でいる間は、どうかこの距離感でお許しくださいませ」

「……君が侍女でいる間は」

「ええ」

「侍女でなくなれば、君はただ私の愛する婚約者、そして妻となる。そうだね？」

「……ええ。はい。なりますね」

「分かった。では、今夜はもう解放するとしよう。おやすみ、ロゼッタ。ゆっくり休むんだよ。いいね？」

「ふふ、はい。ありがとうございます、ライリー様。おやすみなさいませ」

「……待て」

納得してくれたらしいライリー様の様子に安心した私は、そのまま彼の部屋を出ていこうとした。けれど、ふいに手首を掴まれ引き戻されると、そのまま彼の腕の中に抱きしめられる。

「っ！」

「忘れ物だ」

「ラ……ッ」

片手でクイ、と顎を持ち上げられ、もう片方の手で腰を強く引き寄せられる。その直後、私はライリー様からの熱い口づけを与えられた。

「……っ!?　んん……っ」

それはいつもよりとても長く、濃密な口づけだった。

◇　◇　◇

迎えに来た父と共にようやく屋敷に戻ってきた時には、私は心身共に疲れ果てていた。

役人たちからの取り調べでは高圧的な口調で同じことを何度も何度も繰り返し聞かれ、独房のようなところに数週間も拘束された。孤独で不安だし、両親と連絡もとらせてもらえないし、食事は質素で不味い上に体はベタベタで気持ち悪い。そんな中で私は処刑の恐怖に怯えながら、ずっと震えて過ごしていた。

時折、私を連行した時のチェイス様のことを思い出した。ロゼッタ・ハーグローヴを連れていく時には苦しげな表情で、しかも彼女に何やら優しく耳打ちをしていた。連行、というよりも、彼女をそばで支えているといった雰囲気だった。私はちゃんと見てた。見逃さなかった。それなのに……、私の腕を掴んで連れ出す時には、あの時の優しさの欠片《かけら》もなかった。労《いたわ》りなんて微塵《みじん》もない、邪魔な荷物を運ぶかのような事務的な力の強さ。そして私を見下ろす軽蔑と憎悪《ぞうお》の入り混じったような目つき。

悔しい。なんで？　なんであの女ばかりが素敵な殿方から愛されるわけ？　私の方が絶対に可愛いのに。どうでもいい男たちにばかり好かれ、本当に射止めたい人には好かれない。チェイス様も、アクストン公爵も、なぜだかあの女に心を奪われてしまった。

あの女への嫉妬と憎悪《ぞうお》を滾《たぎ》らせる日々の中、突然解放された私は、父と共にクルエット伯爵邸に帰ってくることができた。数週間ぶりに見た父はすっかり容貌が変わってしまっていて、会った瞬間思わず目をそむけたくなった。頬はこけ、目は落ちくぼみ、顔はなんだかどす黒かった。まるで別人のよう。

「……お父様」

本当はすぐにでも湯浴みをして美味しい食事をとり、そのままベッドに倒れ込みたかった。けれど馬車の中でずっと無言のまま、目の焦点さえ合っていなかった父の様子が気がかりで、そっと声をかけてみた。

「……大丈夫ですの？　今回のこと……、ご心配をおかけしてしまって、本当にごめんなさい」

返事はない。邸に到着すると、父は私を振り返りもせずに廊下を進み、居間に入っていった。私もその後を追う。

父は崩れ落ちるようにソファーに体を預けると、深く息をつきながら眉間《みけん》の皺《しわ》に手を当て、顔を覆った。がっくりと項垂《うなだ》れたその姿は、まるで見えない大きな何かがずしんと乗っかり背中を押し潰しているようだ。

私もなんとなく、父の向かいに腰かける。……どうして何も言ってくれないのかしら。怒っているのよね、きっと。

（まぁ、それも当たり前よね。クルエット伯爵家の夫人と令嬢が殺人未遂の容疑で二人とも騎士団に身柄を拘束されたんですもの。とんだ醜聞《しゅうぶん》だわ）

きっと今回の騒ぎも全て、あっと言う間に社交界全体に広まるのよね。私も母も当分は笑い者だわ。その上、もう私がアクストン公爵の妻の座を得られる希望は完全になくなってしまった。あの女がこのまま公爵と結婚してアクストン公爵夫人となるのね。ああ、耐えられない屈辱だわ……

「そういえば、お母様はどちらに……？　まだ解放されないのですか？」

取り調べをする役人たちに、私は全てを話してしまった。きっと母には厳罰が下るはず、ではあるけれど……

すると父がようやく私の言葉に反応した。土気色の顔をゆっくりと上げると、憎悪《ぞうお》のこもった目で私を睨みつける。

「……？」

「お母様はどこに、だと？　シンディなら、もうとうに処刑されておる。この世にはいない」

父の言葉を理解した途端、心臓がドクン、と苦しいほどに強く脈打った。息が止まりそうになる。

(母が……、もう、死んだ……？)

頭が真っ白になり何も言えないでいる私に向かって、父は堰《せき》を切ったように話しはじめた。

「シンディは国王陛下の姪御に当たられるアクストン公爵令妹に毒を盛り、そのお命を危険に晒した罪で拷問の末処刑された。娘は毒のことを何も知らなかった、娘にアクストン公爵令妹への殺意など微塵《みじん》もなかったとあいつが証言したことから、温情によりお前の処刑は免《まぬが》れたのだ」

「おっ……お母様が……、私を庇ってくださった……？」

あの母が……？　本当に？

呆然とする私に向かって、父は項垂《うなだ》れたまま投げやりな口調で話す。

「あいつからお前への遺言だ。叶わなかった過去の恋にいつまでも執着して、あなたのことを利用してしまった。母親でありながら、私はあなたを自分の復讐の道具として扱ってきた。そのことを後悔している。申し訳なかった、愛している。……そう伝えてほしいと言い残したそうだ」

お母様……

託された母からの最期の言葉に、私の胸は締め付けられた。復讐のことばかり考えているような人だったのに、最期の瞬間は、娘の私のことを思ってくれたの……？

自然と涙が浮かび、視界が揺れる。

しかし父はそんな私のことを鬱陶《うっとう》しげに睨みつけながら、こう言った。

「あいつが死に際になって今さら何をどう悔いようとも、手遅れだ。……我々はもう、伯爵家の人間ではない」

「は……伯爵家の、人間では、ない……？」

「お前たちのせいで我々クルエット一族には爵位剥奪の上、国外追放との命が下されたのだ！　私財の全てを放棄して即刻この国から去れと……そう沙汰《さた》が下った！　どうしてくれる⁉　エーベル！　お前のせいで私はこれまで築いてきたもの全てを失うことになったんだぞ‼　お前と……愚かな母親のせいでな！　私だけではない。クルエットの一族全員がこの国から去らねばならなくなったんだぞ！　どう責任をとるつもりだ‼」

「……こ……っ、国外、追放……」

まるで私に向かって矢を射るような、激しい怒りを含んだ父の鋭い声を聞きながら、私は全身から血の気が引くのを感じた。

そんなの……そんなことになったら、生きていけるはずがないわ……

無理矢理唾を飲み込み、私は掠《かす》れる声を絞り出す。

「ア……アクストン公爵閣下に……、減刑を嘆願しましょう。か、閣下から国王陛下に直接お願いしてもらえば、あるいは……」

父は勢いよく立ち上がると血走った目でズカズカと私の元へやって来て、私の頬を強くぶった。

「きゃあっ!!」

「この馬鹿者が!! そんなことができるわけがなかろう! この厳罰はアクストン公自らのご要望なんだ! 我々はもう……無一文でこの国を去るしか、ない……っ」

「そ……っ、そん、な………」

最後は涙声になり崩れ落ちて、父は床に手をついた。そしてそんな父を前にして、私もへたり込んだまま動けなかった。

「だから言ったんだ……。分不相応な夢を見るなと……。アクストン公の心証を損ねるような真似は止めろと……。あれほど忠告していたのに、お前らは……!」

地の底から響いてくるような父の恨み言を聞きながら、私は生まれて初めて自分の行動を激しく後悔したのだった——

平民となって国外追放なんて、耐えられない。そんなこと絶対に受け入れられない。

すぐにでも国を出るようにとの王命により、たった数日の猶予《ゆうよ》しか与えられなかったけれど、私は血眼になって奔走《ほんそう》した。もう一緒に戦ってくれる母はいない。私が処刑に追い込んだ。母が私を復讐の道具としてしか見ていないと思っていたから。だけど、母は最後に私を庇ってくれた……

国外追放といっても、ポイと隣国かどこかへ送られるわけではない。国内で重大な罪を犯した者を厄介払いとばかりに次々他国に押し付けていれば、外交問題に発展しかねない。

罪人が捨てられるのは、隣国との国境沿いにある広大な砂の大地。一応そこはまだ、自国の領土ではある。

追放されたほとんどの者は、その砂の大地で力尽き、朽ち果てるという。

つまり国外追放は、ほぼ死罪も同然ということ――

そのことを知っているから、私は必死だった。誰かひとりくらい、私のことを救ってくれる人はいないのかと――。いろいろな人の邸を訪れたけれど、門前払いをくらい、罵られた。

そしてやって来てしまった国外追放の日。

「チェイス様、お願いです……！　私を助けて……！」

けれどチェイス様は顔色一つ変えずに、冷たい目で私を見下ろしこう言った。

「今さらしおらしいふりをしても無駄だ。せいぜい苦しめばいい。……ロゼッタ嬢を陥れて傷つけ、彼女の幸せを奪おうとした罪を、その残り短い生涯をかけて償《つぐな》うんだ。……さぁ、行くぞ」

あまりにも無情な最後通告に全身の力が抜ける。私は引きずられるようにして、騎士たちにより連行されたのだった――

◇　◇　◇

ひらり。

「……？」

その日執務室にロゼッタを呼び出した私は、現れた彼女の前に一枚の紙切れを差し出した。先に呼んでおいたオリビアはニコニコしながらロゼッタの反応を見ている。

「……旦那様？　これは……」

「目を通してくれ。そしてそこにサインを。ハーグローヴ子爵からは先に了承をいただいている」

「……こ、これって……」

それはロゼッタのアクストン公爵家での雇用契約を終了するという内容の書面だった。

「だっ……旦那様……っ」

「そこにサインをしてくれれば、君はもうこの屋敷の侍女ではなくなる。……つまり、私はもう君に触れることを我慢しなくてもいいというわけだ」

「そ……っ、そんな……」

突然の契約終了通告に驚いたのか、ロゼッタはおろおろしている。

「で、ですが、私はオリビアお嬢様がご結婚されるまでは……」

「それについてもオリビアに確認してある。オリビアは別に君が侍女でなくても構わないとのことだ。……な？　そうだろう？　オリビア」

「ええ！」

今回私の強力なサポーターであるオリビアは、屈託なく微笑《ほほえ》むとそう返事をする。心の中でその援護射撃に感謝した。

「オリビアお嬢様……」

「それ！　そのオリビアお嬢様ももう嫌なのよ、ロゼッタお義姉《ねえ》様」

「おっ……!?」

「私もね、あなたから早くオリビアって気さくに呼ばれたいの。そして私はこれからあなたのことをロゼッタお義姉《ねえ》様って呼ぶの。うふふ。その方がずっと距離が縮まった感じがしない？」

「そ……そうでしょうか……」

「ええ！　あなたとお兄様ってお似合いだなぁ、結婚してくれたらいいのになぁって思いはじめた頃から、私あなたのことをロゼッタお義姉《ねえ》様って呼ぶのが夢だったのよ。だからむしろ嬉しいの。ね？　これからは侍女ではなくお義姉《ねえ》様として、私のそばにいてくれない？　身内として、もっとずっと近くに」

「オリビアお嬢様……」

戸惑った様子のロゼッタは、チラリとこちらに視線を送ってくる。そんな彼女に私は優しく微笑《ほほえ》みかけた。

「これが一番自然な形だ。屋敷の使用人たちも皆君との接し方に悩んでいるのだから。早くただの私の婚約者となってくれた方がむしろ皆助かる」

「そうよそうよ！　そして早くアクストン公爵夫人になっちゃって、ロゼッタお義姉《ねえ》様！　そうすれば皆心置きなく〝奥様〟って呼べるんだもの。本来そう呼ぶべき人に向かってこれまで通りロゼッタと呼び続けるのって結構気まずいと思うわよ、ロゼッタお義姉《ねえ》様」

オリビアはここぞとばかりに〝ロゼッタお義姉《ねえ》様〟を連呼している。よほどそう呼びたかったのだろう、その表情はキラキラと輝いていて、思わず笑みが漏れる。

しばらく逡巡《しゅんじゅん》していたロゼッタは、ほんのりと頬を染めると小さい声で答えた。

「……承知いたしました、旦那様。これまでアクストン公爵家で勤めさせていただき、ありがとうございました。これからは婚約者として……よろしくお願いいたします」

「ふふっ。やったわ！　よかったわね、お兄様！」

はしゃいだオリビアが嬉しそうに私を見上げる。私も安心してロゼッタに言った。

「ああ。よかった。これでようやく、いつでも君に愛を囁《ささや》くことができるわけだ」

「だ、旦那様……」

「もう旦那様じゃない。君もこれからはちゃんと私の名を呼んでおくれ。どこでも、誰がいる時にでもだ」

そう言うと私はロゼッタの頬に手を触れ、そっと撫でる。この滑《なめ》らかな感触さえも愛おしくてたまらない。

「は……、はい。……ライリー様」

「もう、やだぁ二人とも。ここに私がいること分かってる？　甘い空気を楽しむのは二人きりの時にしてくださらない？　見ているこちらが照れてしまうわ。ふふ」

いや、どっちが。

……と思わず突っ込みたくなったけれど、私もロゼッタも黙っておいた。

これでやっと心置きなくロゼッタを婚約者として可愛がることができる、と私は満足していた。我が家とロゼッタ、そしてハーグローヴ子爵家にとって有害かつ邪魔者でしかなかったクルエット伯爵夫人と娘は排除した。もうロゼッタの心を悩ます存在もいなくなった。

これからは愛しい恋人との、なんの憂いもない甘い生活がはじまるのだ。そう思っていた。

ところが、そのたった数日後。

「たっ……大変よお兄様！　ロゼッタがここを出ていこうとしているわ！」

「……なんだと？」

まだリハビリ中のはずのオリビアが青い顔をして私の部屋に飛び込んできた。おおよかった、随分と早く歩けるようになったじゃないか、などと頭の片隅で妹の回復を喜びつつも、私はロゼッタの部屋へ急いだ。

「……何をしている？　ロゼッタ」

「ああ、ライリー様」

私の呼びかけに、荷造りをしていた彼女がにこやかに振り返った。そこにはなんの後ろめたさも気まずさも感じられない。ただ当然のことをしている、といった雰囲気だ。

「……なぜ荷物をまとめている、ロゼッタ。なぜこの屋敷から出ようとしている。……どこへ行くつもりだ」

分かってはいたが、私は尋ねた。

案の定、彼女はきょとんとした顔をして答えた。

「だって、雇用契約が終了して私はもう侍女ではなくなりましたので。まだ婚約者の立場である私がこのままアクストン公爵邸に住み続けるのはおかしいと思います。ですので、結婚当日までは一旦ハーグローヴの実家に帰らせていただきますわ」

やはりか。そういうことか。

どこまで生真面目なんだこの子は。

「……そんなにこだわらなくてもいいだろう、ロゼッタ。どうせ近々結婚するんだ。むしろ、この侍女用の部屋から私の隣の部屋に移ってもらうよう今準備をしているところだというのに……」

なんとか説得を試みるが、相手も強固だ。

「まあっ。近々結婚と言いましても、まだ正式な時期も日取りも何も決まっておりませんわ。夫婦となったわけでもないのに、このまま私がアクストン公爵邸に住み続ければ、よからぬ噂《うわさ》が立つかもしれません。ふしだらだの、だらしないだの……。ライリー様のご迷惑になるような真似は、婚約者だからこそむしろ絶対にできませんわ！」

「……お、お兄様……」

背後からオリビアの不安げな声が聞こえる。お手紙はたくさん書きますわね、とてもお忙しいのはよく分かっておりますが、ライリー様にお時間ができました時にはぜひご一緒にお茶でもいたしましょう、などとニコニコ話しながら、ロゼッタは荷造りの手を止めない。

……いかん。このままではロゼッタは本当に出ていってしまう。せっかくこれからは朝晩恋人として甘い時間を満喫できると思っていたのに……！

「……待ってくれ、ロゼッタ。結婚式は、来月だ。来月執り行う」

「……えっ？」

ようやくピタリと手を止めたロゼッタは、目を真ん丸にして私の方を振り返った。

後ろからはオリビアのえっ、と驚く声も聞こえた。

◇◇◇

婚約から異例の早さでの結婚となった私たち。

式の当日までは本当にバタバタだった。

式場となるのは、国で最も格式高い由緒ある大聖堂。ライリー様が手配したその場所に、私は両親やライリー様と何度も足を運び、当日の打ち合わせやリハーサルを繰り返した。

その合間を縫っては母と共にウェディングドレス選び。「本当はロゼッタのドレスは私が一緒に選びたいのだが……。ここは母上にお任せしよう」と、お仕事が忙しいライリー様は少し悔しそうだった。

「ふふ……。嬉しいわ。やっとこうしてあなたの花嫁衣装を一緒に選べる日がやって来たのね」

母は本当に幸せそうに笑っていた。ここに至るまで、両親には心配ばかりかけてきた。立て続けの婚約破棄や、挙句の果てには殺人未遂の容疑で拘束までされて……

「……ありがとう、お母様」

本当はもっと謝罪や感謝の言葉をたくさん伝えたいのに、なんだか胸がいっぱいになって込み上げてくるものがあり、それだけを言うのが精一杯だった。母はそれでも嬉しそうだ。

「ふふ。……ね、このドレスのデザインも素敵ね。人生で一度きりの晴れ舞台だもの。あなたを最高に美しく見せてくれるドレスを選びましょうね」

「……ええ。そうね、お母様」

微笑《ほほえ》み合った時、母の瞳も私と同じように潤んでいた。

それから招待客選びと、招待状作り。ライリー様側の招待客と照らし合わせ、あの方を呼ぶならこの方はダメ、あっちを呼ぶならこっちも呼ばねばと、ここは父が張り切って仕切っていた。何せ式までもう数週間を切っている。私と母、侍女たちまで総出で招待状の宛名書きに追われた。

そうして全員で机に向かっている時、ふと私は母に尋ねた。

「……ね、お母様、そういえばあっちはどうなったのかしら」

「え？　あっちって？」

「ほら、私の元……、あちらからの慰謝料の件とか、諸々」

ずっと気にかかってはいたのだ。ヘンウッド子爵家とダウズウェル伯爵家のその後が。

「ああ、あの人たちね。ふふ、大丈夫よ。ヘンウッド子爵家はわりと最近まで駄々をこね続けていたけれど、あなたとアクストン公の婚約の話が広まってからというもの、ピタリと何も言ってこなくなったわ。先日ようやく慰謝料も支払ってくれたの。思っていたよりも随分追い詰められているみたいだけど」

「……そう」

「ダウズウェル家も分割で支払ってきているわ。だけど最近大きな事業に失敗して多額の負債を背負ったという噂《うわさ》があるのよ。大丈夫かしら。……今頃、どんな気持ちでいるのかしらね。どちらのご子息もまだ次の縁談は決まっていないそうよ。ま、自業自得よね。娘をあんなに傷つけた人たちだもの。私はまだ根に持っているわよ。ふふ」


そんな慌ただしい日々の中、私は度々アクストン公爵邸にも顔を出していた。やっぱり彼女のことが心配で気にかかる。これまで毎日ずっとそばで見守ってきたのだから。

「オリビアお嬢様！　ただ今戻りましたわ」

プイッ。

（……あ、しまった。つい……）

なかなか癖が抜けず、たまにこうしてやらかしてしまう。コホ、と咳払いすると、私は言い直した。

「オリビアさん、ただいま。なかなか顔を出せなくてごめんなさいね。大丈夫？　変わりない？」

「お帰りなさい、ロゼッタお義姉《ねえ》様！　ええ、私は平気よ。今日もリハビリは順調に終わったわ。でも早くお義姉《ねえ》様に会いたかった。ふふ」

私が間違って〝オリビアお嬢様〟と呼ぶとわざと返事をせずに盛大に顔を背けるのだ。なんだか子どものようでつい笑ってしまう。

「ええ、ようやく一段落ついたわ。お式の準備は。進んでる？」

「お義姉《ねえ》様の方はどう？　お式の準備は。進んでる？」

「ええ、ようやく一段落ついたわ。招待状も全部送ったし、ドレスも決まったし。あとは最終確認ね……。これで当日まではゆっくりできそう」

「ふふ、よかったわね。お疲れさま」

そう言ったオリビア嬢は花が開くように微笑《ほほえ》んだ。

日に日に明るく、元気いっぱいの様子を見せてくれるようになった私の可愛い義妹。こんな風に二人で笑い合える日がまたやって来て、本当によかった……

「戻っていたのか、ロゼッタ」

「っ！　ライリー様！　お帰りなさいませ！」

ちょうどその時、ライリー様がお仕事から戻られてオリビア嬢の部屋に顔を出した。約一週間ぶりに見る大好きな人の姿に、胸がキュンと甘く締め付けられる。本当は今すぐ駆け寄って飛びつきたいぐらいだけど……、恥ずかしいのでそんなことできない。すると彼の方から私に近寄ってきてくれた。

「式の準備を任せてしまってすまない。疲れているだろう」

「いいえ、両親も屋敷の侍女たちも総出で手伝ってくれましたもの。大助かりでしたわ」

「よかった。……ロゼッタ、今夜は……」

「ね、ロゼッタお義姉様《ねえ》、お願いがあるのよ。式もいよいよもうすぐでしょう？　あのね……、今夜はここで、私の部屋で一緒に寝てくださらない？」

「えっ!?　あ、あなたと二人で、ってこと？」

突拍子もない義妹のお願いごとに、思わず変な声が出てしまう。

「ええ！　私って、小さな頃から一人で寝ていることが多かったでしょう？　母でさえも一緒に眠ったことがなくて……。ささやかな夢なのよ、そういうの。家族と一緒に一つのベッドでお喋りしながら眠るの。……ね？　今夜だけ。結婚してお兄様と夫婦になってしまったら、さすがにもう頼めないもの、こんなこと」

「……オリビアさん……」

……そうよね。病弱だった彼女は、まだ幼い頃からずっとベッドの上で過ごしてきたんだ。お母様はオリビア嬢を産んですぐに他界され、お父上やライリー様は忙しかっただろうし、かと言って侍女たちがオリビア嬢のベッドで一緒に眠ることなんてできない。

(寂しかったのよね、ずっと。私には想像もつかないくらい、孤独な夜もたくさんあったんだろうな……)

「……ええ、そうねオリビアさん。それってとっても楽しそう。よしっ、今夜はあなたのお部屋でお泊まり会よ」

「やったわ！　嬉しい！」

「ふふっ」

……あ、そういえば。

ライリー様が微妙な顔をしていることに気付いて、ふと思った。

「すみません、ライリー様。先ほど何か言いかけていらっしゃいましたか？」

「……いや。大丈夫だ。気にしないでくれ」

（……？）

踵《きびす》を返してオリビア嬢のお部屋を出ていくライリー様の背中が、なんだかしょんぼりして見えた。


いよいよ結婚式当日。

アクストン公爵家当主の式ということもあって、会場となる大聖堂にはたくさんの招待客がきらびやかに着飾り集まってくれていた。

私の大切な人たちもたくさん来ている。ハリエットにリタ、サーシャ、両親や兄夫婦たちも、皆遠方から駆けつけてくれた。扉の隙間からそっとその光景を見るだけで、胸がいっぱいになって涙が零《こぼ》れそうになる。

「……綺麗だよ、ロゼッタ。このままずっと君だけを見つめていたくなるほどだ」

隣にいるライリー様が熱のこもった瞳で私を見つめながら、そう言ってくれる。

ウエストからスカートが釣鐘形に広がった純白のベルラインのドレスは、繊細な刺繍が施されたレースが幾重にも重ねられ、これまでに着たどんなドレスよりも美しく豪華だ。「金額に糸目をつけなくていい。君が気に入ったものの中で、最も華やかでゴージャスなものを」というライリー様の言葉に甘えて選ばせてもらった。髪はアップにしてライリー様から贈られたティアラを着けている。……まるでお姫様になった気分。

「ありがとうございます。ライリー様こそ……、とても素敵ですわ」

私は照れながらそう答えた。真っ白な正装に身を包んだライリー様こそ、神々しいほどの姿だ。

「ありがとう。……さぁ、行こうか」

「はい……っ！」

私は差し出されたライリー様の腕をとり、大聖堂の中に入っていった。

そこかしこから溜め息交じりの歓声が漏れる。……なんだかすごく恥ずかしい。だけど気分はとても高揚していて、固いはずの床がまるでふわふわとした真綿のように感じる。緊張のあまりふらりと倒れてしまわないように、私はライリー様の腕を握る手に力を込めた。

「ロゼッタ！　おめでとう！」

「綺麗よ！　本当に素敵……っ！」

「おめでとう！　お幸せにね！」

拍手と歓声の中から、友人たちの声が聞こえる。嬉しくて頬が緩んじゃう。母が顔を覆って肩を震わせながら号泣している横で、父も唇をギュッと噛み締めたまま目を真っ赤にしているのが見えて、思わず私まで泣きそうになる。

オリビア嬢とカートライト侯爵令息の横を通り過ぎる時、二人の会話が耳に飛び込んできた。

「ね、ロゼッタお義姉様《ねえ》のウェディングドレスとっても素敵じゃない？　私もあんなのが着たいな、なんて」

「ああ、本当に美しいね。リビー、きっと君が着ても女神のように見えるはずだよ。君ならマーメイドラインでも、プリンセスラインのものでもいいな。天使みたいだろうなぁ。……いっそのことミニドレスでも素敵だと思うよ。美の妖精が舞い降りたかのような愛らしさだろうね」

「もうやだぁ、グレイ様ったら。うふふふ」

「……愛してるよ、リビー」

「私もよ、グレイ様……」

……ちょっとちょっと。すっかり二人の世界に入り込んじゃって。もう全然こっち見てないじゃないの。

なんて文句を言う気にもなれないほど、幸せそうなオリビア嬢たちの姿が嬉しくてならない。こんなに元気になって、私たちの結婚を祝福してくれているんだもの。それだけで充分。彼女たちの結婚式には、私も精一杯の拍手を送るんだから。

互いの手をとり指輪を交換し、見つめ合う私たち。

誓いのキスをしたその時、大聖堂に幸せの鐘の音が鳴り響いた――

式は滞《とどこお》りなく終わり、その後祝賀パーティーが夜遅くまで続いた。出席してくれた人々を見送って寝室に辿り着いた頃には、もう日付が変わろうとしていた。

今日からは私もライリー様と一緒に、夫婦の寝室で眠るんだ。

「…………」

ライリー様の執務室と同じフロアに新しく準備された、二人の寝室。湯浴みを終えた私はそこに足を踏み入れ大きなベッドを見た途端、緊張で体が強張った。

「疲れただろう、ロゼッタ」

「ひっ!!　はっ、はいっ。いっ、いえっ⁉　だ、大丈夫ですわ」

やだ。動揺しすぎて変な返事になっちゃった……。恥ずかしくて顔から火が出そう。

ライリー様はそんな私の様子に目を丸くすると、クスリと笑って私を抱き上げた。

「きゃ……っ！」

「よかった。はい疲れました、もうこのまま寝ますなんて言われたら、ショックで倒れてしまうところだったよ」

私を運びながらライリー様は冗談っぽくそう言うと楽しそうに笑った。そして、

「……っ」

そのまま私は大きなベッドの真ん中にふわりと降ろされた。

目の前にはライリー様の端整なお顔。これまでに見たことのないような妖艶《ようえん》に燃える瞳が私を捕らえ、視線を外すことを許さない。

「ようやく、君に触れることができる。……今日から君は私の妻だ」

「ラ……ライリー様……」

鼻先を触れ合わせるようにして額をコツン、とくっつけてきたライリー様が、甘く優しい声で囁《ささや》く。

「一つ屋根の下で暮らしていながら君を別の寝室に見送っていた、私の夜毎《よごと》の苦しみが分かるかい？　この日をずっと、待ち望んでいた。……疲れているだろうが、もう少しだけ頑張っておくれ。後でゆっくり眠らせてあげるからね。……私の腕の中で」

返事をする間もなく、ライリー様は切羽詰まったような熱い口づけを与えてきた。そして私は彼の激しい熱情に翻弄《ほんろう》されるがまま、初めての痛みに戸惑いながらも、その甘い刺激に身を任せた――

「……ん……」

……暖かいな。気持ちいい……。それに、いい匂いがする。

大好きな人の香りだ……

「……っ！　きゃっ！」

「おはよう、ロゼッタ」

窓から差し込む陽差しと小鳥の囀《さえず》りで目を覚ました私は、一晩中肌に馴染んだ温《ぬく》もりの中でうっとりと瞼を上げた。途端、目の前に端整なお顔があって思わず声が出たのだ。ち、近い……

「お、おはようございます、ライリー様……」

「美しい寝顔だった。君は睫毛《まつげ》が長いな。画家を呼んで絵を描かせたくなったよ」

「ま、またそんなことを……」

だんだんと意識が覚醒するにつれ、昨夜の甘く激しい二人の夜を思い出した。……あ、私、まだ裸だ……。ラ、ライリー様も……

「～～～～っ!!」

急に恥ずかしくなった私は、ライリー様の腕の中で慌ててブランケットを肩まで引っ張り上げる。

「……？　なぜ今さら隠す」

「だ、だって……！　……裸のままですわ、私たち」

「ふ……、それはそうだろう。一晩中愛し合っていたのだから。君はついに意識を手放し、そのまま私の腕の中で眠ってしまった」

「そ……っ！」

「……抑えがきかなくて無理をさせてしまったね。すまなかった。……痛みはどうだ？」

「だ、大丈夫、です……」

「よかった。……おいで」

おいで、と言われても、もうすでに腕の中なのですが。

ライリー様は隙間なく密着するほどに、私の体をさらに深く抱きしめる。

額に口づけを落としながら、彼が少し掠《かす》れた声で囁《ささや》いた。

「……まだほんの数時間しか眠っていない。今日はもう少し朝寝坊をしよう。君をもっと休ませてあげたい」

「で、ですが……、そろそろ侍女たちが来るかもしれませんわ」

「安心していい。昨夜のうちから言ってある。こちらから呼ぶまでは誰も部屋に入ってこないようにと」

そ、それって……なんだかものすごく恥ずかしいのですが……っ。どんな顔をして部屋から出ていけば……？

一人で狼狽《うろた》える私の髪に、ライリー様が片手を通してサラリと梳《す》く。

「本当に綺麗だ。このままずっと、この腕の中に閉じ込めておきたい」

「……ライリー様……」

「……痛みはないんだな？」

「は、はい。大丈夫ですわ」

「そうか。……それなら眠る前に、もう一度だけ君に触れさせておくれ」

「え……、あ……」

「愛しているよ、ロゼッタ」

そう言うとライリー様は私の上に重なるように体勢を変え、そのままそっと唇を重ねた。

徐々に濃密さを増す甘い口づけに応《こた》えながら、私は愛する人に求められる喜びを全身で感じていた――

その後のお話　～街での再会～

ライリー様と結婚して一年近くが経った、ある日のこと。

私は義妹のオリビア嬢と二人で街へ買い物に来ていた。

「あっちのショップから見て回りたいわ、お義姉《ねえ》様」

「ええ、どこでもいいわよ。あなたの見たいところは全部回りましょう」

「うふふ、嬉しい！」

すっかり元気になり以前とは比べ物にならないほど体力のついた義妹は、今日のショッピングが楽しみで仕方なかったらしい。朝からずっとウキウキしていた。

「でも無理はしないでよ。もしも気分が悪くなったらすぐに言ってね」

「私はもう大丈夫ですってば。それよりもお義姉《ねえ》様の方が心配だわ。もしも少しでも辛かったらすぐに言ってくださいませ！　ね？　ショッピングはまた別の日に来てもいいのだから」

「ふふ、ええ。分かったわ。ありがとう、オリビアさん」

かつては侍女として仕えていたなんて信じられないくらいに、すっかり打ち解け合った私たち。

以前からまるで本当の姉妹のように心が通う関係ではあったけれど、義姉と義妹となってからは一層気楽に会話するようになった。

だけどオリビア嬢がこんなにもはしゃいでいるのは、そんな私との関係に満足しているからだけではない。今日のショッピングにはとても大切な目的があるのだ。

「ドレスは仕立て屋に作ってもらうべきかしら……。お義姉《ねえ》様は大通りのドレス店で買ったのよね？」

「ええ。作ってもらうべきか悩んだけれど時間もなかったたし、母と一緒に見に行ったらとても気に入ったものがあったから」

「あのドレス本当に素敵だったわ！　やっぱり私もそのお店を見てから決めようかしら」

「ふふ。カートライト侯爵令息のご意見も聞いてみなきゃね」

「グレイ様は私が何を着てもどうせ最高に美しいだの女神だのしか言わないから……」

「ま、ふふふ。惚気《のろけ》ちゃって」

「うふふ。……あ、あそこよお義姉《ねえ》様。アクセサリーを見たいの！」

そう言ったオリビア嬢は目的の店舗を指差し、私の腕を取る。

その店に入ろうとした瞬間、中から出てきた一組のカップルと危うくぶつかりそうになった。

「きゃ……っ」

「あらっ……、大丈夫？　オリビアさん」

「おっと、失礼。……あ」

「……あ、あなたは……！」

相手の方を見上げた私は、驚いて目を見開いた。

女性をエスコートしながらそこに立っていたのは、あのチェイス・ビアード子爵令息だったのだ。

「ロ、ロゼッタじょ……、コホン。失礼、アクストン公爵夫人。ご無沙汰《ぶさた》しております」

「ビアード子爵令息……。びっくりしましたわ。こちらこそ……。あ、あの、そちらの……」

ピタリと寄り添っている美しい女性が気になって私が尋ねると、彼はハッとした様子で慌てて紹介してくれた。

「あ、すみません。紹介が遅れました。こちらはアメリア・コルバーン伯爵令嬢。僕の婚約者です」

や、やっぱり……!!

ビアード子爵令息、婚約したんだ……!!

大きな喜びが胸に広がり、私はできるだけ感じよく見える笑みを浮かべてその女性に挨拶をした。

「はじめまして。ロゼッタ・アクストンと申しますわ」

「は、はいっ。存じ上げております……っ。コルバーン伯爵家のアメリアでございます。何卒《なにとぞ》、お見知り置きを……」

緊張した様子で丁寧に挨拶を返してくれる若いご令嬢は、とても可愛らしかった。よかった……！

ビアード子爵令息ったら、こんな素敵な人と……！

彼女のことを優しく見守っていたビアード子爵令息は、少し気恥ずかしげな様子で微笑《ほほえ》みながら言った。

「半年ほど前にようやく婚約しまして……。僕ももういい歳だからと両親が結婚を急いでいるもので、早く安心させてやりたくて、今式の準備を進めているところなんですよ」

「ま、そうだったのですね。本当におめでとうございます。……あ」

その時、オリビア嬢が私の腕をちょんちょんと引っ張りながら小さく咳払いをした。

「ビアード子爵令息、こちらは……」

「ええ、存じ上げております。ご挨拶させていただくのは初めてですね。ごきげんよう、アクストン公爵令妹」

「はじめまして。ごきげんよう、ビアード子爵令息」

丁寧に挨拶をするビアード子爵令息ににこやかに返事をすると、オリビア嬢は意味ありげに私に視線を送ってきた。

そんな彼女の様子を気にすることもなく、ビアード子爵令息が言った。

「ところで、アクストン公爵夫人、ご懐妊なさっておられるのですね」

「あ、ええ。そうなんですの」

気付かれないわけないか。

彼がチラリと視線を向けた、大きく膨らんだこのお腹を、私はそっと手で覆った。

「そうか……。夫人こそ、おめでとうございます。……あなたがお幸せそうで本当によかった」

「ありがとうございます、ビアード子爵令息。……私も、あなたとコルバーン伯爵令嬢のお幸せを心から嬉しく思いますわ。……本当に、おめでとうございます」

こうして面と向かって互いの幸せを祝い合える日が来るなんて。なんだかどうしようもなく嬉しくて、胸がじんと痺れるようだった。本当はあの時の婚約の白紙撤回を直接詫びたいけれど……、隣の可愛い方に余計な話を聞かせるわけにはいかないわね。

だけどきっと、この方なら分かってくださっている。

「お引き止めしてしまった。申し訳ない。この店に入られるのですよね」

「ええ、そうなんです。オリビアさんが再来月結婚することになりましたので、今日はその準備や下見に」

「そうだったのですか。お相手はカートライト侯爵家のご子息ですよね。おめでとうございます」

「うふふっ。ありがとうございます。皆しておめでとう続きですわね」

「はは、本当だ」

ひとしきり挨拶を交わした私たちは、その場から離れた。店に入る前に少しだけ振り返り、二人の後ろ姿を見送る。

さっきまでカチコチに緊張して立っていた可愛いご令嬢は、ビアード子爵令息の腕に自分の手を添えて彼を見上げながら、とても幸せそうに笑っている。そんな婚約者を見下ろして何やら話しているビアード子爵令息の横顔も愛情に満ちていた。

（本当によかった。どうか末永くお幸せに……）

「ね、素敵な人ね、ビアード子爵家のご令息って。彼があの時の、あの人なのよね……。お義姉《ねえ》様、実は少し惜しいことしたなぁ、なんて、思っているんじゃなくて？」

私の腕をまたちょんちょんと引っ張りつつ、オリビア嬢がいたずらっぽくそんなことを言ってくる。

「ふふ、まさか。ただ彼が今幸せなことが嬉しいのよ、とても。私の心はライリー様一筋よ。他の殿方に気持ちが揺らぐことなんてないわ」

「んまぁ、惚気《のろけ》ちゃって、お義姉《ねえ》様ったら……ふふ」

そう言うと、オリビア嬢は楽しそうにクスクス笑った。

「さ、入りましょう。素敵なアクセサリーに出会えるといいわね、オリビアさん」

「ええ！　……ね、ここのお店を出たら、どこかカフェに寄って一度休憩しましょうよ。なんだかお義姉《ねえ》様とゆっくりお喋りしたくなっちゃった」

「ふふ。いいわね。そうしましょう」

今日は義妹にとことん付き合おう。そして次に街に来た時は、ライリー様に何かお土産《みやげ》を買いたいな。可愛いベビー服も見たいし。

そんなことを考えながら、私は義妹と肩を寄せ合ってお店に入っていったのだった。

この作品に対する皆様のご意見・ご感想をお待ちしております。

おハガキ・お手紙は以下の宛先にお送りください。

【宛先】

〒150-6019 東京都渋谷区恵比寿 4-20-3 恵比寿ｶﾞｰﾃﾞﾝﾌﾟﾚｲｽﾀﾜｰ 19F
（株）アルファポリス　書籍感想係

メールフォームでのご意見・ご感想は右のＱＲコードから、
あるいは以下のワードで検索をかけてください。

アルファポリス　書籍の感想　検索

ご感想はこちらから

本書は、「アルファポリス」（https://www.alphapolis.co.jp/）に掲載されていたものを、
改稿、加筆のうえ、書籍化したものです。

二度《にど》も婚約破棄《こんやくはき》されてしまった私《わたし》は
美麗公爵様《びれいこうしゃくさま》のお屋敷《やしき》で働《はたら》くことになりました

鳴宮野々花（なるみや ののか）

2024年 11月 5日初版発行

編集－横瀬真季・反田理美・森 順子
編集長－倉持真理
発行者－梶本雄介
発行所－株式会社アルファポリス
〒150-6019 東京都渋谷区恵比寿4-20-3 恵比寿ｶﾞｰﾃﾞﾝﾌﾟﾚｲｽﾀﾜｰ19F
TEL 03-6277-1601（営業） 03-6277-1602（編集）
URL https://www.alphapolis.co.jp/
発売元－株式会社星雲社（共同出版社・流通責任出版社）
〒112-0005 東京都文京区水道1-3-30
TEL 03-3868-3275
装丁・本文イラスト－月戸
装丁デザイン－AFTERGLOW
（レーベルフォーマットデザイン－ansyyqdesign）
印刷－中央精版印刷株式会社

価格はカバーに表示されてあります。

落丁乱丁の場合はアルファポリスまでご連絡ください。

送料は小社負担でお取り替えします。


ISBN978-4-434-34531-9 C0093